各人有各人的定位和选择
最终也造就了各人的命运与归宿
占福像一只头羊
带领着一帮农民
走进了社会主义新农村
在"振兴乡村"的新进程中
继续前进……

庞巧 ◎ 著

一片天

各人头上

百花洲文艺出版社
BAIHUAZHOU LITERATURE AND ART PRESS

图书在版编目（CIP)数据

各人头上一片天 / 庞巧著.--南昌：百花洲文艺出版
社，2022.1
ISBN 978-7-5500-4542-2

Ⅰ.①各…Ⅱ.①庞…Ⅲ.①长篇小说—中国—当代Ⅳ.
①I247.5

中国版本图书馆CIP数据核字(2021)第242952号

各人头上一片天
Geren Toushang Yi Pian Tian

庞巧 著

责任编辑	熊怡萍	
书籍设计	张玉兰	
制　　作	南通朝夕文化传播有限公司	
出版发行	百花洲文艺出版社	
社　　址	南昌市红谷滩区世贸路898号博能中心一期A座20楼	
编辑电话	0791-86894717	
邮　　编	330038	
经　　销	全国新华书店	
印　　刷	武汉鑫佳捷印务有限公司	
开　　本	170mm×240mm　　1/16	
印　　张	16.5	
字　　数	225千字	
版　　次	2023年1月第1版	
印　　次	2023年1月第1次印刷	
书　　号	ISBN 978-7-5500-4542-2	
定　　价	58.00元	

赣版权登字 05-2021-450

网址 http://www.bhzwy.com/
图书若有印装错误，影响阅读，可向承印厂联系调换。

平凡人亦可夺目

袁人

　　庞巧兄让我给他的长篇小说《各人头上一片天》写序,我用不相信的眼神盯住他的眼睛,足足有十分钟吧,看到的是一口清澈的泉眼。疯痴的人是没有这般眼睛的。我用一句不是托词的话回答:我不配。他说,三十年前,我在杂志上发表的小说小辑是你写的评论。天! 三十年河东三十年河西,岂可同日而言之哉!

　　庞巧兄笔耕几十年,而我半途而废,或者说刚开始就结束了。兄弟几十年,以他的性格,我是拗不过他的,不单单是写这篇序的事。

　　他的这部作品一下子把我带入了熟悉的环境、人物和故事里。我仅花了一天一夜时间读完这部作品,却用一周时日静思。我不敢轻易动笔,毕竟多年不动了。

　　静思的日子里,我又特意抽时间重读庞巧兄的短篇文学作品集《酒境》。该集所收录的故事多半来源于他对雷州半岛的"平凡人与事"的不平凡看法。《各人头上一片天》这部长篇亦延续了这样的风格。不同的是,《酒境》短篇中所诠释的是一人一事一场景,而这部长篇展现的是,改革开放四十年间,雷州半岛乡村的巨大变化。这类作品,许多写作人直接切入主题,常常陷入主题先行的架构中。庞巧兄则推前十年着笔,看似多余,实质为作品拓宽度、增厚度,夯实了故事线索的基底。这让我想起梁斌的《红旗谱》、余华的《活着》,两部作品皆以时间的跨度和空间的维度来折射当时社会状态的前因后果。

《各人头上一片天》所展现的生命力重点:

一、对于所处时代进行了大书写。占福和颜植的部队生涯,体现了我国军队建设一直在自强不息的路上:处于改革浪潮前沿的广东,港风吹入内陆,一时呈席卷之势,人们追港剧、唱港歌、买港货。年轻人更是效仿当时的潮流,穿喇叭裤、花上衣,戴墨镜,留披肩长发;广东似乎是一块黄金地,"捞佬""外来妹"争先恐后涌入,淘一袋金子;"下海"成为一段时期的时尚,形形色色的人赶潮逐浪,梦想着一夜暴富;一年一年的高考放榜消息并不仅仅意味着知识改变命运,而是全方位体现了强国举措之一的教育的成效……在大江奔流大浪一浪高于一浪的大船上,每个人都在找自己的前行坐标。占福和颜植从小学到高中的读书黄金期如一亩长年没种上庄稼的地,杂草丛生。两人高考失败后都去了部队,退伍回来时改革开放已全面推进了两年。颜植进了公社做临时工,占福若是愿意亦可以。但他和颜植站在他所承包的土地面前,伸出长臂在前画了一圈说,"各人头上一片天",为后半生做出了选择。从小到大,颜植总是装作高占福一头,前行由他引领,占福每次都用"呵呵"来回复。颜植内心并不计较,他清楚,他改变不了占福,占福也改变不了他,特别是两人经历部队大熔炉化铁为钢的淬火之后。

占福性格中的坚定、用心、脚踏实地,扣准了大时代的变革脉搏,让他成为"先富起来的一部分人"。当然,初始农民族群的小富,与真正的"富"相比,可谓"小巫"一个。大浪潮初起,在农村,像占福这类懂得赶路的人不多。由于自身的迷茫、不知所措或者其他客观因素,许许多多的人依然被贫困捆绑着,苦苦地挣扎。小富则安不是占福的本性,"各人头上一片天"亦不是占福的本性,淬火成钢的人心中装的必然是大情怀。"小富"的占福响应政府的号召,力所能及对接贫困山村的孩子,让他们读上书。

十多年后，被占福资助而进入高校大门的十个孩子相邀来谢恩，他们相会在田间地头的场面如一首壮丽而浪漫的诗……浪漫可以震撼，却无法言表。面对人们的传颂，占福只"呵呵"一声。

占福"呵呵"着继续前行，他踏准党的政策，先是将自己的村建成合作社，后是邀约邻村加入，一起奔小康。而颜植，他和占福是一类人，认定的路决不回头，尝尽了酸甜苦辣，从临时工转为干部，到年近半百时当上了镇政府副职领导，他的大情怀是助推"占福们"建设新农村。名牌大学毕业的董奇，在省城从商，事业有成，为建设家乡而弃商从农，回家乡承包了大片土地，成为"占福式"人物……

二、以现实主义的手法展示了典型环境下的典型人物形象。"呵呵"是占福从小到大的习惯性口语，植入他的人格，显出了一个字：憨。"呵呵"作为现代网络用语，我们从中可读出许多层意思，而在占福的性格上派生出来的是本分人的憨厚和善良。本分人容易令人联想到弱势，或者是没本事，注定一生碌碌无为。但在庞巧兄的《各人头上一片天》中，他给我们的答案是否定的。"占福们"用本性来注解，人的一生如何度过，是不可以用非黑即白来扣帽子的：中学时期被女生们冠名"白脸先生"的颜植，是一个外柔内刚的硬汉；方叶代方胖子完全可以成为"占福式"人物，皆因天性八面玲珑，借时代，假弄潮，人模狗样，终归是"人不为己天诛地灭"之流；王子良以温良恭俭让的品格，把握时代的脉搏；占福不学无术的二弟占禄，也闯海，幻想着鱼跃龙门，却被浪潮呛得奄奄一息，过了不惑之年才浪子回头；公社王书记，焦裕禄式书记，亲民爱民，为民吃苦奉献，积劳成疾，最后驾鹤西去；方婵，新时代的大学毕业生，义无反顾回到家乡参与建设，以科学技术助力新农业新产业……

三、以爱情婚姻为辅线贯穿全篇。情感世界烙上时代的印记，从而融入内核，丰满作品。开篇以倒叙让大树叔、大树婶出场，铺陈作品中人物的情感历程：耄耋之年的大树婶病魔缠身，一次次病危被送进医院，大树叔每次执着她的手，说着同一句话"你是我头上一片天啊"，将她一次次拉回人间,应了"执子之手,与子偕老";占福与罗姑苏,拌嘴吵闹半辈子,却不伤半点感情,十足乡村百姓式爱情;颜植与罗姑洗的感情掺和着"小资"和"百姓式";王子良的爱情婚姻则像他的性格,温良恭俭让;不曾出过远门的小月,用她的爱将占禄拉回人生正轨;方婵,一不小心步入了错误的婚姻……

语言上,庞巧兄的《各人头上一片天》与他的短篇侧重诗化的行文有所不同,就像是加入了音乐符号,给予读者一种"如歌的行板"的阅读快感。读完整部作品,我感受到其中的大开大合——它以五十年来中国翻天覆地的变化中的时间和空间场域,塑造了"占福们"前行之路的夺目。可以说,这是一部能促使读者获得再创作空间的好作品。

目录 Contents

第一章
童年之路
脑海里总是忘不了自己的童年

　　我驶车跑了七十多公里，去市中心医院看望我的战友占福的母亲。占福的母亲今年八十二岁，去年五月脑出血，急送市医院抢救，起死回生。这一年多，占福的母亲进进出出市医院，这次进去是第五次了。每次老人家进医院我都要抽时间前去探望。

　　我进病房看到的画面是占福的父亲握住他妻子的手，轻轻地握住。这是一幅静止的画面，我每次进病房第一眼看到的都是这样的情景。我第一次看到时没有动容，以为这对杖朝之年即将走近耄耋之年的夫妻有这样的举动再正常不过。但再次看到时我眼里有泪了，因为我感到用"执子之手，与子偕老"不能完全表达，比之应该还有更深刻的感情。是的，看到之后接着是听到：占福的父亲用平常的语气对他妻子说话，像平日里一对老夫老妻的碎谈，闲聊家长里短。一个坐在病榻前一个戴着吸氧器，一个说一个听。平平静静，像置身病榻之外。

在我眼里，这是一幅海枯石烂千年不变的画面，我禁不住热泪盈眶。

我的到来，像一缕轻风吹过一片湖面，有微澜却不能吹皱。占福的父亲只看了我一下，点了点头，继续他前面要做的事。而占福的母亲合着的眼，眼皮动了一下，示意知道我的到来。

几十年来我早已视占福的父母为自己的父母，而他们也视我为儿子。

我来，不与占福同来，不同来占福也知道我来。我们是一条战壕上的战友，称得上骨肉相连。

从医院出来，初秋下午的天空洁净如刚刚洗过的蓝布，匆忙进出的人们脸上挂着凉意。其实，南方的初秋与夏天如一双孪生兄弟。脸上的凉意是从心生的。而我，眼里的热泪还没完全消退，如父如母的占福父母那情那景哪是一出院门就轻易跳得出来的。

"你是我头上一片天。"这句话是占福父亲碎碎念时对占福的母亲说的。"各人头上一片天。"这句话是三十年前占福对我说的。当时我和占福从部队退伍回到家乡，我的表哥是公社副书记二把手，管人事，便将我介绍到公社做临时工，说将来能转干。

我欢天喜地跑去告诉占福，说我可以帮助他，让他像我一样进政府工作。占福断然拒绝。我说了一箩加一筐道理，占福却说你将鸡嘴说成鸭嘴也没用，各人头上一片天，我就认脚下这块土地。

那天上午太阳一竹竿高时，我是在占福村前甘蔗地找到他的，他正在给甘蔗施肥。占福伸出手画了大半圈说你看看我的甘蔗。我的双眼随着占福的手指转了大半圈，青绿青绿翠翠滴滴的甘蔗苗以一望无际的壮观展示给我。

雷州半岛属于平原，红土地连着红土地，庄稼连着庄稼。我们入伍当兵时是生产队种植，庄稼种得杂七杂八，退伍前已分田到户，家家种植由家家自己做主,雷州半岛就成了半岛蔗园,迅速成为全国最大的产糖基地,后来,我们县被命名为"中国第一甜县"。一方水土养一方人,种植甘蔗是半岛人的明智选择,因为适合,起码当初是这样。

我无法说服占福,心里不是滋味,就说占福是死脑筋,目光短浅。占福笑了笑说,自小你就这么说我,说了一万遍了吧。说起自小,认识占福是读书上小学时。从一年级到初中我和占福一直是同桌,两人性格有差异却好得跟一个人似的。我倚着学习成绩比占福好,平时说话总想压他一头,他常常不买我的账,但并不妨碍我俩的好。

我上学要擦占福的村子边而过。占福的村叫红砖村,是个小小村子,站在村边就可将人家数清,十一户。

大约是上学半个学期,一天早晨我走进红砖村,问了村里人,到了占福的家,进了院子。第一个看见的不是占福,是一个正往占福肩上挂书包的高大男人。我不曾见过这么高大的人,心里喊了一句:好大一棵树!高大男人微笑着对我说,你是占福的同学吧,来邀占福一起上学?背对着我的占福转身比我答应来得快。颜植!占福叫了我一声,然后掉过脸对高大男人说,爸,他是我的同学颜植。占福的父亲微笑着走到我面前,蹲下来将大巴掌放在我头上,说大头,谢谢你来我家。我说我叫颜植不叫大头。占福的父亲咧开嘴呵呵笑,说对,你叫颜植,但叫你大头我觉得更亲,我好喜欢你,大头。

我有点生气,不理睬占福的父亲,转身走出院子。占福追了上来拉住我的手,说我看得出我爸是真喜欢你。我说喜欢个鸟,一见面就给我起诨名。占福嘻嘻说你头就是大嘛,我们班许多同学私下都叫你大头,你知不知道?我知道,还有同学当面叫呢。同学间相互起诨名是一种风气,你给我起一个我给你起一个,扯平,互不相欠。可占福的父亲头一次见面就这么叫,我心里有点不舒服。

我俩迈出院门时,占福的父亲在背后喊:占福,学习不懂的问大头,头大的人十有八九聪明。我对占福说,你看你爸,什么跟什么呀。占福又嘻嘻笑。

出了红砖村,走在上学的路上,我对占福说,你爸像一棵树,好大一棵树! 占福眨着眼望我,说你怎么能说我爸是一棵树呢,我爸是一个人不是一棵树。我指着路旁的一棵桉树,说占福你往树上看。占福停步仰头看树,双眼眨了几下,说没啥名堂嘛,鸟毛都没一根。我说,你在你爸跟前看你爸时是不是得像眼前看树一样? 占福说对,要看到我爸的脸得仰起头。我说这不得了,你爸就是一棵树。占福摸着头,咧着嘴笑,说你这么说我爸是一棵树,那你爸也是一棵树。我说我爸也是一棵树,你爸却是好大一棵树。占福瞬间有点愣怔,继而得意扬扬起来,蹦跳几下,说你是说我爸高大是吧? 我说,你不担心你爸进门出门磕着头? 占福说哪能呢,低低头不就过去了。我说也是,怕的是哪天忘记低低头,磕出个大肿包子。占福说大头你嘴臭! 我扯住占福的衣领,说占福,你也敢叫我大头。占福挣脱往前跑,我跟在后面追,两人叫叫喊喊地到了学校。

我们村上小学的共十二个人,与我同年龄上一年级的有四个,自从我去邀占福上学之后就极少与他们结队上学了。他们说颜植你成了红砖村的人了,还有人学着电影里的台词,指着我说:"你这个叛徒!"我不理会他们,他们也就说说罢了,并不真正恨我。同一个村,朝见口晚见鼻,又不得罪哪个结怨什么的,谁管你鸡游水鸭上树? 红砖村上小学有三个人,上一年级的就占福一个,我和占福一起上学,他们没有言语。

占福家五口人,父母和兄弟三个,占福是老大。我第一次见到占福的母亲时,感觉她很矮小,她与占福的父亲站在一起,头顶够不到他的肩,半截人似的。其实她并不矮小,与村中其他妇人比,还略高呢,是占福父亲的高大将她比矮了。那时还未学到"小鸟依人"这句成语,用这句成语来形容可谓恰如其分。

占福的母亲天生一张良善的脸,五官每时每刻挂着笑。我第一次见她以为心中装着喜事呢,见多了才知是天生的模样。她对我说的第一句话是:你好大的头啊,怎么长的呀。我哑口无言,我想,世界上有谁能回答她的问话呢? 占福的母亲说话细声软语的,带着一种腔调,特别的特别,听着心里像喝了蜂蜜。

我是一个不大懂得拘谨的人，从见过占福父亲到认识他全家人，短短时间我就像是他们家一分子了。占福的父亲一如既往地叫我大头，听多了不但心里没有气反而觉得亲切了，他母亲叫我阿植，语气像叫她的三个儿子，阿福、阿禄、阿寿一般。阿禄、阿寿当面叫我植哥，私下叫大头哥。我是听到过的，他们说这个大头哥怎么和哥好得一个人似的。我叫占福的母亲婶婶，却不叫他父亲叔叔，叫他大树叔。最初的一声叫，他以为我叫错了，他说我叫余粮不叫大树。我说你像一棵树。他愣了一下，继而哈哈大笑，好好好，大树大树。

转眼间一个学期结束了。时间过得真快，快得像换件衣服的过程，不是吗，开学第一天早上上学穿的是短衣短裤，学期结束的下午回来我们穿一身厚衣厚裤。回到红砖村边，占福扯着我说到他家去。我边说占福你哪根神经搭错了线边挣脱他扯住我衣袖的手。平日里放学我是不入红砖村到占福家的，我要赶紧回家做家务。我和占福一样是家中老大，父母起早贪黑挣工分，我得赶紧回家烧火煮晚餐、喂猪喂鸡、弄好碗筷瓢盆，让劳作摸黑回来的父母不用再操劳，可以早点吃上晚餐。占福又扯上了我，说他爸妈唠叨一段日子了，要请我吃一顿饭，定的是今晚。

那个年代农村家庭一年吃不上几顿饭，我眯小眼用怀疑的目光盯住占福的眼睛。占福的双目像两口泉眼玲珑剔透。占福毫无杂念地说，我不懂你的眼神，嘛意思？我双眼迅速回归正常，望了望天以掩饰那一瞬的怀疑，用平常的口吻问，为嘛要请我吃饭？占福说，我爸妈说我的学习成绩还不错，得犒劳犒劳你。我说占福你不笨，不是我的功劳。占福自豪地说，你说得对，我不笨，我不懂的一问你你一说我就懂了，嘻嘻。占福嘻嘻后扯着我往村里走。我装作推诿说不用的不用的。其实有饭吃是流口水的，只不过不敢往外流只能往肚里咽。我边咽口水边让占福扯着走，没多想就到了占福家院子门前。我闻到了饭香，隐约还有肉香。我仿佛到了年节的门前，或者家里来了亲戚的门前。是的，一般年节或者家里来了亲戚，门前才敢飘出饭香肉香来。

占福的父母当我是一位亲戚吗？算哪门子亲戚？有点说不过去。当我是家里人？家里人平常日子是不弄饭吃的，常年吃的是番薯稀粥。真如占福所说是我在学习上给予他帮助？那算不得什么的，以占福憨厚而又好学的性格，没有我他不懂的也会问别的同学。只不过上天的不经意安排或者说是老师的无意安排，我俩坐到一张书桌当同桌罢了。

在我左想右想前想后想还想不出所以然来时，占福的母亲已在院子摆好了饭台，只等着占福父亲收工回来端上饭菜。占福三兄弟轮番问母亲爸爸什么时候回来，他们有点急不可耐了。我也急不可耐，但我问的是：婶婶你不出工吗？婶婶善眉善眼地说，你阿婶有点累，想歇息歇息。我明白这不是个足够的理由，主要是想做好一顿饭给我吃。我还不懂受宠若惊这句词，就无法形容那一刻的心情。

大树叔在天将黑未黑的时候收工回来了，包括我，几个孩子脸上光彩夺目起来，把将要入夜的晚上照得亮堂起来。

占福的母亲端上了饭菜：一泥锅白米饭，一泥锅鸡汤，一盆子白切鸡，一碟白切肥猪肉，一碟青炒芥菜，一碟生抽腌生蒜骨。这么一台，是足十成的过年大菜。

我一个未成年的小孩子，受到一个家庭的如此盛待，让我终生难忘，记了一辈子。

天一下子黑尽了。大树叔点了一盏大马灯，一家人——如果我也是的话，围坐饭台开始吃饭。大树叔夹的第一筷是给我一只鸡腿，我慌忙伸手拦住。我懂得农家的习俗，鸡腿是家中年纪小的孩子吃的，两只鸡腿，从小往上排应该是占寿、占禄吃。大树叔用另一只大手拿开我双手，将鸡腿按在我的饭碗上，说大头你今晚是我家的小客人，客随主便。我怯怯地瞄了坐我身边的占禄一眼，他正看着我，说植哥，我爸让你吃就吃呗。我却看到他眼底藏着一把闪亮的弯弯镰刀，仿佛我家里常年备着的给生产队的牛割草挣工分的那把。我也是小孩，明白占禄那个眼神的意思，一个别人家的孩子在自家的碗里碟里抢食，而且是最嘴馋的那一口，换了自己怕也是忍不住瞬间心里生怨。我不敢看占寿，想必他的眼神也像占禄的一样,甚至更犀利。

过大年一样的大饭大菜,我吃得不大安心,虽然也将肚子吃得胀胀的,但那份香是不彻底的。大树叔和婶婶没看出我的吃相,可能他们也是太专注吃了吧。

我们刚好吃完的时候,院子门咣的一声撞进一个人。我们齐齐转过身时这人到了大马灯光圈内,是我爸。我爸喘着气,一张怒气冲冲的脸都扭曲了,食指指着大树叔一时说不出话来。我心里一凛,看看我爸再看看大树叔。我爸指着大树叔嘶哑着说,长腿有你这么做事的吗?! 大树叔说颜枫兄弟,我没做什么呀,请大头吃一顿晚饭罢了。我爸说大你个头,你这是吓死人不用偿命啊,我们一家先是急后是惊,七魂丢了六魄了,你这个长腿! 我听出来了,大树叔的诨名叫长腿。邻里邻村的,大人都相互认识。

大树叔愣了一下,说不好意思我没想到。我爸怒气未消,说长腿你脑袋除了装草还能装鸟粪!

我爸拧着我的耳朵拎我出了占福家。占福一家人没人敢送出门口。

出了红砖树,我说爸您松开手,大冬天的我的耳朵快冻掉了,你这么拧着怕是掉得更快。我爸松开,拉上我的手,用余气未消尽的口吻说,你从小懂事,今晚却糊涂,脑袋也长草了吗? 我说馋嘴一时蒙了脑壳。我爸说你对他们家做了什么恩德事要请你吃大饭大菜,我说占福说是我帮助他的学习。我爸说鸡毛蒜皮,又说你要懂事,不轻易这般吃人家的,家家都穷着呢,喝粥顶饿一年勉强能撑下来,不敢随意吃一顿肉的。他们家不比我们家强,我还懂木匠活,多少能给家里补贴,日子过得尚且捉襟见肘,他们没别的本事单靠挣那点工分,长腿个高肚子大吃得多,一个顶两个或三个,粮食哪够吃。我爸不说我迟归让家里担惊受怕的事,却说到吃方面来。的确,那是一个吃不饱的年代,就说占福家吧,我邀占福上学,有那么连续三天早上,我到占福家占福都在喝番薯稀粥,下菜的是泥煲里的五条贱价青鳞鱼。占福只喝汁不吃肉。三天了青鳞鱼还躺在泥煲里,虽然已面目全非但我认出还是那五条。我疑惑地问占福怎么不吃鱼肉,占福不答我,是他母亲回的话,她说阿植啊,有鱼就有汁没鱼就没汁了。我一时五味杂陈。

夜晚黑得伸手不见五指,在黑暗的旋涡中我失去方向感,辨不出东南西北。若不是我爸拉着而是我一个人走在路上,那会是怎样的景况?难怪我爸在占福家见着我气急败坏呢。如果此时就我一个人,在天亮前能回到家么?

我问道,爸,你怎么知道我在、在长腿叔家?我爸说平时不是你常常提跟占福如何如何吗,能猜不出来?哦,我说。

两里的路,我和我爸在不觉间走完。于我,似乎不是走在天寒地冻黑得深不见底的夜里,而是走在夏天阳光灿烂的路上。整个过程我的意识里没有黑暗和寒冷,因为我爸一直紧紧握住我的手,源源不断给我传递热能。黑暗和寒冷与我无关,或者说一切与我无关。走近村子时,我看到一些人家里闪着如萤火样的亮点,让黑暗顿时四处散逃,而站在我家院子门前的母亲握在手上的煤油灯仿佛是白天的太阳,令我的心亮堂起来。但我走到我妈跟前时吃了一大耳光,我身子晃荡了几下,若不是我爸拉住我的手怕是要被打趴在地。耳光过后我妈的手没收回来,点在我的鼻头上说,你真不懂事!我爸拿开我妈的手,说至于吗,他不是你生的呀?我妈怒气未消地说,谁知道他是哪个生的!我不明白我妈何以生这么大的气,平时做错事她也打过我,但从未下过如此重的手。

过完年,第二学期开学的第一天我就进红砖村邀占福上学。大树叔见了我脸上露出歉意,说谢谢你大头,也谢谢你爸。我一头雾水,我不谢他他却谢我,一时找不到话。婶婶见我的模样,软声软气地说,你大树叔计较年前拉你来家吃饭的事呢,年都没过好,老问你爸会不会还记恨他。我说好好笑,我爸怎么会记恨呢,那晚我爸一时着急罢了,还有呢……我没说下去。婶婶接过我的话说,你爸一定跟你说不要随便吃人家的饭,都是穷人家，平日轻易吃不上一顿饭。我有点不好意思，婶婶猜到我爸的心思猜到我没说出的话。我挠挠头说不至于嘛。婶婶说对嘛不至于的，你大树叔像你爸说的脑子里长草罢了。你知道吗，你爸给我们家做过柜子，多豁达的一个人，宰相肚里能撑船，哪像你大树叔小鸡肠子。大树叔有些急，说你怎么可以这样说我，我脑子不长草，肚子也大着呢，可以放风筝。先是占福笑了起来，跟着我笑了。婶婶也笑了，指着大树叔一脸的傻笑说，看看那傻样。

我一如既往邀占福上学。

期中考试，我和占福的数学都考个满分。我们背着日落的阳光回家，占福兴高采烈地唱了起来——"双飞燕，杨柳风轻如杏雨，流水画桥西，山外红楼倚。堤畔踏青时，书伴枕，梦栖迟。我落拓天涯，自叹文章失意……"

占福竟然会唱粤曲！腔调咬字含音有模有样，我好诧异，说你个占福哪学来的？占福一脸骄傲地说，也有你不知道的吧，我是跟我妈学的，偷偷学的。我妈跟我爸结婚前是水东村戏班子的，花旦角色呢，我妈唱起来可好听了。我说怎么我没听她唱过？嘁，占福说你见我妈时是唱曲的时刻吗？我说还有讲究？占福说讲究不讲究不好说，我妈呢一般是晚上我们一家准备睡的时候，关上他们房门时唱。我妈是唱给我爸听的，但房门挡不住唱声，我们兄弟仁都能听到，俩弟弟没听几句就睡熟了，我呢，以前也像俩弟弟听着听着睡过去了，这两三年我听着上瘾了，要听完曲才睡得着。我妈唱一曲最多两曲，我爸说明天要早起歇了吧，就歇了。我听我妈唱，不经意跟着哼哼，细水长流的就学会了不少。在占福述说的过程中，我想到另一个问题，说你爸一定是戏迷，追着你妈的戏看，追着追着就追到你妈了。嘻嘻，占福憨笑道，我不敢问，不过我的想法跟你一样。我说你爸真白鼻。占福听我说他爸是好色鬼，猴急地说你爸才白鼻呢。我说占福你全家都白鼻！占福比猴更急地说你全家都白鼻！

我们喊喊闹闹地到了红砖村，分道扬镳。我掉头喊，占福你全家都白鼻！占福在我背后喊，颜植你全家都白鼻！

占福在我面前开口唱粤曲之后有些收不住，上学放学路上我们不说话时他突然开喉而唱。我不太喜欢粤曲也不太讨厌，有心情时听他唱完一曲，没心情便在他唱的途中将其打断。我大声说得最响的一句话是：占福你肚子又痛了啊！占福还我的话也是重复的一句：你这人好无趣！

我听占福母亲唱粤剧是书读到五年级那年的正月十五。雷州半岛的习俗，大年初一到初五，忙着做大饭大菜吃、走亲戚拜年会良友、舞狮舞龙闹民俗……初六至十五是看戏时段。当然，是没有哪个村子能看满这么多天戏的，一般村子请来戏班子做一两场应景应景、喜庆喜庆，摆个姿态给新年看，也让邻村知道穷是穷但没有到山穷水尽的地步。哪个村想充大头多做一场两场也威风不到哪去，谁不知道谁呢？

占福的母亲是被娘家水东村人请回村唱一台的，自从她出嫁后就再没上过台，不是她自己不想上，也不是大树叔压着不让她抛头露面，是水东村又出了一名年轻能胜任的花旦角色。就算占福的母亲心有不甘，大树叔百分百地顺着她心意，但毕竟，嫁出去的女人泼出去的水，不是水东村的人了，又有了接班人，就顺坡下驴吧。

正月十五上午，占福的母亲上台唱大戏的消息传到我们村，我听到了。占福的粤曲师出他母亲，而我从未听这位婶婶唱过，出于好奇心也想借机听一次。但戏是晚上演的，我爸妈未必让我一个人去看。我脑子盘算着如何能去，却没盘算出子丑寅卯来，心里痒得不行。没法可施了，中午吃饭时就直接跟爸妈说，我想看一场大戏。我妈说前两晚不是看过了吗，你有戏瘾啊。我说我们村年年演木偶戏，水东村今晚是人演大戏，我想看看。我妈说天寒地冻三更半夜的，不许去！我爸也说木偶戏人戏都是那么回事，听你妈的。我心里有气，放下粥碗出了家门，我爸跟了出来，说颜植看你憋屈的，你一个孩子家家，夜里来回我们大人哪放心。我气鼓鼓地说，爸你陪我去嘛，占福粤曲唱得那么好，说是从他妈那学的，我没听他妈唱过，今晚他妈上台，我想去看看。我爸眼睛亮了一下，问我听谁说的，我说村里有人说。我爸说道听途说，她多年不上台了，水东村早就有人代替她了。我说听说那个代替她的花旦年前出嫁了，今年不便出演，水东村人请占福母亲回村演一台。我爸眼睛又亮了一下,说了一声哦。我爸拉我回屋,对我妈说,让颜植去看看也好,长长见识。我妈说那也不能让他一个人去呀,村里有人去吗?有伴去来回才放心。我爸说我陪颜植去。我妈看了我爸一会儿,说你不会又有什么花花心肠吧?我爸说你说我还能有哪份花花心肠?我妈说懒得理你。

我爸妈的对话话里有话,只是当时我注重的是结果,没有别的心思。

天刹黑时我和我爸出门去看戏。水东村是我们大队和学校的所在地,是一座大村子,一千多口人。听说戏班子有些历史了,一代一代地传承,从未间断过。

俗话说十五的月亮十六圆,正月十五没有月亮。冬天的天多数时候是阴着脸的,像人一样穿着厚厚的衣裳显得沉重,少了灵活和轻松。

夜里没有那天晚上我爸带我回家那般黑,或许是十五的缘故吧,毕竟是应该有月亮的夜晚,云层最厚,月光也会有洇渗,伸手能看见五指,甚至能看丈把远。

"落花遍千里万方,百花冠泪眼谢民望。国土碧血未干,盛宴一场好殉葬。苦心血,恩千丈,忆先帝梦里别有感伤,国破与家亡。看落絮飘零现况,生关死劫历遍城门穷巷。世显永伴长平合葬,江山劫,转希望,唯求盛世胜天堂,俪影丧生永远莫侮余情荡……"我爸哼起了粤曲,我感到突兀。我爸竟然也会唱粤曲,我从没听他唱过!在这之前如果有人告诉我我爸会唱粤曲,我一定认为这人烧坏了脑子胡话满嘴,或者天方夜谭。

我执意要去听占福母亲唱粤剧是出于好奇,看我爸此刻的心情兴奋溢于言表,不是有戏瘾就是戏迷。他双手搓擦着,自言自语地说太好了太好了。想到戏迷我突然想起大树叔,我爸当年是不是也像他那样迷上了占福母亲的戏,追着看,追着追着就爱上了占福的母亲?这想法吓我一跳。两个年龄相仿的年轻人同时追一个姑娘,争风吃醋,棋逢对手,成为情敌。论相貌我爸不敌大树叔,论手艺家境大树叔不及我爸,最终占福的母亲选择了大树叔,看来相貌占上风,有手艺家境好的我父亲败下阵来。至于人品什么的一点都不重要,哪个男人不爱美人?哪个女人不喜爱靓男？那个年纪的我阅历简单、想象力肤浅，注定了思维和想象的局限性。长大后才明白爱情不是一加一等于二那样简单。

我爸唱着粤曲带着我走到戏场。戏台我是见过的，并爬上过。有次放学后，占福邀我去他外公外婆家，出来后他问我有没有见过水东村的戏台，我摇摇头，他就领着我去看戏台。在我的想象中，戏台是木头搭建的，事实上却是用黄黏土舂筑而成。民国年间，雷州半岛许多人家建房子用这种黏土舂墙，任由风雨侵蚀，千年完好无险情。有一实例能证明这种黏土舂成的墙坚忍不拔：雷州半岛历史上被称为"荒蛮之地"，历来匪患成灾，不少村庄为防土匪，用黏土舂十丈高的炮楼，到现在仍屹立不倒。

"花香十里染罗衣，正芳菲，万紫千红吐艳时，莫负了花朝，只怕春光易老难留住，借花田会，暗中挑选郎儿，唤春兰要为我多留意……"我站在戏台想象戏台像什么的时候，有人站在戏台中央开喉唱开了，令我不能确定戏台是像一块晒场还是一面镜子……

戏台前已有不少人，霸在前面的是水东村人，凳凳椅椅的参差一片。近水楼台先得月么，自然的事，其他附近村子赶来的只得站在后面，我和我爸也不例外。我没看到我们村人，或许有人来了或许没人来。

戏台布置得简简单单，背景是一块红布，暗红的那种，戏台四角木桩上高高挂起了大汽灯。一眼望尽，简单而阔气。

戏未开场，场面有些吵耳了。我爸问旁边一个中年妇女今晚唱的哪一出戏，中年妇女说《花田盛会》。

我踮着脚伸长脖子像只鹅盯着戏台，心里有点急，怎么还不开场？有人在我左侧扯了我一下，转脸一看是占福。我料到占福在场，在外公外婆村，他妈登台，台下就算没人他也会去。他扯着我对我爸说，叔叔，我留了座位呢，到前面去坐。我和我爸跟着占福绕弯向前走。我爸说占福呀，你有心了。占福说，我是没想到的，是我妈交代的。哦！我爸说。我瞥了我爸一眼：红光满面。我暗想，我爸和占福他妈真有故事啊。不容多想，占福领着我们到了座位。不是最前排也不居中，但足以好好看一场戏了。

刚坐下，乐器立时响起戏开场，像计算过似的。

　　与其说我是来看戏的,不如说是来看占福母亲的,当然包括看她演的戏。一晚的戏,就故事来说我看过后串联不起来,我只顾看占福母亲了,那扮相那模样那个美!那动作那表情那唱腔那个美!平时占福母亲的容貌和一般村妇差不多,顶多稍稍好看些,可打扮起来真是美若天仙!我找不出更好的形容词,那个年纪只能用美若天仙来形容。我想别的妇人打扮起来会不会是这副模样,我妈打扮起来会不会是这副模样。长大后我才弄明白,一些人天生有扮相,一些人怎么扮也没相。占福的母亲是天生有扮相的,况且还有天生能唱好粤剧的嗓子,这样,占福的母亲就是天生演粤剧的了。

　　我爸的看戏过程我一点没顾及,我只顾看自己的了。到了散场时,所有人都站了起来收拾情绪离开,而我爸还坐着不动,我掐了他两下都没反应,他还在戏里没出来呢。我脑子里猛地闪出"弱水三千"这四个字。

　　我和我爸最后离开戏场,我放眼四处找占福,没有踪影。其实,占福领我们坐下后就没踪影了,他一定是坐到大树叔身边去了,淹没在人堆里。此刻,占福一家人应该到他外公外婆家去了。

　　在没有彻底离开时我爸就唱开了:

　　(生唱)拾翠能无怜香意,似蝶舞海棠丛,在花间晒粉翅。手帕未绣名和字,只绣只蝶儿,多少脂痕共粉气。

　　(旦唱)恨咫尺难回避,真羞煞了娥眉,他轻狂拾了香巾去。欲向他来论理,怕他难喻理。羞怕,作春莺语。

　　(生唱)睇佢翠敛远山眉。

　　(旦唱)好个俊俏美丰仪。

　　(生唱)睇佢似笑似嗔还怨时,别有可人怜之处。

　　(旦唱)秀才还我小罗巾,古道斯文不拾遗。(旦白)秀才还我罢。

　　(生白)小姐有礼!(生唱)落花原有意,偏偏落在案头书,粉蝶过东墙,题红飘上苑。

　　(旦唱)怨浪漫书生,偏欲借红绫寄意,崔娘曾未识张郎,莫说西厢空递简呀。

（生唱）信是有缘能相会，不劳千里酬诗……

我爸一节男声一节女声加道白地唱，把脚下的路唱得生动起来，把夜空唱得生动起来，把自己唱得生动起来。

一曲唱完，差不多就到家了。

后来，我知道这首曲叫《花田错会》，是占福告诉我的。我曾试图学会这首曲，终归没学完整，不曾在人面前唱过。

我爸收喉噤声后，一切生动顿时消失得无踪无影，像一段写好的文章被一笔勾销，但痕迹依然可以留在脑子里。

夜深了，村里很安静，几声狗吠将安静推得比夜更深。我听不见我和我爸的脚步声，我们悄无声息地回到家。我和我爸像贼一样轻手慢脚不弄出声响开了院门，又开了屋门。在母亲和弟弟把梦做到佳境的时候，我们小心翼翼尽量保持好筑好的梦境，同时加入进去。

我躺在床上合着眼清醒着，像梦一样回到戏场的场景。我的重点还是看戏时的重点，不同的是看戏时用眼睛看占福的母亲，现在复盘是用心想。

这个平时见面我叫她婶婶的妇人，之前只觉得亲切，一晚的戏之后，此刻，她烙在我心灵深处了。我放飞自己的想象翅膀，假若我早出生二十多年，会不会像大树叔或我爸那样追着她的戏看，然后爱上她？我把我爸拉进来不是牵强的想象，种种迹象表明他脱不了关系。我顺着这个思路往下想，把过程想得乱七八糟，其中想到一场格斗，想到了这么个场面我于心不忍，矮小的父亲在大树一样的大树叔面前是何等不堪一击。应该排除这场格斗，因为看上去我爸和大树叔都不是喜欢动拳脚之人。

至于我爸最后何以输给大树叔，应该是其他原因，但究竟是什么原因，说不清道不明。就算三个当事人想说清道明恐怕也是各说各话。我愿意这么下定论。

第二天中午我妈和我爸吵了一架，中心内容是昨晚的戏。我听了我妈的一句中心话就明白了，我妈说，你不是发誓一辈子不看她的戏吗？这句话证明我一晚的想象并非臆想。

红砖村与四周的村子有较大的差异,似乎是个异族。那年代瓦屋不少了,但茅屋也不少,说起来似乎自己打自己人的嘴巴,不是的,比如吧,一些村子富裕些村中瓦屋就多些茅屋少些,而穷点的村子呢瓦屋就少些茅屋多些。红砖村的不同与瓦屋茅屋是多是少无关,差异性在于哪个村子都有黄土黏泥舂墙的屋子,唯独红砖村没有,无论是瓦盖的屋顶还是茅草盖的屋顶,一律都是红砖砌的墙。我长大成人后,进过的村子多了,多数人家用红砖砌墙了,但村中黄土黏泥舂墙的缩影还残留着,甚至那种黏泥舂筑防匪的炮楼,有的村庄保留着,直至如今,成为历史的印记。

红砖村是因为出产红砖而得名。民国初年之前叫竹林仔村。村小人少没出过什么能人,发现沙质土能做成优质红砖的不是竹林仔村人,是一个以捉蛇为生的外村人。有一天捉蛇人到了竹林仔村,挖一个蛇洞,挖深了发现了能做成优质红砖的土。捉蛇人放弃了捉蛇的职业,聚集几个壮年人来到竹林仔村,与村人商讨,租地建窑打砖。商讨顺畅,竹林仔人村提出的唯一条件是只能在村前挖地取土,村背及左右不能,说是会伤风水。那捉蛇人高声答道:理解,村前水塘村后岭,风水是要讲的。双方算是一拍即合。

我邀占福上学的那几年,窑砖做活计的几个人从早到晚忙忙碌碌,看上去生意挺红火。我和占福从部队退伍回来后已是人去窑空。没有什么可奇怪的,经过百十年的挖取,能做出好砖的土已淘尽了,再者,那时已进入机器打砖时代,手工重活是吃力不讨好。一直以来,我不大关注几位打砖烧窑的人,如他们不关注我一样,我叫不出他们之中任何一个的名字,他们之中也没人叫得出我的名字。我对他们是陌生的,其间他们换没换过人,我也没放在心上。占福的心态似乎也和我一样,只不过他们叫得出占福的名字。道理很明白,占福是红砖村的人而我不是。占福对我说,我讨厌他们,在我们村前挖出几眼大水塘,让我们上学绕了大半圈子才走到正路上。我倒不认为那是多大的阻碍，绕圈走多点腿力罢了，我想的是若将几眼水塘贯通成一口，宽大起来那就壮观了，像一口湖，轻风吹过也能掀起涟漪，想着都好看。我没有将脑子里想的对占福说，问道水有多深，占福说过大人头。我接着问有没有鱼，占福说有，瘦了吧叽的，没别的山塘鱼肥。说起山塘，每个村子都有，能叫得出塘名却不知本原，追溯不了，也许是与日月星辰天地宇宙一起诞生的吧。

打砖烧窑的人不理会我，红砖村的人见了我都亲热地打招呼，他们跟着大树叔叫，大头大头的。我习惯了，听见了很自然地应声。进入红砖村我自觉间歇性忘记我是颜植，如果有人偶尔叫颜植我感觉别扭，甚至会出现恍惚的表情，一时回不过神来。大头，这个诨名不知从什么时候起我当作赞美的称呼了。头大的人聪明，许多人都这般说。占福是一直叫我颜植的，四年级某一天下午放学回来的路上，仲春西斜的太阳暖意洋洋，我对占福说你以后也叫我大头吧。占福傻着脸孔问为什么，我说你妈说头大的人聪明。占福呵呵地傻笑说，那毕竟是个诨名，别人叫我傻福我听着好不舒服。从什么时候开始人们叫占福傻福？我记不得了。占福并非那类真傻之人，在班里学习考试成绩一直靠前，是他的面相、表情表露的劲儿让人们觉得他傻。比如他对事对人常常用呵呵来表达。孩童时代几乎所有人都被安上诨名，什么时候安的，谁安的，时间长了追根究底起来有点说不清道不明。我说起码在红砖村或就我们俩人时你得叫我大头。占福说你这人真是屙硬屎，我说你也屙硬屎呀。俩人就一路嘻嘻哈哈。屙硬屎，得解释一下，我们那一带是执拗的意思。

春花夏雨秋黄冬枯，时间在上学放学的路上走得匆忙，匆忙得像是被什么物件绊了一下，一个趔趄身子站直后，我和占福可以与父辈们试比高了。从一年级到初中，似乎是眨眼间的事，而后我们进入了高中。

上学的方向没有变，从南向北，经过红砖村、水东村，继续朝北走两公里到了北岭中学。我一如既往邀占福上学放学，只是不是一周五天早上午间傍晚了，而是一周两次。我们住校，周一上学周末回家。还有一个变化,我们不再是同桌,连同一个班都不是。但这不妨碍我们兄弟般的感情,放学后我们一同去饭堂,晚自修课后到足球场草地上东说西扯。

没有人叫我大头,也没有人叫占福傻福。

中学生正儿八经了,却没有正儿八经地读书,学校驻进工宣队。学校开垦荒地种甘蔗种水稻,一周三天学习两天劳动。

学校有宣传队,占福知道后找上门去,还演唱了一曲。工宣队长负责学校宣传队,对粤剧不感兴趣,叫占福唱京剧样板戏,占福哪会唱,被拒之门外。占福对我发牢骚,说粤剧也是国粹啊,他竟然说是没落剧种,狗肉上不了宴席。我笑道傻福也有脾气。占福说你不要公开叫我傻福,叫开了我跟你翻脸。

占福进不了宣传队上不了台,不妨他闲时唱上一嗓子。占福的嗓子不知什么时候褪去童声童气了,宽阔浑厚,声出洗耳极具感染力。占福时不时地亮嗓子,渐渐地不少同学认识了他,有些同学对他的唱着迷,按今天的说法就是成了他的"粉丝",见了面就喊道:占福来一曲!除非人多的场合,一般占福不会随意开口唱,比如单就一个"粉丝"叫,他是绝对不唱的。占福对我说,不管是不是粤曲迷,总觉得对一个人唱像是对牛弹琴。我第一反应我是一头牛,因为从小学到高中,占福就我与他两人在一起时唱的粤曲不可胜数,继而想起他的父亲和母亲,我笑着说占福,我是一头牛你爸也是一头牛。占福噎住了,傻傻地看着我,半晌出不了声。占福的话把我带到牛角尖里去了,而我也把他捎带上,他一时出不来我一时也出不来。这个拐了弯的道道又花了半晌我们才走出来,我大笑,占福呵呵。

占福唱粤曲有两个重要场合。一个是去饭堂的路上,男声女声声声接声声地喊,占福来一曲占福来一曲,占福就情不自禁了。二是晚自修课后足球场草地上,记不得从什么时候开始,我与占福的闲扯地被粤曲迷们占领了。除了下雨,不论春夏秋冬,有月亮的夜晚没月亮的夜晚,有星星的夜晚没星星的夜晚,如果我和占福在,草地上少则来十余人多则来几十人,男生坐一堆女生一堆,听占福唱曲。占福跳出人群外,把平地当戏台,情感、腔调、举止丝丝入扣。

一曲末了,自然有呼应,齐声一个"好——"!不像后来通俗歌星粉丝们的尖叫不断。一个好字了得!

占福不会沉醉于曲里出不来,他把曲唱深了,夜也深了的时候该收就收住了。他说散了吧。说散就散了,没有人有异议。

占福是个做事把握有度的人,只是当时我没意识到。

是我的迟钝,当我觉察到占福与一个叫罗姑苏的女生关系不一般时已是高二第二学期中期,也就是离我们高中毕业不到两个月了。占福的女生曲迷有十个八个,罗姑苏是其中之一。罗姑苏的五官是四平八稳的那种,不细心去看难让人上心,用心看还是挺耐看的。一眼看上去,罗姑苏个头偏矮,其实不然,用眼细量一下,也有一米六左右,因为身板墩墩的,就有点不显个头。这种身板子的女人,做起农活是可以一气呵成不休不息的。罗姑苏,令我想起一句唐诗,"姑苏城外寒山寺,夜半钟声到客船"。我想,占福看上罗姑苏而没看上比她更好看的曲迷女生,应该不是诗意的名字,而是算计那身板子,这一点,在我们退伍回来后我问占福时得到证实,他呵呵,说按说,十七八岁的还算是个孩子,懵懂着呢,用算计不大恰当,不过京剧有一句唱词"穷人的孩子早当家",懵懂里有着潜意识,回想起来,我承认有你说的算计成分,不过也不完全吧,不是有句话叫"情人眼里出西施"吗?我更愿意是这样。我觉得占福有点强词夺理,但我想,我再说什么何尝不是强词夺理?

我迟迟才觉察占福和罗姑苏的关系不一般,也不能完全归于我的迟钝。眼睛是心灵的窗户,两个人相互倾慕是从眼睛倾吐衷情开始的,占福的女曲迷中,早早地我就觉察到有几双眼睛向他倾吐衷情,其间,我以自以为是的洞察力企图捕捉占福眼睛对某个姑娘的定点取向,以为占福稍有风吹草动必定逃不出我的法眼,但占福用他站在戏台上的演艺遮掩得天衣无缝,令我的自以为是一无所获。当我发现占福和罗姑苏的关系不一般时,我自以为是的洞察力是多么可笑。我的情商不及占福的十万分之一,他用他的演艺作为卧底式的掩护,骗过除了罗姑苏外所有他的曲迷。他在唱曲时候的眼神是大众的,一视同仁的,如果你不能细致入微,被蒙在鼓里就理所当然了。

我最后洞悉占福和罗姑苏的关系是在连续三个朗朗月色的晚上。有点异样,占福三晚的唱曲里都有《牡丹亭惊梦之幽媾》。之前,占福每晚都更新前一晚的曲目,避免重复。如果这三晚我不坐在男生堆的右边,罗姑苏不坐女生堆的左边,三晚过去就过去了,偏偏我和罗姑苏都坐在各自该坐的位置。《牡丹亭惊梦之幽媾》是杜丽娘与柳梦梅的对唱,占福既唱生也唱旦。占福一般不既唱生也唱旦,而是用他的平喉生、旦一唱到底,既唱生也唱旦是偶尔来一下。他的假旦唱腔不逼真,其实效果还算可以。

朗朗的月色亮如白昼,我与罗姑苏之间,一侧脸,面容一目了然。对于粤曲,从根本上说我是不大入心的,听占福唱,一直以来是因为我们的情谊,这份情谊不会因为占福有了他的曲迷而有所改变,依然不离不弃地陪伴着。不太入心,自然而然会走神,把神走到朗朗的月色上,走到男生女生听曲的神态上。往右一侧脸看到罗姑苏,夜色下罗姑苏的五官让月光描绘得比平日鲜活生动:浓密黑发点缀着碎金的闪亮,弯月般的眉毛随着曲声轻微地跳跃,长长的睫毛宛若两把精致的小扇子不时地扇一下扇一下,高而直的鼻梁像突发而出的青笋生机勃勃,嘴唇润湿而性感。这一切因朗朗的月色而诞生。回到罗姑苏的眼睛上,五官生动似乎是为了掩护,但心灵的窗户是关不严的。用心看,无论是高直鼻梁或是长长睫毛的遮掩都无法罩住目光的长伸,完全可以看到一道光抵达占福。当然,单单从目光抵达目标上看,男女曲迷们都一样,但罗姑苏的目光融化在月光里,融化在占福的唱曲里,浑然一体。那扑扇扑扇的睫毛如晨露一样滋润,两眼汪汪如月光下的清泉洗去一切杂尘,专注于心,情真意切。再看占福,似乎全神贯注于他的唱腔和身段里,一视同仁地把他的表演奉献给他的曲迷,实际上,《牡丹亭惊梦之幽媾》在他心底里是独自唱给罗姑苏听的。他不是故意欺骗别的曲迷,而是情之所至不能自已。当他是柳梦梅的时候,"真似月里仙降云霞 娇俏弄带低头 妙如雾里花 这般美容华似非半夜迷途",眼神是投给罗姑苏的;当他是杜丽娘时,"早经有梦 畅聚牡丹下 倾心共话",眼神飘向其他曲迷。

……

柳:实爱她天天拈香拜仙画

杜:听君吐出肺腑说话 疑团尽化

柳:鸳鸯帐 同梦也

杜:天边有 明月挂

柳:吾怕吾怕

杜:害怕害怕 脸珠泛红霞

柳:不教小姐娇羞 放低帘前绿柳纱

占福的无意欺骗迷惑了在月光下听曲的所有人。我不是反应过来了吗?但如前面所说,我迟钝了,他们听占福唱曲只不过一年多,而我呢?

好个占福!

如果单从占福与罗姑苏的长相上看,他俩还算匹配,但把占福、罗姑苏两个名字放在一起,有点滑稽。不是吗?一个土得掉渣一个风雅诗意。不过,我想起董永和七仙女的故事,占福和罗姑苏又有什么呢?

那个年代,男女同学之间,平时相互不说话没有来往,哪怕说上一句话也是少有的。传统的男女授受不亲观念这件旧衣裳传承般地还穿在我们这一辈身上,加上"学生不准谈恋爱"的校规像把利剑架于头上,谁个敢冒天下之大不韪?我问占福,你与罗姑苏私下的勾当到了何等程度?占福呵呵,说不说与你听,心里痒去吧。喊!我说作为兄弟是怕你死无葬身之地,占福说你是杞人忧天。我说工宣队都杀鸡儆猴了你还敢当儿戏,占福说道之道,非常道,他们哪,藏了脸露屁股,不死个难看就怪了。又说兵者,诡道也。这个傻福不傻,懂得诡道。

我说的"杀鸡儆猴",学校是有先例的,有两个同班男女同学偷偷写情书,班里有同学告发,工宣队长派人侦查,拿到了证据,开了全校大会宣布开除那两位男女同学。同学们议论纷纷,几乎没人敢说工宣队的专横,都说那对男女丢人。

我说,占福你和你爸一个鸟样,白鼻!占福呵呵,说白鼻是男人的天性,你不白鼻啊,那就不正常了,太监。我学占福,呵呵。是的,我们都到了怀春的年龄,哪有见到喜欢的姑娘不动心的,只不过那个年代只能心动不能有行动。小时候说白鼻,认为是骂人,长大了褒贬不分了。像那两个被开除的同学和占福罗姑苏这样的情种少之又少。我带有开玩笑的味道说,占福你说说你的诡道,我也学学,日后要是看上哪个女的,追起来有道道。占福呵呵,说你颜植脑瓜那么活泛,哪用得上我的歪门邪道。我笑着说占福,我承认我脑瓜全方位比你活泛,但单单白鼻方面攀不上你,望尘莫及。占福呵呵傻笑,说白鼻能胜你一筹也是不错的。我转个话题认真说,占福你第一意念是不是看上罗姑苏的身板子,将来能生能养能劳作?占福怔了好一会儿,说颜植你这话有些恶毒,不过我可以负责地对你说,不管最初怎么糊涂,但现在我真爱上了她。占福这么说,我哑口无言,还能说什么呢?占福说颜植,我们哪里是来读书的,读书不像读书劳动不像劳动,不伦不类。我们快要离开学校了,从哪里来回哪里去,这是我们这一代人的宿命。求学前路茫茫,能遇上一个可心的女子,也算是冥冥之中的回报吧。

占福说得不错,不知何时,"学了数理化,走遍天下都不怕"的口头禅改为"学了数理化,学了也白搭"。上大学不是靠考试而是靠推荐,绝大多数农村的孩子是一丝儿机会都没有,又有几个学生把读好书放在心上?

临近高中毕业,传来恢复高考的消息。这振聋发聩的消息,将老师学生们从多年的沉沉睡意中炸醒,一时惊喜、兴奋、泪奔种种情绪像飓风一样席卷整个学校每个角落。前路茫茫,终于拨开乌云见天日。但这飓风来得快去得快,奔走相告击掌相庆之后没几天,校园重归沉默,陷入不知所措之中。几乎所有老师学生都明白,消息是大好消息,来得突然却令人措手不及。

　　高考是在冬季，还有半年时间，但学业像久症不医的病人。俗话说病来如山倒，病去如抽丝。想用这么短的时间来治愈可谓天方夜谭。

　　占福对我说，这高考恐怕是竹篮打水一场空。我说那又怎么样，梦想梦想，有梦就得想。占福说也是，就算是一场空，我们也得经历经历。

　　无论如何，高考冲刺全面展开了，暑假不放了，集中补课、复习。不单单是我们应届毕业生，早十届八届的学生也参与进来，像一条条小溪汇流成一条河，形成汹涌之势，大有不到黄河心不死的决绝。但实际上雄心壮志下的心是虚的，昂扬的脸上挂着苍白，似是明亮的眼睛深处藏着躲闪。

　　情况是，心知肚明却心有不甘。

　　最终的结局，我们这间乡村中学高考上榜率为零。

　　意料之中的事，没有人过于沮丧。目标在，希望自然也在，不到黄河心不死的大有人在。不少人报名复读，继续为心中的梦想奋力拼搏。那个年代，农村的孩子想改变自己的命运，最好的途径是考上一间学校，毕业分配工作端上铁饭碗，改变祖祖辈辈面朝黄土背朝天的命运。于我，也是这种思想。但我也明白，眼前是一条独木桥，在千军万马涌来扑向这桥时，又有几多人过得去呢，多数人会落水被淹。

　　占福问我，颜植你不报名复读吗？我说我没想好，你呢？占福说人有自知之明，我不想浪费时间，浪费时间就是浪费生命。又说颜植啊，以你天生的资质考上一间学校应该没大问题，作为兄弟，我劝你复读。

　　两年半农半读的高中生活，虽然都没太用心放在上课上，但毕竟是学生，学生是要常常考试的，老师改卷公布分数，分数高低同学也看上一眼。一次次考下来，一个班成绩好的不好的也有目共睹。班中几个成绩好的得到同学的尊敬，是于无形中形成的。如果每次考试都占据班中的前三名，这个学生的名字不但会在班中、还会在全校同学中流传。我，颜植，也是被流传的名字之一。当时我是不大清楚的，二三十年后，在某一个地方某一个场所遇上某一个面生看上去同一般年龄的人，人家叫出我的名字而我却不知道人家是谁，陷入尴尬时，人家会说我们是同学啊，我是某个班的，我就"哦哦"装作想起的样子，事实上我还是叫不出人家的名字。

这种情况屡屡发生,就猜想当年我在同学中是有知名度的。

或许占福说得对,我若复读应该能考上一所学校。把目标放低一点,考个中专可能性蛮大的。那年规定毕业生只能考本科不能考中专,我差十多分没能考上本科,中专的分数是足够的。中专毕业,分配上单位就可以端上铁饭碗了,这是逃离农村的大好途径。

如果不是时值冬季招兵,我最后一定会复读。冬季招兵让我多虑了,我想,去部队考军事院校也可以嘛,万一考不上还有提拔干部的机会,逃离农村就多了一个机会。我的数学是几个学科中最好的,但这次的演算法是错误的。

我跟占福说,我去当兵,你去不去? 占福说,我倒没想过。我说去部队有提干的机会,何不搏一下? 我不说心怀叵测想考军事院校,那样占福可能会犹豫。占福说可以呀,我们当兵去!

我和占福体检顺利过关。春节前等待入伍的一段日子,我和占福都有些懒散,不大参加生产队劳动,相互走动走动。占福第一次到我家时我妈定神看了他好一会儿,占福说,婶子,我脸上有花吗? 占福竟然能说出这样的话,我觉得有些滑稽。而我妈说出的话令我诧异,我妈说你是占余粮的儿子? 占福没有诧异而是呵呵,说我不是占余粮的儿子那是谁的儿子? 我妈说没想到你这么矮。占福只呵呵没说出话来。是啊,小学时我曾想过占福长大后会不会像他爸那样高大。我们相伴读书九年,一起长大成人,他并没有高出我一头,而是分不出高低。我到占福家是想见大树叔和大树婶婶,这么多年了,他们真的如我家人了。有一天下午进了占福家见了罗姑苏,我并不感到意外。罗姑苏呢,见了我也大大方方的,仿佛她一直都在占福家里,是其中一成员。身边就我和罗姑苏的时候,我对罗姑苏说,我和占福是奔前途去的,将来是要提拔当军官的,你不怕占福当陈世美? 我和占福这般要好,在学校,罗姑苏却是很少跟我说话的,甚至懒得看我一眼,我心里一直有点计较,趁机说她不中意的话。罗姑苏说,占福不会是陈世美,你颜植就有可能。我说我想当陈世美也当不成,因为我家中没有女人。罗姑苏说，颜植你这人孤傲，注定没有女人喜欢你。原来罗姑苏对我是这样的评价，难怪她不正眼看我。我正要找更难听的话说罗姑苏，占福的母亲来到我们面前，我带着嗲声叫声婶婶。我是叫给罗姑苏听的，让她知道我在占福家的地位。罗姑苏白了我一眼，离开。占福的母亲笑眯眯地对我说，到了部队，你还得像以往一样照顾占福。我说婶婶，我和占福都长大了，没有谁照顾谁之说，你把心实实放在肚子里，我们出息给你看。占福的母亲脸笑成一朵花，说我就喜欢你甜甜的嘴，不像占福，见人就呵呵地傻笑。我说傻相有傻福，你看占福都给你带媳妇儿回来了。占福的母亲说花儿有早开晚开，福儿是花儿早开，你的花儿呢，迟早也得开的。我说婶婶，这媳妇儿还满意吧。占福的母亲说，我满不满意不打紧，福儿满意就行，你说是不是？我说婶婶唱戏唱出见识来，唱出思想来。我说的不是恭维话，这个唱戏唱了近半生的人与一般农村妇人就是不同。占福的母亲花儿样的笑脸灿灿烂烂，说你看你说的，我疼你没白疼。你不像你爸的木讷，你从哪里来的呢？说到我爸的木讷，我忍不住问出藏于心中多年的话，婶婶，我爸当年是不是也是你的戏迷，也追求过你？占福的母亲收回灿灿烂烂的笑脸，说植儿，你最大的毛病是太过好奇，一些事情是说不清道不明的，或者该烂在肚子里的。我说好吧。

晚上我留在占福家吃饭。不是他们留我而是我要留下的，自从小学那次他们给我吃大餐让我爸妈不高兴，我就再没在占福家吃过饭。我突然留下，占福的母亲有点埋怨，说植儿你也不早说要在家里吃饭，什么也没准备。大树叔也说就是，你这人行事总由着性子来。我笑着说，家里有鸡蛋吗？炒一盆不就行了。占福母亲说今晚呢就随便点，说好了，去部队前要来吃上一顿好的。我说那占福也得到我家吃上一顿好的。占福母亲说就这么说定了。

吃晚餐的时候不见罗姑苏，她什么时候离开的我也不问。

第二章
弱冠之路
梦想破碎, 从哪里来回哪里去

　　腊月十五上午, 北风呼啦啦的, 将我们四十二名准军人从四面八方刮来公社, 同时被刮来的还有没法数清的送别亲属。刺骨寒风被公社院子里的热闹场面吓得四散而逃。天寒地冻也可以有火热场面。亲属延续的叮嘱在此情此景下显得喋喋不休了, 准军人们的注意力已经不在耳朵而是眼睛了。我看到许多熟悉的面孔, 是同届的同学, 后来知道在入伍的名单中同届的同学占二十八人。在高考大门打开、作为读书人大有奔头的巨变情况下, 像我一样选择离开的人真不少。看来绝大多数人心中有数, 大门前通往高等学府的路真的是一座独木桥, 以我们读书时收获甚微的知识, 要做的梦是黄粱梦。

　　人群里,好多同学丢开家人走到一块。我班的王子良到了我跟前,两眼望着我很真诚地说,颜植,没想到你也去当兵。我说,奇怪吗,你看我们一届的有几多人。王子良说我们怎么与你比,你学习成绩谁个不知晓?复读一年百分百能考上,说不定还名校呢。我说王子良你是一叶障目,近几届读书的都是矮子。王子良说我听不明白你的话。我说矮子里挑高佬,明白不?王子良眨着眼,一时还是反应不过来,这时占福来到我们面前,罗姑苏伴在左,一个姑娘伴在右。王子良见了占福,说来一曲?王子良不是占福的曲迷,却知道占福唱曲有名气。占福呵呵,说你是要我卖疯啊。的确,这么个场面占福若来一曲,真是滑天下之稽。我望着罗姑苏,却感觉有一双眼睛望着我,一转眼,果然,占福右边的姑娘望着我。我看见的是一双水汪汪的眼睛。我发誓,我从未见过如此水汪汪的眼睛。我的心一下子跳了起来,还没落下时哨声响了。哨一响场面完全安静下来。一个上身穿着军装的中年人喊话,入伍的到我前面排队,两纵队。我们快速集合,排了两纵队。

　　中年人是公社武装部长,他面对我们喊了几句口号,完了指着一辆解放牌车说,上车出发!

　　上了车,我两眼快速找那水汪汪的眼睛,却没找着,连罗姑苏也见不着。太多的人头太多的挥手,像一片森林。

　　汽车很快开出了公社院子,上了公路。院子里的亲属追车尾出来,我依然没能看到那双水汪汪的眼睛。

　　占福挤到我身边,说直接坐汽车到部队?我说先到县城再坐火车吧。哦,占福说部队在哪个省?我说听说湖南。占福说那真得坐火车,我还未坐过火车呢,你坐过吗?我说我坐过牛车。占福呵呵。

　　太阳罩在头正顶时车开进县武装部。下车后,公社武装部长拿着花名册交给一个穿军装扎腰带的年轻军官。年轻军官命令我们排两行横队,看花名册点名,点一个看一眼点一个看一眼。刚好点完名,进来一辆汽车,又进来一辆汽车,下来两拨人。年轻军官将两拨人集合排队,又一一点名。

完毕,年轻军官对我们说,战友们好!我是代表部队来接大家回家的,不是你们出生的小家,是部队大家庭。大家稍休息一下,等会吃午饭,接着坐火车回家。解散!

一百多人散落院子里。冬天的午阳有些温暖。

占福对我说,可惜,第一次到县城,没能仔细看看。王子良又来纠结我,颜植呀你真不该……我说王子良你个疙瘩脑壳!王子良摊摊手,离开。占福问他想说什么,我说占福你个疙瘩脑壳!占福说我莫名其妙。

我们坐的是闷罐子火车,没有席子之类的东西,直接坐铁皮上。铁皮寒冷,好在吃完午饭后换了军装,领了军被包,坐可以坐被包上,睡可以打开背包睡。

我们挤在小窗口前看风景。有半个时辰,风景都是熟悉的,村庄房屋、农田庄稼、小溪流水、树木林子、坡地荒草等与我们见过的没什么两样,不一样的是,这些都在行走。对的,聚精会神地看,会产生错觉,不是火车在前行而是眼前的熟悉景物在行走。半个时辰后才看出新鲜来,突兀的,见了山。有人欢叫,看!山!我们这些不曾出过远门的娃娃知道山,却没见过山的模样,靠想象大概也八九不离十,第一次见了果然不偏差。不过,见与不见还是有差别的,所以就有欢叫或惊叫。

进入有山的地界,能看到的村庄就少了些,有时甚至半晌不见一村影。再见时感觉不一样了。我不知道别人,嵌入山中的村庄在我的眼里宛若一幅画,或许是一掠而过不可以看清,反正,宛若一幅画。

小窗口是不够挤的,多数人坐在军被包上放开喉咙闲扯,声音若小了,会被火车发出的咣啷咣啷声响淹没。

闷罐子火车,没有人会觉得被困在笼子里,因为心情是一样的,我们正在飞向所向往的新生活。

入夜,枕着咣啷咣啷的声响,有的人很快睡过去。我想些事,想到父母,心里有点发酸。母亲一贯身体弱,一天的劳作下来,累得连话都懒得说。最不好的是,她一直对父亲不太满意,动不动对父亲说些阴阳怪气的话。父亲从不与母亲吵嘴,连拉下脸也不在母亲面前拉。私下里拉脸的父亲,两眼总是发呆。母亲的性子是表露的,父亲的性子是收敛的。我想到一句成语:同床异梦。吓了一跳,不再想下去。占福躺在我身边,时不时动一下。我说占福,想罗姑苏睡不着吧? 占福说我想流泪,颜植你说她会不会变心,几年见不上面呢。我说你有没有生米煮成熟饭? 占福用力拧了我胳膊一下,说你说我白鼻,你才真正白鼻! 我说这与白鼻无关。占福好一会儿才说,我明白你的意思,但我不会那样做。我想起那双水汪汪的眼睛,说占福你可以哦,上午你爸妈没来送你,却有两个姑娘送,艳福不浅。我的话是拐了弯的,从踏上征途以来,多次想开口问问有着水汪汪眼睛的姑娘是谁。占福不明白我话里有话,说我妈也是要来的,她说送送我也送送你,早上起来觉得有点感了风,就没来。这个占福,没悟出我的话,我也就不问了。

第二早上约八点时下车去兵站吃饭,我看了站牌"冷水滩"。我想这地儿的水一定好凉,要不,不会起这么个名字。但当我到站里吃饭前在水龙头洗一把脸时,一时有点蒙:水是温温的暖脸。不少人惊讶说大冬天的这水怎么是热的,听这话,我顿时悟过来,"冷水滩"地处低洼,泉水长年不断。泉水,冬暖夏凉。地域像人的性格,千秋各异。继而我想到,此番奔向的目标,未必如我所愿。

我们到达部队是第二晚的下半夜,下火车后分成五个队,然后各奔东西。后来才明白五个队分别分配到四个团和师部。我们这一队步行大约半小时才到达我们的团部驻地。到了团部没有直接分到连队,而是统一住进一间大房子。三溜的地铺上已睡着早我们到的兵,领队指着空铺说各自选位置休息。

颜植! 我听到占福的声音。我循声望去,占福傻呵呵地笑着。我心一欢,也笑了。上天的有意安排吧。

一觉睡到大天光,出门两眼白茫茫,一时有些茫然不知身在何处,悟过来时那个激动那个兴奋:原来是夜里下了一场大雪!

欢呼声一片。

不是所有兵都错愕,只有来自广东不曾见过雪的反应强烈。见惯雪的用异样的眼神看着我们,有人小声说大惊小怪,甚至说几个怪物。

这场雪断断续续地下了十多天,送给我们一个白色世界,也让我们一时看不清所处新环境的真面目。

银装素裹。我想起毛泽东的《沁园春·雪》

我们这些新兵组成一个连,叫作"新兵连",近三百号人。

春节是在雪天里过的,年三十晚吃过大餐后,连长在宿舍里组织我们唱歌唱戏,当是春节晚会。没有舞台,也没有节目编排,自由发挥。我以为会冷场,意料之外,连长宣布开始就有人站起来唱开了。一人接一人一曲接一曲。占福也唱了,自然是他的拿手戏粤曲。一曲唱罢有几个人大声喝彩,好好好!我想这几个人必定是广东兵,粤曲迷。别省的兵,我想听着会觉得是鸟语。

晚会直到午夜才结束。

我们的部队坐落于群山里。山是黄土山,不算高却一座连一座,山上长的几乎都是山茶树,十月花开次年十月果实方成熟。从花开到孕育成果,几乎常年可以看到山茶树的生机勃勃。如果不亲历,有人介绍山茶树是如此这般的,我是不相信的。我们部队吃的是山茶油。山茶油闻起来没花生油香,吃起来也没花生香。山茶油炒出的菜吃着无滋无味,不过,慢慢地也就习惯了。要慢慢适应的还有许多,像辣椒,我们家乡是不当下饭菜的,但在这,天天吃餐餐吃,最初吃时那个辣!怎么形容呢,这么说吧,吃出了眼泪。眼泪不完全是因为辣,还有苦,不是味苦,是吃苦。样样菜加辣椒,不是辣椒片就是辣椒粉,我们这些吃不得辣的人无从下筷。但最终还是吃下来,且吃出滋味来。

新兵连训练结束,我和占福分在同一个营,我是七连他是八连。两个连宿舍并排挨着,进进出出的常相见,比起高中时见的面还多,真可谓朝见口晚见鼻。

晚饭后,我和占福都没事的话,一般会走到一起。有一小段时间相处,大约一小时左右,天黑时分开回连队。天黑后,要么开班务会排务会连务会,要么训练副科目,练习单双杠,投弹什么的。偶尔看一场电影。反正,从早上起来到晚上九点吹休息号,个人能自由活动的时间不多。一小段时间是走不远的,也不想走远,一天训练下来累得有点够呛,我和占福在连队周边找个地方坐下来扯些闲话。我们望着满山的山茶树说家乡的事,面对一片稻田聊过去、今天和未来……对于未来,我们有时茫然有时充满信心。我十分清楚我的军事院校梦破碎了,没有足够时间看书复习,梦想成为空中楼阁。梦想破碎,我与占福的奋斗目标就一致了。我心多有不甘却又无可奈何,世间万物变幻无常,不是有梦就能圆的。想通了我也就不斤斤计较了,放下了。

一天晚饭后,占福给我送来一封信。我有点诧异,几个月来除了与父母通信没有跟任何人有书信联系,谁呀?且是寄给占福再转给我。我说奇怪,信不直接寄给我让你转。占福说,说怪也不怪,人家不知你的详细地址。我接过信,信面的字娟秀,第一感觉是女人手笔。看寄信人的地址,是母校初二(2)班。在读学生?我说占福你一定知道是谁是吧。占福说真不知道,我纳闷着呢,还在读初二呢。我拿着信,信封信面倒来倒去地看。占福说拆了看不就知道是谁了,我说我想猜猜是谁。其实我是不想当着占福的面看信,让他知道是谁。占福说你这人就好故弄玄虚。

直到天黑回连队,我也没拆信。

回到宿舍,我拆开信,第一眼看写信人的名字。

罗姑洗。罗姑洗?南昌为羽,姑洗为角。古代十二律之一,还是农历三月生?

平日与占福闲扯,我偶尔蹦出一句古语或古诗词,他一愣一愣的,问我跟谁学的,我说从书本上学的。我的大伯民国年间读师范,中华人民共和国成立后是一名老师,家里有许多古书典籍,从初中开始,有闲的时候我到大伯家里,泡在那书堆里。

罗姑洗的信是这样写的:

颜植你好!

我们只见过一面,给你写信可能有些冒昧。

此致,

敬礼!

罗姑洗

1979 年 3 月 2 日

这是一封信吗?分明是一张纸条。

这个罗姑洗是个犀利的角色!

我给罗姑洗回的也是一张纸条:为什么给我写信?

罗姑洗来的信里有这么一段话:在见到你之前,我曾经做过一个梦,在我家门前的龙眼树下遇上一个清清透透的男生。这个男生啊,上知天文下知地理,一个故事一个故事给我讲,令我在故事里出不来……见到你,你与梦中的男生一模一样。

我觉得好笑,分明是她在给我讲故事。我不回信,不是因为她讲的故事,世间事无奇不有,或许是真的呢,而是她还是一个初中女生啊,信来信往对她终归不好。

不给罗姑洗回信,我有点彷徨。我知道她是谁,罗姑苏,罗姑洗,见过一次面,那个闪着水汪汪眼睛令我心一动的姑娘。

我不希望她来信,更希望她来信。她挑动了我的心,我得承认自己还未成熟到什么事都能把握的程度。

彷彷徨徨地等待,罗姑洗来信了。她信里没质问,说着她想说的话,似乎上一封我是复了信的,来信最正常不过。

南昌生姑洗。这个罗姑洗,她按古代律制走,我不得不彷彷徨徨地跟着走。这是不是自己为自己狡辩呢?

占福跟罗姑苏的书信来往也不跟我说,我与罗姑洗书信来往自然不跟他说,不是心照不宣,他是不知道我与罗姑洗信来信往的。我真的有点心虚,罗姑洗毕竟还是个小姑娘,虽然看上去是大姑娘了。如果我跟占福说那会怎么样? 不说是最好的。

我多次觍着脸问占福要罗姑苏给他的信,他连搪塞的话也没有,直接拒绝。但平时我和占福的闲扯少不了扯到罗姑苏,占福用呵呵来表达他的喜悦或幸福感。部队魔鬼式的训练很是累人,说说女人也是一种减压。我见占福那得意劲,虚情假意说,占福你不能春风得意而不顾兄弟的苦行僧日子啊,你让罗姑苏给我找一个姑娘,也谈一场风花雪月的恋爱。占福呵呵,说一个叫作颜植的人啊,眼界高着呢,仙女才配得上,罗姑苏又到哪里去找呢? 耍嘴皮是我的本事,这么多年过来,占福学了不少。我说占福,你不要学那个叫颜植的家伙,学会了会看低罗姑苏的。占福说占福永远是占福,颜植永远是颜植,不会近朱者赤近墨者黑。斗嘴也是一种乐。乐完了,占福回到前面的话题,说颜植你春心真开了吗? 我说都常常遗精了,你说呢? 占福哗的一声叫起来,斯文的颜植竟说出不堪听的话来! 我说遗精怎么啦,你看看你的被子,其他战友的被子,谁个上面没地图? 堪不堪看? 占福大笑代替了呵呵,说那倒也是。我说要我说风景这边独好,什么堪不堪的。占福不停地说是是是。

我们安静一会儿,占福说想起一小女子,配得上你,可惜是初长成。我说童养媳是不可以的,那是封建思想。占福呵呵,说不与你说了。

分田到户了,我家里分到六十多亩呢,占福说。天! 六十多亩! 我用狐疑的目光望着占福。分田到户我也知道,改革开放土地政策从农村开始实施了。占福说我们村人少地多。我在脑里算一下,六十多亩,按占福家五口人计,每人分得十二亩以上了。我家也是五口人,父亲来信说分得三十亩,仅及占福家一半。我的第一反应是从数量上算,我们家亏了输了。占福忧虑地说,这么多地哪种得来?占福来这么一句让我脑子有些乱,对呀,占福的两个弟弟占寿占禄还在读书呢,大树叔和大树婶怎么应付得过来?但我又想,不对,没分田到户,生产队时人平均土地不是一样多吗?不也年年月月地过来了吗?我将所想的说出来。占福说你脑子也有笨的时候,生产队的情形你不是不知道,大家出工是为挣工分,出工不出力得过且过糊弄了事,谁会计较庄稼长得好与坏,收成多与少?分田到户了,田地是自家的了,谁个敢糊弄了事?那不是自己糊弄自己吗?我脑子乱成一团麻。平时闲扯,只要我不自觉认输,占福是怎么也说不过我的,这个话题,我脑子转来转去,跟不上占福。之后的几十年经历证明,对于土地的熟悉和认知,我远远不及占福。

占福天生是个与土地贴得最近的人。

关于分田到户,于我,说过也就说过去了,没有放在心上。我的人生目标没变,争取在部队提拔,逃离农村。占福在这个目标上也没过多地纠结,隔山打牛,鞭长莫及,六十多亩地的事,不是担心就可以解决的。

我说车到山前必有路,占福说对,船到桥头自然直。

半年多的军旅生涯眨眼间过去,夏天将过秋天将来的时候,连队挑选九个战士一个班的兵送师教导队培训,为期半年。这些经过培训的兵,回来是担任班副或班长的。当兵的都懂,你一旦被连队选送去教导队,那你就是得到连领导的认可,你就是十里挑一的优秀兵,光明前途第一次向你招手。

我被连队挑选了,占福也被连队挑选了。

去教导队前的那晚晚饭后的相聚,我和占福,那个兴奋和激动没法形容,我们得意忘形得似乎已达到所追求的目标,似乎我们已经正式成为一名军官,终于逃离了农村。

师教导队的重点是军事五项,与在连队的训练有一定的差别,如单双杠少练、不设攻防训练等,加设游泳科目。

军事五项我是知道的,国际上有比赛,但中国军人还没有参赛,我不太明白为何去掉步兵应有的其他训练科目。后来才知道,军队正在为参加国际军事五项做准备。1980 年中国组建了军事五项队伍,1981 年参加国际军事五项比赛。

教导队的训练自然比在连队的训练还魔鬼,但经过半年历练,我们能承受得住。

占福有点惨,惨得脸色有点苍白。他的游泳不怎么地,不是旱鸭子那种,是入水后狗爬式的,速度上不行。小孩子见水是要玩的,而且玩出好水性,玩出好多花样。我们村的四周有几口水塘,让我们村的孩子玩得风生水起。自由泳、蛙泳、仰泳什么的我们听都没听过,但玩多了什么都学着了,虽然从专业上看仅仅是皮毛,毕竟算是沾边了。红砖村挖砖泥挖出的那几口像湖一样的大水塘,让占福白白浪费了,竟然只懂狗爬式!

占福对我说,颜植我要死了。我不太明白他要死的意思。占福说五项科目,我缺一项,不淘汰我淘汰谁? 占福是担心这个。他看得有些远了。连队送来教导队的,不是太过于差劲的,一般不会中途淘汰"遣返"回连队。占福说的是教导队培训结束后,留下五项科目分数排名前三的送去军部再培训。在军部经过一段时间训练,再从各师选送加起来的十名八名中选拔两三名参加全国军事五项大比赛。若能达到去军部培训的目标,无论最后是否被选上去参加全国大比赛,回连队被提拔为干部是板上钉钉的事。

占福的深谋远虑,极有可能被他的"狗爬式"打败。所以占福说他要"死"了。

其实,占福的其他四项科目是特强的,得承认,我比不上他。我想占福若死在"狗爬式"上,不说冤死,真有点可惜。

占福是当兵的好料,用部队的话来说是块好钢。身体壮实,站如松坐如钟行如风卧如弓,加上傻相人不傻,要达到目标不说轻而易举,八九不离十是可以的。而我,虽然素质全面,也有韧劲,但没有一项拔尖。在连队有人叫我"白面先生",读高中时就有一名同班女生这么叫我。"白面先生"听起来是挺舒心的,但我不喜欢那女生那么叫,因为我不喜欢她,如果是班上公社书记的女儿叫我"白面先生",我是好好享受的,可恨她平时连看我一眼都很少。高中两年,要说我有点秘密的话,就是隐隐约约对公社书记的女儿有那么一点点单相思。在连队被人叫"白面先生",我心里是不舒服的,唐国强演《小花》被陈冲叫"奶油小生",听说很生气。军人是钢铁铸造的,"白面先生"斯文,让人想起"斯文扫地"。

占福要死,不是要死就死得了,一个战士有精、神、气在,是死不了的。占福有精神气。

年底,五项科目终考完,培训就算结束了。终考加每月月考的成绩得出半年一期一训总分数。教导队三百多名战士分三个连,每个连的第一名出来了,我所在的一连有一个叫花木的家伙,每月考核成绩他与我不分佰仲,终考我输给他0.5分,他占了第一;而占福所在的二连,他是第一;三连是一个姓司徒的家伙。如果按此排名,这三名则代表我们师去军部。

我与花木差之毫厘,名落孙山。

这个结果出来,要死的是我。占福没有得意,还安慰我,说听说不是这么个排名法,是按总分论的,总分花木第一,你,颜植第二,我,占福第三,司徒安第四。我既惊又喜,说是这样吗,你没错吧?占福说我不知道错或对,但按总分计,是这样。

这个占福,心比我细。

不过,我还是忐忑不安。

没有公布谁去军部,这也是惯例,春节后才通知。

我们离开教导队是吃完午饭后。吃饭时已飘起了雪,回连队路上雪就下大了,夹着风。风雪交加。这是入冬后的第二场雪,第一场是元旦前夜,下得有点稀拉,第二天起来看到的是一些点缀,像我们家乡下的霜。我们连队九个兵一个跟一个,走成队列,步伐一致。我们在教导队半年都大大进步了,成了优秀军人,走在一起自然而然形成队伍,不用谁喊口令。九个兵中没有班长,九个兵来教导队是分散到各个班的,班长是由师部派的。

九人成一班,按惯例班长领队走在前面,没班长的要有人领队,大家推荐我，他们都知道我半年训练得出色，是合适的人选。我也就半推半就。

风雪的沙沙声和一致脚步的嚓嚓声融在一起分不清强弱。

过了一座茶山又过了一座茶山再过一座茶山，我们就依稀望见连队的宿舍了。屋顶已是白雪皑皑，却不妨我们看到久违的温暖。半年了，我们之中不曾有人回连队，回来了，就像回家一样。还有什么比回家更温暖的呢？

连长和指导员知道我们回来，站在连队宿舍门前披着风雪迎接我们，像父母迎接孩子回家一样，我不知道其他战友有何感觉，但是我的眼睛湿润了。

连长和指导员没有说话，只是与每个战士一一拥抱，用手掌拍掉我们身上的雪。

晚饭连队单独为我们九个战士加了菜，连长和指导员陪着。期间连长、指导员说些表扬和鼓励的话。

我们回来前部分老兵退伍离开了连队，其中有几个班空缺班长副班长，我们九个从教导队回来的就补上了。

铁打的营盘流水的兵。

我当上一班班长，不久入了党。

占福也当上了班长，入了党。占福还跟我说他们连还给他嘉奖。

我的心有点像雪融化近尾声一般有点灰白。占福见了我说，颜植你这人最大的毛病就是容易出情绪，实际上你比我出色呢。

春节前两天我接到罗姑洗的来信。在教导队时，我们九个兵的信是由连队通讯员每周一次转送过来，全都送到我手上，我再转交给各位。罗姑洗给我的信没有人见过，而罗姑苏给占福的信封经我手。我给占福信时总是故意说几句酸不拉唧的调侃话，占福早已习惯成自然，用他标志的呵呵傻相对付我。

罗姑洗的来信像学生交给老师的作文作业，千篇一律一个模式。我以为她总有一天会将情和爱的内容放进信里，却一直没有。一个情窦初开的女孩给一个叫"白面先生"的男生写信,不说一句情一句爱,说出来令人不可思议。我曾想诱导她走进情与爱的陷阱里,想起占福那句"小女初长成",就放弃了。

我抄袭罗姑洗的思路,或者说延续她的意思给她去信,只不过不是作文式的,我用的文体接近文学性,多是散文式的,偶尔也来现代诗式。我往往不按她来信内容回应她的话题,另起炉灶写一封。我写一山一山的山茶树:秋天山茶花的花瓣层层叠叠,像少女甜美的笑脸……那是怎样的一种白啊,像高山飞瀑溅出的水珠一样晶莹……写大雪小雪:大雪如一絮絮棉花,从高高的天上铺天盖地落下来,瞬间大地白得不知所措……小雪像一个个小精灵蹦蹦跳跳的飘落而下,此时茶山静悄悄的,沉湎在深深的思考中……我把信写成一方明信片,寄一幅风景图给罗姑洗。不是故意卖弄,我具备这方面的写作能力,写起来心情舒畅。罗姑洗也乐意,她在信里说我是个浪漫主义者,而且可以给她写作文时带来灵感。其实,我尽量将信写得贴近文学,冥冥之中还有另外的心思,罗姑洗所处的变革的新时代,定会给她命运带来极大的方向性改变,从而登高望远。如果她高中毕业考上高等学府,那极有可能我们的通信是一件过眼云烟的事。我和罗姑苏所处的境地大同小异,罗姑苏不怕占福当上军官之后成为现代陈世美吗,肯定会有顾虑。当然,结果可能不是所担心的,但始终在尘埃未定时,免不了忐忑。

年三十晚,连队在饭堂开晚会,也像在新兵连那样没有程序,随意点名上台。我们这些兵绝大多数来自农村,能有几个有点文艺细胞上得了台的?所以点到名的不少打死也不肯上。不过,一百多号兵,上十多个节目还是可以的。我被点了名,站起来朗诵了一首事先写好的自由诗。诗的内容是歌颂战士钢铁精神,掌声热烈,指导员还大声叫好。

占福的连队同样开晚会,大年初一我们见面时占福说他唱了两曲。他说连长是顺德人,粤剧迷,他一曲唱罢,掌声有点稀拉,但连长连连叫好,令他再来一曲。

部队的春节,也就吃一顿大餐,开一场晚会,大年初一初二放假,初三拉开训练的大门。

节日放假想外出是要请假的,并且不能单独外出,要有三个人以上同行。战士大多懒得请假,围拢在宿舍打牌下棋什么的取乐。天天训练累人,外出得花脚力也是个累,不如窝在宿舍休息休息。初一我打一天牌,感觉没多大意思,想初二去县城走走,问有谁想去,有两位应声。晚饭后见占福,说想去县城的事。我说我还没正式到过县城呢,驻扎在一个县的区域,连县城都没到过,将来有人问起来,连这个县城的模样都说不出来,那真是丢人了。占福说我也没去过呢,你说得有道理,去。我和连队两名士兵晚上向连队请了假,占福也邀两位请了假。

我们六个人吃过早餐就出发。县城离我们营区十多公里,步行要两个小时左右,早些去早些回,这是大家的一致意见。六名战士从走出营区就成队列,两纵队,我们连队三个一纵,占福连队三个一纵。我和占福并排走在前头。

上了公路看到好几队像我们一样列队的战士,朝着县城方向而行。这算不得是一道风景,同一个目标罢了。

没有风,风跟着雪回家去了,它们是不是也知道春节是个喜庆的日子,放假休息一下?不过冬天的面目没有变,天寒地冻。脸冻得有点痛,如果不是走队列两臂习惯按标准摆动,我一定会擦热双掌然后放在脸上焐一下。我想占福他们也一样。

平时列队行进是不可以讲话的,假日不是平时,可以讲话。

占福感慨道,时间过得真快,一晃一年了。我说,说快不快说慢不慢。占福呵呵,说那不是一个意思?我说真不是一个意思,想想这一年训练下来,苦呀累的,用一个词形容:淬火。占福说,颜植你咬文嚼字的有时真让人一时回不过味来,不过你的形容恰到点上。我说,现在我才算完全明白,当兵为什么要经过严格体检,合格才能入伍,没有好的体魄真当不好兵。占福说那是。我们顺着这话题说下去。说起半夜三更的紧急集合慌忙中的有条不紊;说起野营拉练途中听到休息号响所有人因为累得不行不顾体面就地而坐,就算屁股下是一堆牛粪也不管不顾;说起听到卧倒命令不管你正好处在雪里还是水里必须立即卧下去;说起夏日炎炎的攻防训练一个又一个晕过去;说起五公里、十公里长跑许多战士不穿裤衩是怕一路跑下来擦破大腿内侧……占福说,我游泳为了上成绩天天喝一肚子水硬是顶下来……

我们没说完县城就到了。春节的县城人山人海很是热闹,我不是来看热闹的,是来看县城的模样的。

县城看上去跟我们镇子差不多大。一个小小县城,从建筑上看还不如我们镇子古老。或者,它的古老不在几百米长的正街上,而是藏在正街的背后或别的地方。所以,不能下肯定的结论。

县城没什么好看的也没什么好玩的,随着热闹的人群从正街这一头走到那一头,又从那一头走回这一头,有点索然无味。不过,还是挺好的,我到过我当兵驻地的县城,记住它的模样,也许能记一辈子。

大年正月初六,出早操时抬头一看,满天星光;收操时太阳从茶山上冒出红红的脸,阳光代替了星光。从元旦到昨天,天一直阴着,似是谁得罪了它,生了一场长长的大气,不让太阳见人一面。

战士们面对太阳兴高采烈欢呼雀跃。我想作一首诗,一时找不到第一句。没关系,心中有诗意就好。

太阳出来照亮所有人,接着焦点落到我身上。中午,吃午饭的时候,连长在饭堂宣布一件事,高声大气地说,同志们! 天大的好消息,接军部的通知,颜植同志明天起程到军部接受培训,参加全军军事五项大比赛。这是我们连十多年没有的事了,颜植为我们连争了光,是颜植同志的骄傲,也是我们连的骄傲! 我们为颜植同志鼓掌,为我们连鼓掌!

掌声雷动!

连长走到我饭桌前,将通知书郑重递给我,用力握住我的手,握得我有点痛。连长说好样的!

　　这一顿饭是怎么吃完的,事后怎么也想不清过程,只记得有一只小鹿一次一次击撞我的心。

　　饭后,我的心依然处在波澜起伏中,我想到占福,他是不是也接到了通知呢?我有点冲动,或者说有点急不可耐,要去八连找占福。走了十多步又折身回来,如果他没接到通知呢,那不是第一时间给他一击么?晚上吧,让消息的热度冷却一下再说会好很多。

　　占福也是中午接到通知,他的心情也和我一样。

　　傍晚见了面,占福呵呵地傻笑不止,我跟着他傻笑。一切尽在不言中,除了傻笑还是傻笑。

　　军部在一岭南名山腹部。一踏入这座名山,我的心宽大无边。"日啖荔枝三百颗,不辞长作岭南人",苏东坡的诗让该山闻名于世。但名山多出名,我也只能远眺不能触摸。我们来此不是游山玩水的,而是军事五项训练。不过落入名山的怀中,我的心有山一般高,水一般长。真可谓登高望远天地宽。

　　花木也来了。花木是另一个团的。花木、占福、我,三人代表我们师,来到军部,见了面就亲密许多,像老乡见老乡一样。在师教导队时花木和我同一个连,两人成绩拔尖,不自觉间视对方为对手,平时没有交往没有沟通,来到军部他自觉与占福和我走到一块了。算他聪明,如果他孤傲,恐怕会成为孤家寡人。

　　军事五项训练与师教导队的训练是一个路子,只不过力度大些。我们已经过淬火,抗压不是问题。占福的短板补得不太齐,苦要多吃些。花木个子比我和占福稍矮一点点,表面看不出有何过人之处,但他脱去衣服,那浑身一块块的肌肉你见了不得不刮目相看。这样的对手一眼看去不显山露水,这种人总是在沉默中爆发,令人大吃一惊。我能来到军部,已不计较哪个是对手了,我十分清楚自己不可能出现奇迹脱颖而出抢占两三个参加全国军事五项比赛的名额,在十二个参训人员中不掉队就行。

我想谋取的不多,只要回连队后能提拔目的就达到了。当兵即将离家的那些日子,我的父母我的叔叔伯伯,还有我的堂哥堂姐,他们不停地在我耳边吹风,到了部队好好干,提个军官食一辈子皇粮,光宗耀祖。村里没几个吃皇粮的,所以能吃上就是光宗耀祖了。他们要求不高,我呢要求是高的,我是想来考军事学院的,一旦能考上,岂止是吃皇粮的事,只是现实掐断了我的梦想,便放低身价,或者说退一步,先保住皇粮再说。

占福会唱粤曲,我会写诗,花木会吹笛子。三个有文艺细胞的战士,竟然相聚一起拼军事五项!太有意思了。

得承认,花木的笛子吹得不错的,像占福唱粤曲一样差不多可以追上专业的了。在师教导队,我是没听过花木的笛声的,到了这岭南名山才听到。那是周日黄昏的傍晚,我在宿舍里看《水浒传》,缥缈的笛声飘进来,令我放下书本洗耳恭听。是《鹧鸪飞》,吹的是陆春龄改编的独奏曲。陆春龄和赵松庭相比,我更喜欢陆春龄所编的版本,此版本通过打音、颤音等多种技巧润色,以及力度强弱的细致对比,栩栩如生地描绘了鹧鸪展翅飞翔的种种姿态……我想着陆春龄的同时,出门寻着笛声,急步走到吹笛人的身后。是花木,他站在小山坡上,面对岭南名山山峰仰头吹着。名山依稀朦胧,目光所向空无一物。《鹧鸪飞》没有鹧鸪,但分明又可以看到一群鹧鸪向茫无边际的天空飞去……

一曲吹罢复来一曲,花木完全沉浸在《鹧鸪飞》中不肯出来。此刻的我,一时也不知身在何处……在天黑未黑之际,笛声突然刹住,鹧鸪已无踪无影。花木转过身来,用梦幻的目光望着我。我一笑,他也一笑。

一时没有言语。无声胜有声。

我想,花木是湖南人无疑,一问,花木说不是,是河北人。也不奇怪,《鹧鸪飞》是湖南民间名乐曲,早已流传全国,一定要湖南人来吹么?

罗姑洗回信,她没有问我怎么到了此地,她自以为,部队就这样,调动是正常的事。我不跟她说明为何而来,她就以自己的想法下定论。

占福也和我一样不做说明,罗姑苏却问是何原因。占福跟我说,现在的罗姑苏,怕我在部队提干呢。占福说,她看了包公《铡美案》,在信里大骂陈世美。我不提因参加军事五项比赛而来,是想将来给罗姑洗一个刮目相看,占福不提就是怕罗姑苏多心。

人呐,总是思前顾后来折腾自己。

我问花木,你有没有女朋友?花木说没有,又说我高中时曾暗恋过我的音乐老师,这个不算吧。占福呵呵,我也呵呵,花木跟着呵呵,说现在我又暗恋一个姑娘,你们应该都见过。我和占福相互对一眼再看花木,花木说是电影《霓虹灯下的哨兵》的女主角春妮。我和占福大笑。占福说花木,镜花水月的梦你也做。我认真地说,花木是拿春妮作为一个标的,将来找一个相貌与春妮相像的女人。花木说还是颜植领会深刻。

说起《霓虹灯下的哨兵》,那是我们来到军部第三个晚上看的,散场回来的路上,花木掩嘴而笑,且笑了一路。我和占福说,花木你笑个鸟啊。花木看着占福说,电影里的那个黑不溜秋像不像占福?说完笑得差点岔过气去。一听,我放声大笑,花木说得不错,真有点像。占福呵呵,说我骄傲,我长得像一个演员。这个占福,反应够快的,而且说出的话不带自嘲。顿时,花木止不住的笑被占福的话收拾得干干净净,而我的大笑也倏然而止。

后来我们三个在一起,做事说话不合拍时,就说电影里那句台词:黑不溜秋的,靠边站!

在苦与乐中我们迎来了春天。人间最美四月天,岭南名山以漫山遍野的山花为开篇,展示它们的热忱和诗意。青山绿水、莺歌燕舞、小桥流水人家……一幅水墨画。可这一切只能在极少的空隙间让我们饱一下眼福。军事五项紧锣密鼓的冲刺阶段,以赛代练,一天一赛。这种极致锤打后的淬火式训练,谁个经历了都会记一辈子。

黑不溜秋的占福成了非洲黑人,花木成了黑不溜秋的占福,而我这个"白面先生"也不白则黑了。

一天一赛,没有一次公布成绩。记录在案。

"记录在案"是我们说的戏谑话。

一天一赛足足半个月,终于结束。

　　岭南名山那幅水墨画还挂着,似乎不忍收起,要和我们一起等待军事五项的教练公布每个人的总成绩。可我们与水墨画面对面心照不宣等到教练公布时,教练只点了三个人的名字,也就是这三个人将参加全国军事五项比赛,余下的没有成绩,或者说没有公布。我们没想到会这样,但想想这是最佳的公布方式。不是吗? 无论是谁,若是排在最后一名那该多么丢脸!

　　花木在点名之列,于我,不意外。在来军部与他相处的最初日子里,我就看出他的强大,无论是他的军事五项还是他的为人处事。他和我是竞争对手。对手常常带有敌意,当然也有惺惺相惜相互欣赏的,一般是两个成熟的人才能达到的境界,我们还是涉世不深的愣头青,敌意占上风最正常不过。在师教导队,他和我,就是一副老死不相来往的局面,我想压他一头他想压我一头,在一个连,平日里却不待见。但到了军部,他主动走近我和占福,心性向前迈进一大步,似乎用一天时间成熟起来,从而把我向前带进一步。他用他的言行举止不动声色地改变了我,敌意也就烟消云散了。这样的花木,如果你不是一个天生的小人,自然而然会接纳他。

　　那一晚,花木不知从哪弄来一瓶酒,邀上我和占福,到了一小山包脚下,借月亮的亮光,喝酒,欣赏名山的夜景。可惜名山离我们有些远,远眺也只是一片朦胧的美景。

　　我们没有上过名山,听说驻扎在此的军部战士也少有人上过。听说上去是要特批的。应该是当自然区来保护,那个年代就有这个意识是目光长远。

　　花木眼眺名山,说我们不上一次山,真是遗憾,就像到了家门不得入。我和占福附和。占福说要不我们申请? 花木说应该没有结果。占福说,说不定就批了呢,毕竟我们也算特殊。我同意占福的说法,花木说好吧。

　　我们来不及申请,第二天上午,我们接到通知,下午离开军部,返回各自部队。

　　我们有点失落,像丢了一件珍贵的东西。

　　军人以服从命令为天职,我们离开军部返回连队。

　　我们坐在车上一路无言,也无心欣赏一路风景。

罗姑洗的复信,有一句问话,搞的什么名堂,怎么又回到原来的驻地?我不做任何解释,因为还不想让她清楚知道我在部队的具体情况。我想等到提了干之后,再敞开跟她说。我与她有没有未来,提干不提干可能是决定性的。这或许是我的多虑,但换了谁也是不得不考虑的。

　　我和占福一如既往地在傍晚时分凑合在一起,这晚我们到连队宿舍背后茶山半腰背靠一棵茶树坐下。日常的攻防训练,一座座茶山就是训练场,在不给茶山造成损害的情况下,山上挖有壕沟、设了钢丝网、简易碉堡等符合训练科目的设施。茶树我们最熟悉不过了,它早已融入我们的生活、训练中。在我的心中,出门满眼的茶树就像一名名战士,亲密无间。这种亲密无须时常挂在嘴上,就显得平平常常。

　　和占福的闲扯,免不了要扯到提拔上。占福说夏天将过去秋天快来了,不见有消息啊。我说占福,你就像找女人一样猴急,我们从军部回来不到三个月,吹糠见米吗?占福呵呵,说就你不紧不慢。又说我说过的那女孩已读高中了,算是大姑娘了,要不联系联系?我说你个占福,一旦提干你做不做陈世美还说不定呢,你是想把我也弄成陈世美?占福说,颜植你老说陈世美陈世美的,好似我已经是陈世美了,我跟你说,无论日后我是什么身份,我这辈子认定罗姑苏了。我说怕你说得比唱得还好听。占福说,颜植你是狗眼看人低!占福真有点急了。看样子,占福对罗姑苏是死心塌地了。如果真这样,我比不上他。瞻前顾后的我,有时候自己也看不起自己。

　　营房的灯齐齐地亮了起来,同时响起点名号声。点名,也算是连队一个训练科目。某个时刻,在所有战士没准备的前提下,突然吹响点名号,命令所有人在一定时间内到指定场所。点名,目的是检查有没有人不请假离队不归。点名相当于一次紧急集合,又有所不同,紧急集合列队报人数即可,而点名是——点个人的名。

我和占福听到点名号,弹簧似的弹身而起,向山下奔,奔向连队。我们听不出是我的七连还是占福的八连响起点名号。

我和占福傍晚相聚,一般不走远或上山,就是怕这类号声响起。在规定时间内赶不上列队的话是要挨批评的。

是占福连队的号声,不知能不能赶上。

我回到班里,立即开班务会。晚上,如果不加训练,连队不组织学习或看电影什么的,一般以班为单位开班务会。

班务会上,每个人都要发言,讲讲自己一天或几天的生活、学习、训练情况,说说好的方面和不足之处。九点钟散会。若都发言了,还不到时间,扯扯皮也正常。

这晚发言完,时间未到,照常扯皮。副班长说,班长,听说有新文件,以后提拔干部不直接从部队提,要通过考军校的方式来提。我没听明白副班长的话。副班长说就像学生高考一样,考上了,学习几年,回来当干部。这消息,不啻一声炸雷炸得我心惊肉跳。如果是真的,我的努力奋斗、梦想、向往还有"算计"将付之东流。第一反应,在全班战士面前我尽量控制自己,不至于失态,再说了,这消息是真的还是传言还不确定。有时候某些事传得沸沸扬扬,结果不是那样。

躺在床上,我辗转反侧整夜不眠,脑海里的事太多,剪不清理还乱。

第二天我熬不住,吃过中午饭后急不可耐地跑到连部找连队长证实。事后回想,是我失态了。

连长没有拐弯抹角,直接说是。我本是端坐在连长对面的,连长话一出,端坐成了瘫痪状。于我,这是天塌的事,一时还是扛不住被打败了,失态了。连长看着我说颜植,人生要走的路很漫长,遇到的坎坷不会少,迈过去是强者迈不过去是弱者,你颜植,在我看来怎么看也是强者。连长没有用政治教育的口吻跟我说,而是用道理,止住我的沮丧一步一步往深处走。

连长送我出门时拍拍我的肩头说,颜植,记住自己是一名军人,军人是坚不可摧的。我点点头。是不是真的点了头,真不好说。

占福的反应没我的大,傍晚我们坐在一起说这件事时,他说也是昨晚听到了,第一感觉是脑子空白半晌,之后是五味杂陈,夜里也辗转反侧,但下半夜他睡着了。他没有去找连队干部证实,真的假的又如何呢,时也,命也。

时间慢慢磨平我的情绪,让我从牛角尖里走出来。来当兵的本质是履行军人天职的,不是追逐功利的。不想当将军的士兵不是好士兵,这句话若是领悟错了则谬之千里。我清楚自己是一个什么心性的人,但不是迷途不知返那类,非吾所能的,强求必折腰。我的职责是带好我班的兵,锤打淬火,百炼成钢。

和罗姑洗的通信,该写诗时写诗,该写散文时写散文,不能让她看出我有丝毫变化。我不再抱着与她有未来的幻想,只耐心等待时过境迁后她走她的光明道,我过我的独木桥。

占福好心态,他说服役期一到就申请退伍,家里的田地太多了,占禄占寿在读书,父母忙不过来,罗姑苏经常抽时间来家帮忙呢。我哂笑,说是被罗姑苏勾魂了吧。占福呵呵,说那又怎么样呢?我说黑不溜秋的,真不明白了,这个罗姑苏怎么就死皮赖脸地跟定了你呢?占福说颜植,你说最难听的我也不生气,气死你,呵呵。我正经说占福,什么叫爱情?你与罗姑苏就是爱情。占福说哎哟,我以为颜植只懂狗嘴里吐不出象牙呢,原来还会说人话。

与占福斗斗嘴,是件开心的事,其乐无穷。

我和占福再一次背靠那棵茶树坐在半山腰闲聊时,已是第二年秋天。时间快得像昨天到今天,一觉醒来似的。话题是全团要搞一次个人军事技术大比武,每个连队推荐一人参加。占福说他连队推荐他,问我连队是不是我参加。我说连部是推荐我,但我推荐我班一个兵。

占福说难道你的兵比你还强?我说青出于蓝胜于蓝。占福说我不相信,全团能与颜植掰掰手腕的也就我占福。占福说完脸上挂着自豪。我说还有一句话叫作长江后浪推前浪,前浪拍在沙滩上。喊!占福说。占福什么时候学会了不屑一顾呢?骄傲自大不是占福的本性啊。我说占福,你会死得很难看,军人是一代胜一代的。占福说你说得有点道理,但我们连队到目前没人能及我。

我说那是你没本事。占福望着我一副傻相。我说,一个优秀班长带不出一个优秀的兵是不是没本事?占福的傻相更傻了,好一会才说,可我班的兵没这样的料子啊。我说钢是从铁锤打过来的。占福说你说得在理也不在理,巧妇难为无米之炊。我知道占福说得也在理,但我得理不饶人,说反正你没本事。

占福说颜植,你真有三寸不烂之舌。我学占福呵呵。占福想了想说,不对,这个时段所有连队优秀兵都送教导队去了。我说对的,但我班这个兵在选送时扭伤了脚,错失良机。占福说有这么巧?连队最优秀的兵,选送时扭伤了脚?我说天下无巧不有。好好好,占福说是驴是马拉出来遛遛。我说骑驴看唱本——走着瞧。

我不是吓唬占福,我班真有这么一个兵,欧阳木,与花木同名不同姓。初时我并没在意这个木字,渐渐地,在训练场上欧阳木表现出来的天资和本性越来越眼熟,极似一个人,从模糊到清晰,花木,对,花木!云开见月,我一阵狂喜。天下竟然有这样的巧合!惺惺相惜,我尽我所能领着欧阳木往前走,我要将他锤打成花木超越花木。欧阳木既懂事又争气,一步一脚印走近花木成了花木超越花木。看着欧阳木,经常地,我分不清这个兵是花木还是欧阳木。

如果说在军事技术上达到一定高度我值得骄傲,但更令我骄傲的是带出欧阳木这样的兵!

下达全团个人军事技术大比武通知的第三天就开始比赛。很显然,团里像紧急集合一样让所有人在没准备的情况下,来一次突然袭击。真有是驴是马拉出来遛遛的意味。

军事技术比武共设八项。列队:立正、休息、敬礼、齐步走、正步走、跑步走;单杠双杠:六套练习;长跑:全套武装十公里越野;投弹:远投和定点投;射击:百米卧射,蹲射,站射,移动靶;单兵作战:攻与防;拼刺刀:一对一;障碍穿越:持枪500米。不设军事五项中的游泳,因为团里没游泳池。

欧阳木比武的整个过程,我都跟在他身边。我不是督战或鼓励的,是来享受过程的,或者说是亲历一次也可以。

欧阳木可能当我是来督战和鼓励的。

三天比武结束,毫无悬念,起码在我看来是这样,欧阳木全团第一夺标! 占福拿第二,但总分与欧阳木有较大差距。

团里给欧阳木记一次三等功,连队给我记一次连奖励。

我很满足,我的军队生涯可以画上完满的句号了。

与占福在一起时,占福说我真是丢脸了。我装傻说,拿第二不丢人啊。占福说,你个颜植还是晒笑我,要是全团去师教导队集训的兵也回来参赛,恐怕我前十都进不了。

我呵呵,说占福也有自知之明了。占福说都说姜是老的辣,可我,还有你,怎么滑落了呢? 我说表面看我们曾经的强大无人能敌,但我们还是受到船到码头车到站的潜意识影响,不觉间,我们的心劲泄了。占福说颜植,你脑子装的东西还是比我多。

10

八连再三挽留没留住占福,七连再三挽留也没留住我。我们退伍了。

我退伍回家,我爸我妈脸上挂着失望。这失望是从希望而来,因为我已写信将我在部队阶段性的情况告诉了他们,我都以为自己的未来是美好的,他们自然也充满期待。可结局不是我、也不是他们所渴望的。好在有在公社做副书记的表哥。像我去当兵时一样,回来探望一趟亲戚,与表哥相见我们聊得很投入,表哥从我言语里听出我的文字水平不差,决定将我介绍到公社做临时工。我将表哥的意思和爸妈说了,我爸拍了一下大腿说好,我妈也拍了一下大腿说好。我说两个弟弟还都在读书,家里的田……爸妈同时截了我的话,说这个你不用担心,我们能应付得过来。

就这样,我进了公社,占福立足于他头上那片天脚下那片地。

我去红砖村见大树叔大树婶时还未进公社,后来进了公社再去看他们时,大树叔用羡慕的口吻说,大头,还是你命好。大树婶说,是啊,我家占福就没这个命。我说,婶婶,是占福不买我的账,我跟他说让我表哥也给他一个位置,他不肯。大树婶叹道,他就是一根筋,九头牛也拉不回头的性子,随他去吧。

我第一次去占福家就见到罗姑苏,她与占福配合着给甘蔗下肥。她那被太阳晒成铜黄色的脸膛,一眼看上去十足的村姑模样。罗姑苏大大方方跟我打招呼,说白面先生脸还是这般白呐。我说,罗姑苏你是骂我呢还是赞我呢?罗姑苏说,说不过你,中学时候的白与今天的白有所不同。我问有什么不同,罗姑苏说,中学时是惨白,现在看上去那份惨没有了,看来当兵连血色都可以改变。我呵呵,说罗姑苏也学会油嘴滑舌了。罗姑苏说颜植,赞也不是损也不是,你什么人啊。我对弓着腰下肥的占福说,占福,你婆娘这把嘴也不是省油的灯。占福站直身子,说天下耍嘴皮有谁耍得过你颜植?

我笑了,罗姑苏笑了,占福笑了,西落的太阳灿烂地笑了。

回来后一直没见到罗姑洗。她考上了师范学校,在上学。退伍后我就不给她写信了。她知道我退伍回来了,寄一封信到我家里,我看信后没回。人家毕业后要当人民教师的,铁饭碗呢,我算哪门子神仙?一个临时工也想吃天鹅肉?

我在公社办公室负责烧烧开水、扫扫地、收发文件、送送通知等,十足一个打杂的。不过,像当初去当兵一样带着梦想,想着将来有一天转干部。这次与当兵时的梦想有所不同,因为有表哥在。命由天定事在人为。

一天办公室主任电话通知各大队书记第二天来公社开会,龙风大队电话打不通,询问邮电局回答电话出障碍了,主任叫我去龙风大队通知。我拿上通知骑一辆破旧自行车去龙风大队。

大约四十分钟我到了龙风村,问村民找到大队办公处。大队部是一座三间旧瓦房,门大开,正屋中间桌子后有一位穿中山装正躬着身写毛笔字的中年人。我想应该是书记，但又不敢直接叫，怕叫错了，就叫同志。中年人颤了一下站直身，望着我说，吓我一跳，你是属猫的啊。我怔了怔，说属相里没有属猫的。中年笑了，乜事？我递给他通知书，说我来送通知。他接过扫一眼说，知道了。他这么说我确定他是书记了，说书记那我回啦。我正要转身离开，书记说慢，你过来看看我书法写得怎么样。我到了书记身边，认真看了一会，说好！书记说怎么个好？我说对书法没研究，说不出子丑寅卯。书记有点失望。书记写的是张若虚的《春江花月夜》，我喜欢这首诗，就吟了两句：春江潮水连海平，海上明月共潮生。书记说可以嘛年轻人。我说是孤诗，能一首诗流芳百世的也就张若虚吧。哎哟，书记说，这个年代能说出这话的难得。我说喜欢唐诗宋词罢了。书记竖竖拇指，看着我说，你是公社办公室的，我怎么没见过？我说我是新来的临时工。难怪，书记说。

我回公社的路上，觉得龙风大队书记有点面熟，可我从未来过龙风村，哪里见过呢？想着想着，脑海闪一下罗姑苏，那眉眼那口鼻，似！难道他是罗姑苏父亲？可想想罗姑洗，又不似。

我和罗姑洗断了音信。三年多了，与罗姑洗的通信，我的心游离不定，是因为我自知自己未来的不确定性。那个年代，男的身份高女的身份低可以成婚，反之，我没见过。在部队的三年，之所以保持与罗姑洗通信，是抱着能提干的梦想，梦断了，书信来往也该断了。虽然现在又有了梦想，但毕竟还是一个梦想，未来如何谁又知道呢？至于罗姑洗是怎么想的，我也猜不透，一直以来，她给我的信没有涉及情爱方面。或许，她也和我一样游离不定。

我回家经过红砖村，若没要紧的事，我一般会进红砖村看看大树叔大树婶，当然，还有占福和罗姑苏。有时在占福家吃上一顿便饭，与大树叔大树婶聊聊天，与占福罗姑苏斗斗嘴。家里农事紧就直接回家，帮爸妈做做农活。

一晚，我和爸妈坐在灯光下吃晚饭。两个弟弟读书住校，平时，我若不回家，就爸妈两人。有时想起这般情景心里有点发酸。我爸说颜植，你妈身子弱,要不找个姑娘结婚,家里多一个劳力,减轻你妈的劳苦。我妈一听便高声说,目光短浅! 有你这样做父亲的吗,要断颜儿的前途啊? 我说,妈您别激动,爸是想着您怕您受苦。让我想想,如果我讨一个媳妇回来,我也回来,现在不同以前了,农村也可以发家致富。我妈说黑着脸说,不行,除非我死了! 我妈就这么个性子,说出的话斩钉截铁。

占福家的甘蔗疯长,他用手画了一个大圈,说高出一截的都是我家的。占福脸上挂着自豪,还有喜悦。我知道,占福这样的人做事追求十足,与他争高低得费心费力,你若有所松懈,会被甩得远远的。我对站在近处的罗姑苏说,占福是谁啊,罗姑苏的男人,罗姑苏的男人会差吗? 罗姑苏白了我一眼,说颜植你不耍嘴皮会死啊,占福呵呵。我说不与你们说了,我跟大树叔大树婶吹水去。大树叔和大树婶在另一块蔗地,和占福、罗姑苏一样在锄地除草。他们穿着灰白色长衫长裤。甘蔗叶还没锋利到要提防的时候,气候处在春末,天气还有点凉,穿长衫长裤下地合适。

大树叔大树婶见我过来,也不从蔗地里出来,站直身子眉开眼笑迎接我。我打过招呼,又说天快黑了,快收工了吧? 大树婶说再锄几锄就收工。此时我看到蔗地的另一头还有一对三十多或四十岁左右的男女。我问,他们是你们家亲戚? 大树婶说不是,是雇来的,广西来的夫妇。我有点诧异,说雇工? 大树婶小声说,对。姑苏怀孕了,再过一阵子不能让她做田里活了,可活儿又忙不过来,阿福就雇了工。我知道现在不少农家田地都雇工了。我转眼看罗姑苏,说我没看出来,大树婶说,长衫长裤的遮掩着呢,再说三个月还不显肚的。我说不是还未办婚礼吗,奉子成婚? 大树婶眉眼含笑说,不是春忙嘛,选个吉祥好日子不容易,你是知道的。我说日子选好了没有? 大树婶说下个月初二。我屈指一数,刚好十天,说不打算请我喝喜酒啊。大树婶说哪能呢? 阿福喜帖都写好了,过几天派派呢。我说占福大大的狡猾。大树叔大树婶嘻嘻笑了起来。

占福和罗姑苏的婚礼在他们院子举行。我向办公室主任请了一天假,上午九点到了占福家,占福要我做伴郎,得赶早来看看有没有要帮忙的事。村里人忙碌准备着,大树叔大树婶不让我插手。参加婚礼的人陆续到来,战友、同学,还有熟悉的人见了面大呼小叫,真亲热和假亲热掺和一起,场面有些乱。

摆了三十多台,院子摆不下,门外墙根摆了十多台。

十点半,占福点了十五人,加上他十六个,骑车去接新娘和陪嫁的。十六,六六大顺,农村讲究这个。我自然是十六个之一。占福骑在前面,领着我们去龙凤村接罗姑苏和她的陪嫁娘。一路上我都在想罗姑洗,姐姐的终身大事她是一定要回来送送的。见了面会是怎样的情形呢?我心有点怯,头有点痛,更多的是心里一团麻。三年书信来往,罗姑洗早已走进我心里去了,我的思前顾后,实在是被现实左右。现实常常打败一切。

车队进了龙凤村到了罗姑苏家门前。我作为伴郎,和占福进门行仪礼,其他人在外等候。我和占福进了门,我第一眼看的不是新娘罗姑苏而是罗姑洗,她双眼亮亮的望着我,我躲开去看罗姑苏,继而看到龙凤大队书记。在我的意料之中,大队书记是罗姑苏、罗姑洗的父亲。大队书记没看我,心思在占福和罗姑苏的事情上。礼仪很简单:罗姑苏的父亲将罗姑苏的手交到占福手上,说我女儿就交给你了,也给你一句话,执子之手,与子偕老;占福向他的岳父岳母深深鞠一躬,牵上罗姑苏的手,由他岳父岳母送出门,我伴在右罗姑洗伴在左。

罗姑洗坐上我的自行车,占福搭着罗姑苏骑在前,我跟在后。罗姑洗问,颜植你为什么不给我写信?我顾左右而言他。罗姑洗带气说,你这人怎么可以这样!我说我还能怎样呢?罗姑洗说,我知道你心里想什么,三年了,姑且你我没挑明什么,但作为一个朋友你是不可以这样的。我不作声。罗姑洗说,到了今时今日,你我应该挑明关系了。我说好啊,你说我听着。罗姑洗重重拍一掌我的背,说得由你来,哪有女孩先开口的。我想了想说,好似是你姐先向占福挑明的。罗姑洗说气死我了,我姐是我姐我是我。的确,罗姑苏和罗姑洗是两种性格的人。我叹气说罗姑洗,怕是,你是你我是我。罗姑洗气不消,说你这人最大的毛病就是瞻前顾后!我说现实是残酷的,难道你不这么想过?罗姑洗说现实现实,现实是你心中有我我心中有你,你承不承认?我沉默一会儿,说我承认。罗姑洗说那不就得了。她又拍了我背一掌,又说到底还是我来挑明。

挑明,我既开心又纠结,我和罗姑洗真的能走到一块吗?

占福和罗姑苏的婚礼比一般农村人家的热闹些,吃过婚宴后,在院子里唱粤曲。大树婶唱,占福唱,母子对唱,也有几位曲迷借兴唱。唱的都是欢快、喜庆的曲子,直到天将黑未黑才尽兴散去。

别的陪嫁姑娘在太阳西落半腰时由原接来的人送回去了,只有罗姑洗逗留到散场。罗姑洗用命令的口吻说,颜植你送我回家。大树叔大树婶占福罗姑苏齐齐看着我和罗姑洗,罗姑苏更是瞪大了眼睛。我有些慌张地推车出院门,罗姑洗旁若无人坐上车后座,搂着我的腰。我用力一蹬,车和人一齐飞离而去。

我想占福一家人此刻正在大眼看小眼小眼看大眼:怎么回事?颜植和罗姑洗一场婚礼的时间就搞到一起?一对伴郎伴娘一见钟情?……匪夷所思!当他们平静下来时,或许占福又来他的标志性呵呵,可能还会说出"有意思,太有意思了"这样的话来。这不怪他们,罗姑洗从她姐与占福的通信中得到占福所在部队的地址,通过寄信给占福再让占福转给我是一件神不知鬼不觉的事,之后她从不在家人面前提及过我,他们又哪能未卜先知呢?这事是我感觉出来的。占福是个肚中有话留不住的人,他不是对我说过"有一女子初长成",又说过"那女子已长成"的话吗?如果他知道我和罗姑洗通信,那他一定说出罗姑洗的名字。

罗姑洗这样的心计是我瞻前顾后的原因之一,倒不是我计较她这样的"心计",重点是我过于考虑两人的身份"对不对等"。或许罗姑洗也猜到我的顾虑,所以一直不离不弃,才有今天的举动。罗姑洗一下子直奔主题的举动在我看来并不意外,占福和罗姑苏婚礼整个过程她的眼睛几乎不曾离开过我,像一道光对着我扫来扫去。或远或近,就算我故意躲避,这道光一对着我我就立即收到。

出了红砖村,天黑尽了,我的眼睛却亮亮的,像天上的星星。满天繁星,凉风习习,一个年轻男子和一个年轻女子在行进的自行车上的缠绵,是多么诗意啊!

一路无话。此时无声胜有声。我懂,罗姑洗也懂。

到了龙风村,夜里我认不得路了,罗姑洗指路,进了村巷直行,不到百米往右一拐,到了罗姑洗家院子门前,罗姑洗说停下。院门大开,屋里有灯光,照不到院门前,往里看却能见到正屋一盏灯,一男一女对面而坐。我想应该是罗姑洗的父母。我说我回了,罗姑洗把住自行车龙头,说家都到了,进屋喝一口水再回。我感到有点别扭,说夜了得赶路。罗姑洗说不差一口水工夫。稍稍僵持,屋里的男女听到说话声站起来朝院门走来。我知道走不了,顺罗姑洗的意推车进院子,迎上去见面。罗姑洗先出声,说爸妈我回来了。罗姑洗的母亲说黑灯瞎火的,揪心人呢,我和你爸正商量要让你大哥去接你哩。说话声未落,走近了,借着星光,我见了罗姑洗的父亲,便抢声喊道:书记! 罗姑洗的父亲也认出了我,说是你呀。罗姑洗惊讶,说你们认识啊? 罗姑洗的父亲说,他给我送过通知。罗姑洗愣愣的,说没听明白。她父亲说,你这么一愣一愣的,让我糊涂了,你认识他却不知道他做什么工作? 罗姑洗看着我,我低下头说,我在公社办公室做临时工。罗姑洗偷偷在我的背上拧了一下,小声说,你也不告诉我一声。罗姑洗的母亲说入屋快入屋。我架好自行车跟他们进正屋。

几个人围灯坐下。

我看了罗姑洗母亲一眼,她也在看我。我笑着叫她:婶婶好。好好好,她也笑着脸。

罗姑苏似她父亲,罗姑洗似她母亲,难怪两姐妹一点不像。

罗姑洗的父亲给我倒了一杯水,我很认真地喝了一口。

罗姑洗说爸妈,他叫颜植,是姐夫占福的战友,今天也去参加婚礼,天黑了,姐夫叫他送我回来。罗姑洗的母亲说,今晚你是不能在你姐夫家过夜的,天黑了不见你回,我和你爸揪着心呢。罗姑洗说,这不是回了么。

我有点如坐针毡,就说我得回了,夜要深了。罗姑洗的父亲说,回吧。罗姑洗望着有点不舍,却也说回吧。

父母女送我出门，我上车时罗姑洗母亲说有闲来家坐坐。我说好的，再见！

夜比来时凉了些，也静了些，或许是没有罗姑洗坐在身后搂抱着的缘故。我朝公社方向骑去。我想罗姑洗父母女三人，此刻坐在灯盏前，父母是不是问三问四呢？罗姑洗如何回答？她应该不会马上说出她与我的关系。刚才她说了，我是占福的战友。

罗姑洗说什么不打紧了，就算她全盘托出我们的关系，她父母应该不会反对，反而会高兴。从他们的眼神看得出，对我是满意的。

一路想着一路兴奋。

第二天，我上班正烧水扫地，罗姑洗来了。我有点意外，说你怎么来了？罗姑洗说，你问得多不多余？我笑笑说，我以为你要赶回学校呢。罗姑洗说，请了两天假，你知道吗，我打算留一天跟你吵一架的。我说为何要吵一架？罗姑洗说，因为你木脑疙瘩，拒我千里之外呢。我又笑笑，在罗姑洗面前，耍不起嘴皮。罗姑洗看看办公室，说怎么就你一个人？我说他们习惯迟到，也快要到了。罗姑洗说，那我要离开了，不让他们看见。我说你去哪？罗姑洗说，去见见同学，中午再来等你，找家饭店吃午餐，坐坐。我说好的。

上午下班走出公社大门，罗姑洗已等在大门口。两个对笑着算是打招呼。看着罗姑洗笑弯成初月的眼睛，我找不到恰当的词语来形容我那份美的心情。

罗姑洗是用她那水汪汪的眼睛打败我的，而她一笑，弯成初月的眼睛更令我心醉。

我们到一家安静的小饭店，找一角落坐下。我要点上几样菜，罗姑洗不让，叫上两碗面。

吃完面，我们相望着笑，一笑泯恩仇似的。我说姑洗，我们算不算是一见钟情？罗姑洗说，第一眼看你像有一只小鹿在心里碰撞，当时有些惊慌，我何以会这样啊，我还是个初中生呢。我说懵懂间情窦初开了。罗姑洗嘻嘻，说那还真是。你知道吗，那份情愫真够挠心挠肺的，无法言说。你呢？我说当我看到一双从未看到过的水汪汪的眼睛，有种坠落深渊被淹没的感觉，窒息得喘不过气来。罗姑洗说，你一直给我写诗或散文，初时一段时间，我以为你是在卖弄呢，我有些反感，甚至犹豫要不要跟你断了，没有断，是因为我心里恶狠狠地想，看看这个小丑是如何继续表演下去。我说哟哟，原来我在你心中曾是这样丑陋。罗姑洗说，慢慢地我发觉一个问题，这个小丑为何从不跟我提他在部队生活的情况呢，显然是不想让我知道，这里面一定有猫腻。最终我悟出是你故意所为，就是你所谓的两人"不对等"。如此，我偏偏不放过你，看你到底成为一个什么样的人。我说姑洗，我错了。罗姑洗说知错就好，爱情是不可以瞻前顾后的，其他什么的一边去！我说以后我不写那些鸟诗了。罗姑洗说你又错了，你的诗挺好的，生活中不能没有诗，只不过不能拿它来掩盖别的。我笑笑说我的姑洗是一个哲学家。罗姑洗的双眼又成了弯弯的月牙，说哲学家不中听，"我的姑洗"就是一首诗。这个罗姑洗，我此刻才算真正认识。我眼眶突然湿了。

罗姑洗的父亲经常到公社开会，遇见我脸上就笑容满面，我也跟着微笑。每次他都跟我搭话，简单一句两句，算是招呼吧。他说小颜还好吧？小颜家里好吧？小颜工作忙吧？要注意休息，身体是革命的本钱……我的回答也是简短的。面对罗姑洗的父亲，我心中有几分敬畏，不知如何跟他把话说开，显得特别木讷。好在看上去他并不计较。

罗姑洗的父亲叫罗三，这个名字够土的。我私下跟办公室主任说，罗三书记看上去肚里有点墨水，怎么起个这么土的名字。办公室主任说名字是爹妈起的，与他有没有墨水没关系。我说也是。办公室主任说，你初来不久怎么知道他有墨水？我说我第一次给他送通知，他在练书法。哦，办公室主任说他肚里真是有墨水,他读过书塾呢。原来如此。书塾是民国年间或之前才有的事,读过书塾的人多半咬文嚼字,难怪他给两个女儿起名:罗姑苏,罗姑洗。

　　办公室主任到县里学习半个月,副主任林森暂时主管办公室工作。一天下班前,公社王书记一脸不满进了办公室,将一份材料稿拍在林森的办公桌上,写的什么乱七八糟的,明天上午的会议县领导下来参加,你要让我丢脸啊!林森唯唯诺诺,说书记您说个思路,我今晚通宵赶出来。王书记怒气冲冲地说,你要我教你呐,国家白养你是不是?王书记把两眼转到我脸上,说你写。我小声说我是个临时工。王书记上下将我看一遍,说你脸白白的,应该能写点文吧。我想说书记你哪来的逻辑,白脸与写文章有什么关联,但我没说出来,不敢。王书记是个出名的暴性子,全公社都知道。书记把材料稿递给我,说你来弄,明天上班前给我。说完看也不看林森一眼,离开了。我拿着材料稿,一脸为难地看着林森,说我从未写过讲稿。林森说你不要看我,是书记交代的。

　　吃过晚饭,我看材料,是要写关于如何鼓励蔗农大力开垦荒地种植甘蔗的讲稿。我看了几遍,过过脑理清思路,再回忆书记在会议台上讲话的风格,动笔一气呵成,再反复修改,直到深夜一点多,觉得可以了才上床,上了床却想着讲稿,差事怎么落到我一个临时工身上,这书记真不像书记,有这么随心所欲的吗?连我名字都叫不上,能不能写也没问一句,随手一甩给了我,如果我弄不出来明天他上得了台下不了台!神经病!

　　我一夜不眠。

　　第二天清早,太阳只露半边脸,一副掩嘴掩脸的模样,要看我笑话似的。我拿着讲稿去王书记家。他正在门前左侧水龙头前弯腰刷牙,肩上搭一条白毛巾。我叫了一声书记。他侧脸看我,嘴巴四周是牙膏泡。他洗漱完转身看着我,问什么事。我递过讲稿说,讲稿。他怔了怔,没有接,说你真弄了?换到我发怔了,说昨日下午下班前您不是交代我写吗?他说是的,那是我气不过随口一说,那个林森就是个饭桶!一份稿子都弄不出来,混了这些年一点作为都没有。我不解地望着书记。他说你是谁我都不知道,怎么可能叫你写呢? 我小声说,那您今天的讲话? 他说我昨晚上打了腹稿,脱稿讲。原来是这样,不是因为我脸白可以写,是给气的。我说哦,那我走了。他说把稿子给我看看。我将收回的讲稿再递给他。他很认真地看,看一页看我一眼看一页看我一眼,看完讲稿,眉眼带笑意看我,说我就说嘛,脸白的人是可以写的。我心里说谬论又来了。他问我叫什么,我答:颜植。他摸了摸头,说是莫副书记将你弄到办公室的吧? 我说是,临时工。他说好嘛,我以为是弄来混饭吃的,原来是个人才! 我说不敢。他说什么敢不敢,人才就是人才。今天我就用你的讲稿。好好干,小白脸。我哭笑不得。

上午的会我去听了,王书记真用我的讲稿,讲得有声有色,台下掌声不断。

办公室主任学习回来后知道我写稿的事,对我说可以啊小颜,以后你写材料,其他工作我安排别人做。我说有主任的第一支笔,我算个球。主任说,我琐事多成天忙得焦头烂额,再说了,也是王书记的意思。

之后,书记的讲话稿都让我来写。平时下乡、外地出差什么的,王书记都带上我。他是把我当秘书用了。

表哥对我说颜植,你给哥争气了。你知道吗,当初要你来办公室,王书记是不高兴的,这下好了。

占福突然出现在我们办公室,他傻笑着望我。办公室说话不方便,我拉他出门。我们站在一棵榕树下说话。占福说,颜植你好长时间不到我家了,我爸妈都念叨你了。的确,自从参加完占福和罗姑苏的婚礼之后,有些日子没去见他们一家了,差不多有两个月了吧。这两个月我也有几次回过家看看父母,经过红砖村也想去看看他们,但来去有点匆忙就没入红砖村。

我说这段时间有点忙,有空一定去的。呵呵,占福说我们算是亲戚了吧? 我说应该还不算。占福说你和我姨仔哪年哪月哪日哪个时辰搞在一起的？我说罗姑洗没跟你老婆说吗？女人的嘴是关不严的。占福说屁，姑苏问姑洗，姑洗一字不提，回家问她爸妈，也说不知道。我说那我也不跟你说。占福说我们一家常常说你俩的事。我说结果都出来了过程重要吗？占福呵呵，说你以后得叫我姐夫了，叫我姐夫时我是什么心情呢？我说一辈子不叫你姐夫，就叫你占福或者傻福。占福说不分老幼，做人不地道。我说你想倚老卖老，没门。占福呵呵，转换话题，做了公社干部春风得意吧？我说一个临时工春什么风得什么意。记得吧，在部队，伸手可触摸的事最后黄了，现在我就处在那般景况，今天不知道明天事。占福说你的话有道理，但颜植这个人嘛终归会有出息的。我说其实我混得好不好无所谓，有所谓的是怕失去罗姑洗。占福想了想说，我有一点点明白了，你掖着捂着不透一点与姑洗的勾当是因为怕没结果。我笑笑。毕竟，与占福一路走过来，他有时是可以猜测到我的心事的。占福说这下好了修成正果了。

占福想了想说，你还记得吗，在部队时我跟你说过"有一女子初长成"，后来又说"有一女子已长成"？我说记得，你一提我就知道你说的是罗姑洗。占福傻呵呵大笑，说原来你早见过姑洗，是送我们去当兵那天吧。嗐！我还是被占福兜了进去，傻福不傻，真不傻。占福说这故事不用你说了，想着要多精彩有多精彩。晚上我给姑苏讲故事。我说讲吧，讲得下流一点，我想呀，一个姐夫要把一个"初长成"的小姨子介绍给一个比姐夫更白鼻的人，罗姑苏会不会愤怒而起抄来剪刀剪掉讲故事人的命根子？占福说哎哟，真讲不得。我说你就烂在肚子里吧。占福说好的烂在肚里。我学占福傻呵呵大笑。

主任在办公室门口叫我，我对占福说我去忙了。说过就走，占福对着我后背说，今天下班回我家吃饭吧，我去市场多买些肉。我头也不回说不了，抽空我再去。

主任递一份文件给我，说你下午送去水东大队。你是水东大队的吧，顺便回家看看父母。我说谢谢主任。

我本想吃过午饭便赶往水东村，但想想可能没人在大队，就睡了个午觉。

我到了水东大队，书记不在民兵营长在，我将文件交给他。一个大队的，他认识我，说颜植，听说你在公社出息了。我说我一个临时工，有什么出息。我不跟他多说，要去看看大树叔大树婶。

我到了占福家，院门关着，便去地里。占福见了我说你这个颜植，你不是没时间吗，心血来潮啊？我说送份文件来大队。罗姑苏说，人家颜植是个大人物了，神龙见首不见尾，是你占福一个小农民想请就请得来的？我说占福啊，你婆娘的嘴像把刀越磨越利了，小心将你割成肉片子。占福呵呵。大树叔大树婶听到我们的话声从另一块蔗地出来，远远地见了我脸上就堆满笑容。

我们站在地头说话。我说甘蔗长势不错啊，一亩能收几吨？占福说平均近八吨吧。我问几个钱一吨？占福说，说不定，八至十元吧。我在心里暗数一下：六十亩地能有四万多！除去费用三万左右。这个占福心里也有数的，在我想说服他到公社跟我一样做临时工，他坚决拒绝时心里就有数了。我何尝没算过这笔账，占福家平均每人一年收入近千，与我个人每年二百多元，天壤之别，这又如何？人各有志，加上注定，该你是哪个位置就哪个位置。

我说大树叔、婶婶，我回了。大树婶说回吧，你爸你妈盼着呢。罗姑苏说颜植，我还有话要问你呢。我笑笑说，我知道你想跟我说什么，我叫你声姐可以了吧。罗姑苏有点急，说你跟我说清楚。我说一时说不清楚。说完我骑上车迅速离开。罗姑苏在后面喊：你这个白面先生！

我回到家，院子门关着，直接骑车去地里。我爸我妈在蔗地里除草。其实甘蔗已高过人头了，草已不能疯长了，甚至日渐枯萎，但务农的人闲不住，能干点活就干点活。爸妈见我回来，脸上立马挂上高兴。我妈说收工，回家。我妈最不希望我出现在田地里，就算周六周日公社没事我回家，她也嚷嚷不让我帮手做农事。她说吃公家饭的得像个公家人，不能又像个农民。当然，她的歪理拦不住我，我一句话就把她打败，说您不让我帮手我就不回来了，您不想见儿子吗？听了这话她不再嚷嚷。两个弟弟考上县城中学，一个月甚至一学期也不回来一次，我若不回来，她真长时间见不上儿子一面。哪个做母亲的不想着儿子呢？

我说妈，早着呢。她说我和你爸没事出来晃一眼的，眼前的草呀，都被长高的甘蔗吃枯了，除不除一个样。我看看甘蔗垄间的草，的确如她所说。我说这时段算是农闲吧，她说就是，回家。

太阳还挂在天边，我和爸妈就吃晚饭了，活忙的时候一定是要到天黑尽点上灯才吃的。边吃我妈边问我公社的事，每次都一样，除了问公社的事没问别的事，有时我转另一个话题，她一个拐弯又说到公社的事上来。母子的谈话，我爸一般不插嘴。

吃完饭，我妈催我上路，说趁早回公社，总行夜路不好的。

我觉得小时候我妈不是这样的，不怎么疼爱我们，我们长大了她反而疼爱了。

出门时，我说爸、妈，是不是考虑雇个工，三十亩甘蔗两人顾不过来啊，会拖垮了身体的。我妈说我和你爸会考虑的，你赶快上车回公社。看看，她怎样都能把话题拐到"公社"上来。

我本来计划逗留时间长些，说一下我和罗姑洗的事，这个话题我妈应该感兴趣不会拐弯，但她一催我就忘了。

罗姑洗常常进入我的梦里，这一生我是放不下她了。书信来往已不是在部队时故意的自顾自说，而是真正的缠绵情书了。

我日盼夜盼早日见上罗姑洗，盼着盼着到了放暑假的日子。我想已到了放暑假的日子，说不定罗姑洗哪天突然就出现在我面前。我又想何以不是我突然出现在她面前？这么想，我就找来她回来可能坐的车次，天天跑汽车站。第三天下午四点钟，我又向主任请假出去一下，主任用狐疑的目光看着我，说颜植，这几天上班心神不定的，老请假，发生什么事了？我老实说，一个朋友说她这几天回来，让我去车站接她一下，具体哪天又不说，这不，让我天天跑。主任说他回来找你不就行了吗，多此一举。我说答应了事不想失信。主任说也是。

我到了车站。车站是一块露天空地，如果要形容的话，巴掌大，可挤三五辆车。站牌都没挂,没车停时就一个空场。哪像一个车站,却又是一个车站。

准四点,一辆客车到站,我眺望车厢,看到了罗姑洗,在车厢后座。我兴奋得心跳,终于见面了。一车人鱼贯下车,罗姑洗是后几个下的车,肩一小包提一大包,专注着下车。她双脚踏地,我就站到她面前。她抬头见了我,丢下手提的大包,一把把我抱住。没散去的客人用异样的目光看着我们。那个时候的乡村小镇子,两男女在公开场合拥抱,简直是丢人现眼的事。我们也知道,但忘形了。

我提上罗姑洗的大包包,两人并排向公社走去。罗姑洗娇嗔道,颜植你学坏了,搞突然袭击。我笑说你想给我一个惊喜,不如我抢先给你一个惊喜。罗姑洗侧脸,水汪汪的眼睛看着我。我说我脸上有花啊?罗姑洗说不是花是草。

说话间我们到了公社门口。我说回我宿舍。罗姑洗说,上次你不是说你与别人共一舍吗?我说书记新分我一单间。罗姑洗说有情况,说说。我有些不好意思,说我不用打水扫地了,书记让我写材料。罗姑洗说可以嘛,孺子可教。我说你用词不恰当吧。罗姑洗说是学你的,有时说话不正经。我说我有吗?罗姑洗说:有,必须有!说完调皮地侧着脸看我,那眼神令我浑身酥酥的。

我住的宿舍是五十年代建的一排低矮瓦房,一间大约十五平方米。放一张床一张小桌子,空间看上去更窄小。我说窄小些。罗姑洗说挺好的呀,一个人有自己的空间知足吧。放好罗姑洗的行装,我说你坐坐,我出去一下就回来。罗姑洗问,干吗去?我说得跟主任说一声,还未下班呢。罗姑洗说颜植懂事啦。

我回来一推门,等在门口的罗姑洗就抱住了我。四目相望,千言万语无尽处,情到深处自然浓,两人的嘴就吻上了。吻得喘不过气来,吻得身子酥软,吻出罗姑洗两行晶莹剔透的泪水。

这一吻,于我和罗姑洗称得上世纪之吻。

天黑尽时我们才出门找饭吃。不用言语,心有灵犀到了第一次去的那家小饭店,在角落的小饭桌坐下,也像上一次那样吃了一碗面。上一次吃得从容,这次吃得潦草。我们的心境留在我那小小房间没带出来,要尽快回去。

一整夜,我们缠绵在一起。

一整夜,除了缠绵在一起,没别的事发生。

第二天清晨,我送罗姑洗回家,没有十里,也有八里。

什么叫依依惜别?十里相送就是。

我二弟颜显接到大学录取通知书,且是本省最著名的院校。这事不但轰动我村,全大队都轰动了,议论沸沸扬扬,许多人说不出二弟的名字,就说颜叶子村的颜枫的二儿子了不得哩,考个状元。我们大队,不曾有人考取这么好的学校,所以就拿状元来说事。我爸我妈那个高兴怎么形容也不过分。特别是我妈,她用哭一场的方式来表达。有喜极而泣之说,她喜极而哭。我自然也高兴得不得了,从公社市场买一捆炮回来烧响个震天震地。我妈喜极之后数落我爸,说当年植儿去当兵,我就不愿意,你也不阻拦,要是复读也能考取状元的。我爸无语。我安慰我妈,说妈,我现在也挺好的。我妈说没有状元好。我说二弟有本事不等于我也有本事,说不定我名落孙山,现在家里种蔗呢。我妈说我生的儿子才不种蔗。我妈说是这么说,还是听进我的话,不再跟我爸叽叽喳喳。

占福的二弟占禄也高考,听说差录取分数线好多。按占福的话,相差十万八千里。

平时与占福家人谈话中我略有所知,占禄在学校调皮捣蛋,无心读书。我见到的占禄的确是个不安分的人,做些怪异的事,比如在脸上画一朵花,穿的长袖衫剪掉一只袖子……家里人怎么说怎么骂他也不还嘴,我行我素。他见我也叫植哥,叫声却留在喉咙里,咕嘟咕嘟的,不是恶意是故意。

周日,地里没活儿,我去看大树叔大树婶,除了占禄,一家人都在家。说起占禄,我问,他不复读吗?大树婶说,他心里清楚我心里清楚,不是读书的料。我说现在农村也有出息的,占福干得多好。大树婶说,他心里所想的哪个知道?到省城去了,说要闯出一片天地,将来做大老板。老板是人人做得了的吗?我说也说不定呢。大树婶说,他那副德行,怕是讨口吃的都讨不上,还说不定!大树婶说着说着有点来气了,我是没见过她生气的,就不接话了。

说起我二弟颜显,占福一家人也将他吹到天上去,言语中没掺有酸味,没有妒忌之心。朴实的一家人。

罗姑苏身孕显怀了。她不在意占禄,不在意颜显,紧追不舍的是我与罗姑洗的关系。她拉我到院子龙眼树下,问你把我妹妹怎么样了。显然,她没有从别处得到我和罗姑洗任何消息。我说,你这样问我好生气,好似我真把你妹怎么样了。她说我嘴拙,那你和我妹怎么样了?我说你不愿意我和你妹在一起?她说不是愿意不愿意的事,我是怕你骗我妹妹。我说我在你眼里就这么差劲?她说脸白的人多花心。我说罗姑苏你是一棒子打死一群人,你哪只眼睛见过我花心?她说高中的时候有好多女生暗恋你。我说不知道你说的是不是真的,但我不知道有女生暗恋我。她说我不相信。我有点气,说罗姑苏,倒是你勾搭了占福!我以为我的话会气罗姑苏个半死,她却说,你若是喜欢我妹妹得喜欢一辈子,若有二心我放过你天也不会放过你。我说罗姑苏,懒得理你。

大树婶要留我吃午饭,我说我妈让我一定要赶回去吃,家里杀鸡。大树婶说那赶快回,要不你妈急了。

我回到家推开院门,一惊一喜,惊的是罗姑洗在我家,喜的是罗姑洗在我家。我有些日子不见罗姑洗了,那天清晨十里相送,她回家后像消失一样没了音信,弄得我胡思乱想,有几次想到她家去见见她,问问她何以不来见我,但又想她不来一定有原因,可能是忙家里的农活吧,就没有去。果真,后来我们相见,如我所想。

罗姑洗和我妈在正屋面对面说话,见我回来也不站起,对我笑笑,却不敢笑成弯月,怕我妈看见吧?

我爸在伙房忙碌。不见二弟三弟。

我进了正屋,对罗姑洗说,你怎么跑家里来了?罗姑洗说清晨起来想见你,知道周日你应该回家就直接来了。我拉过凳子坐下,没话找话,说你们说什么?我妈恬淡地说随意扯扯呗。罗姑洗微笑着说,对。左看,我妈脸像一朵花;右看,罗姑洗脸像一朵花。看来,她们聊得掏心掏肺。

我掺进来,反而聊不开了。

我爸摆好饭桌,上饭菜,这时二弟三弟回来了。他们也不跟罗姑洗打招呼,看来,罗姑洗到时他们在家,打过招呼了。果然,二弟说大哥,你同学来看你,都等半天了。我看罗姑洗,她点点头示意我,她对我家人说是我的同学。

围桌吃饭。罗姑洗说颜植,我真有口福,我进门就见叔叔正在杀鸡,来早了会以为专门给我杀的呢,真是来得早不如来得巧。我妈说大清早的,喜鹊在院子荔枝树上叫,心想呀有喜事呢,果然来一个姑娘。

吃过午饭,坐了一会儿,罗姑洗说叔叔、婶子,我回了。我妈说想回就回吧。

罗姑洗推上她骑来的单车,我也推上自己的单车,对我妈说,我送送姑洗同学,晚上不回家了,顺路去公社。我妈说去吧去吧。

我妈送我们到村口。

我和罗姑洗并行在乡村路上,路两旁几乎都是甘蔗地。雷州半岛这块大地,自从分田到户之后,就被海洋般的甘蔗覆盖了。放眼远望,绿色无边无际,像大海一样,不同的是海是蓝色的。微风吹过,沙——沙——沙——细浪轻语。我们顾不上热恋中的情感倾诉,一路无话,享受踏曲而行的快感。

我们回到公社我的小屋。我们轻轻拥了一下就分开了,因为两人的衣服让汗水打湿了。我们的亲昵换了一个方式,我给罗姑洗擦汗罗姑洗给我擦汗。

像看了一场电影，看时不说话，散场了说说电影里的人物故事，返场回味。我们还未完全从穿越海洋般的甘蔗林中走出来，话题一起，说一路的感受，先是感性地感叹人类许多时候，往往对生他养他的土地，因为过于熟悉而忽略，不管多么美丽可爱也熟视无睹，但终归有一天，在一瞬间心灵深处被触及而觉醒，原来身之所处，是这么值得骄傲。许多描写家乡流芳百世的文章就是这样而来的，比如沈从文。是的，我与罗姑洗一次普通的穿越，突然间，点燃了心中的灯火。我与罗姑洗从感性说到理性，说到现实。我说我们国家大面积种植甘蔗的只有雷州半岛，我们家乡的产糖量占全国近一半。从大处说到细处，说到了占福。我说占福是一个标志性的蔗农，体现在他的用心他的坚定，无论任何人如何说都改变不了他认定的事。的确，他认定的事是正确的适合他的，他人生的准确定位就是名副其实的蔗农。他一生必定有所作为。我们说到一方水土养一方人，但也不是人人都可以坐享其成，一些因素可以左右一个家庭的贫与富。罗姑洗说，我家的景况不大好，两个哥哥分家另过了，父亲当大队书记，家里、大队两头挑，免不了分心，田地的活儿靠母亲一人，负担就重了。母亲若积劳成疾那就家不像家了。罗姑洗说得心酸，眼里有泪。她接着说，我姐没出嫁前还好，现在是占福的人了，顾不了家了。我放假回来，见母亲那份艰辛，我偷偷落泪。颜植，有时我好想好想你，就有立即飞到你身边的念头，可我母亲怎么办呢？罗姑洗说得动情了，眼里的泪流了出来。我替罗姑洗擦去泪水，说姑洗，你心有大孝，我好感动。又说车到山前必有路，占福家不是雇了工吗，你们家也是可以考虑的。罗姑洗说我也这么想，也跟父亲提了，父亲不给态度，提多了他就烦，拿他没办法。我说还得做你爸的工作，这样下去可真不行。罗姑洗说我鸡嘴说成鸭嘴了，他就是听不进去。

我们陷入一段长长的沉默无语中。

罗姑洗说颜植，要不你去跟我母亲说说？我愣了一下，说我目前的身份不好开口啊。罗姑洗说，我跟母亲挑明我们的关系。我说有点突然吧？你妈仅见过我一次呢，说不定见了我都记不起了。罗姑洗笑了一下，说我母亲可记住你了,她几次装不经意问我,那个占福的战友青年仔是坐办公室的吧,斯斯文文白白净净的。我说是吗,你怎么回答? 罗姑洗说您管人家做什么啊。我说不对,你爸知道我身份。罗姑洗说你傻呀,她是知道你的,问我是想套出我与你的关系。父亲和母亲都对你有好感呢。我说哦。罗姑洗说,你要不要去说说? 我说怕也说不动。罗姑洗说,说得动说不动,去试试吧。真的,我不忍看母亲那样艰劳。我说好吧。罗姑洗说要不现在就去? 我想了想说,又是晚间,不太好吧。明日好吗? 我带点礼物去。罗姑洗笑道,算是求婚吗? 我说你说算就算。罗姑洗嘻嘻笑,眼睛成了初月。

临傍晚,我又一次十里相送。

太阳至竹竿般高时,我如约到了罗姑洗家。带上的礼物是一斤糖果,一盒饼干,一刀猪肉。罗姑洗和父母在家等我,昨天傍晚送罗姑洗回家,路上说好,晚上罗姑洗告诉她父母,今天我来探望他们,也就是暗示他们未来的女婿要来。罗姑洗坐着而她父母站着,似乎等得有点急了,或似乎听到我骑车的声响刚刚站起来。我推单车进院子门看见他们脸上已挂着笑。罗姑洗母亲的脸更是笑成一朵花,眼睛如初月。白天看得更清,罗姑洗似她母亲都要似成一个模样了。如果罗姑洗母亲回到她的年纪,恐怕分不清谁是谁,就像孪生姐妹。

罗姑洗站起来望着我笑,眼睛如初月。

我叫罗姑洗父亲罗书记,叫她母亲婶子。他们来啦来啦,迭声应我。

我将礼物递给罗姑洗父亲,她母亲在旁边说来了就好,买乜嘢啦。罗姑洗父亲将礼物递给她母亲,说做饭去。她母亲说好哩,就去厨房了。

罗姑洗的父亲对站着的我说坐,我坐下,他坐下,罗姑洗坐下。

罗姑洗的父亲说小颜,听说莫书记是你表哥?

我望着罗姑洗,用眼睛问是不是你告诉你父亲的,她朝我微微摇摇头。

罗姑洗的父亲觉察我与罗姑洗的眼神,说我是从公社那听来的。

我说是的,罗书记。罗姑洗的父亲说你再这么叫我就疏远了,叫我罗叔。我就叫了声罗叔。罗叔说对嘛,听着亲。

我看到两长幅字挂在墙上,一眼能看出是罗叔写的。那年代,在农家墙上挂书法条幅,若不知因由,会感觉怪怪的,但我已知罗叔的爱好,看着也就不晃眼了。我说公社好多人说罗叔识破字胆呢。这话是真有人说,但我说出来有拍马屁的嫌疑。罗叔显出高兴,说我不是自吹,全公社大队书记真没人读书比我多。罗姑洗说爸,你还不是吹呀。罗叔说,你不要以为你现在读师范,再读十年,认得的字也赶不上我。罗姑洗说您就吹吧。我说从识字上说,像罗叔读过书塾的人认识的字不少,我们这代人真不能比。罗叔说还是小颜懂得多。罗姑洗说,再说下去您得意忘形了。罗叔对我说你看看,我这个女儿牙尖嘴利的。我说姑洗是正话反说呢。罗叔呵呵。这呵呵有点像占福。

罗姑洗的母亲做好饭菜已是正午。她边端饭菜上桌边说姑洗,你去叫你大哥大嫂二哥二嫂两家都过来,见见小颜。罗姑洗应声出门。

一会儿,罗姑洗大哥大嫂牵着一对儿女来了,二哥二嫂牵一男孩来了。罗姑洗的母亲做了介绍。罗姑洗大哥叫罗海平,二哥叫罗潮生,我立即想起第一次见罗叔,他躬着腰写《春江花月夜》,这个叫罗三的罗姑洗的父亲,名字土,肚里却真有墨水。

罗姑洗的二嫂说,哎哟,这不是白面先生吗?除了罗姑洗,一家人一时糊涂了。二嫂说,我与颜植是同届同学,我们许多女生背后叫他白面先生。一家人都笑了。二嫂说颜植,认得我吗?我笑笑。二嫂说正常的,同届同学三百多人呢,不同班的能认得几个?又说不是一家人不进一家门,以前是同学,今后你得叫我二嫂了。我笑笑叫声二嫂。

一家人欢欢喜喜吃饭。

边吃饭边东扯西扯,扯到甘蔗上。我说罗叔,雇个工吧,婶子一个撑着不是办法。罗叔不出声。我说两夫妻的你不心疼啊。罗叔望望我又望他的妻子,欲言又止。罗姑洗母亲说我还撑得住,撑一天算一天。我说犹豫不得,这样下去不行。这话是说给罗姑洗父亲听的,也是说给她母亲听的。罗叔说小颜,你说的我不是没考虑过,雇工这事真难住我了。我是大队书记,也算是党的干部,雇工,上面没有具体文件政策,能不能雇?我说不是许多人都雇了吗,哪有什么事?罗叔说今天没事不等于明天没事。雇工,是旧社会地主老财才干的事,是剥削阶级。罗姑洗的父亲原来顾虑的是这个。说实话,我没考虑过这些,我想罗姑洗兄妹他们也没考虑过。罗姑洗的父亲说我想等等看,上面有政策就雇。罗姑洗说上面若没政策呢,那不活活累死我妈?她父亲不接话。罗姑洗的大哥罗海平说,私下里我和老二商量过,爸妈你们割一部分田地给我们,我们给地租,这样爸妈你们收入是少些,生活上应该没问题。颜植和姑洗说得对,这样下去妈是撑不住的。这把岁数了,能做点做点,不要受苦受累了。罗姑洗说我看这个行。我也说行。罗姑洗的父亲仰头两眼盯着屋顶一会儿,坐正后说肉烂也烂在锅里,就这么办吧。

我没想到是这么个结果,罗姑洗也没想到这个结果,但这是最佳的结果。

王书记越来越喜欢我,经常带我下乡走村,甚至周末也下去。一个书记身边时常跟着一个临时工是少有的,不知道的人以为我是国家干部呢,以为我是书记的秘书呢。下乡走村,乡亲们真叫我颜秘书。有时候,我都忘记了自己的身份。

我一忙,见上罗姑洗一面不容易了,时间上我难找个空隙去看她,她找我常常扑空。日子一晃,假期结束了,罗姑洗上学去了。

公社有一辆算得上是破烂的吉普车,有时王书记和我坐车下乡,有时骑单车。有一天坐车到了红砖村,有点出乎我意料,红砖村应该是我们公社最小的村子。我说书记,这村是个小村。王书记说我知道,也是我们公社人均土地最多的村，来看看他们怎么经营的。我心生敬服，看来王书记对全公社的情况了如指掌。

书记叫司机打听村长家，我说我知道。书记说你熟识？我说我是水东大队的，红砖村有我一个战友，常来往。王书记哦了一声。我指路，司机将车开到村长家院子门前停下。村长听到汽车声，出了院门，我叫了声占红叔。红砖村成年人没哪个我叫不出名，从小到大与占福的来往，熟悉红砖村就像熟悉我们村一样。占红见了吉普车，明白是公社来人了，但他不认识王书记，擦着双手等我介绍。我说是公社王书记来看你，占红抢上一步握王书记的手，说感谢书记。一脸的谦恭。王书记说不用感谢，我不是专程来看你的，是了解了解你们村的情况。占红说书记，屋里坐。我们进了院子，占红的老婆也在家。王书记问，都闲在家里？占红说等着斩蔗呢，眼前闲着。王书记点点头唔了声，说秋风一起，蔗该收糖了，再过些日子，秋风煞紧时就可以收成了。占红说对。

如果不知王书记是一个公社书记，单听他的言语，这般的知时节懂农事，必定以为他纯粹就是一个农民。一个公社书记像农民一样熟悉农村，一般人是做不到的，少见的。后来我几十年的农村工作经历，就没有遇上过像王书记这样的书记。

占红向王书记汇报红砖村的农事情况。他说得拙嘴拙舌，且颠三倒四。我听着理不顺，王书记却很认真地听，入了迷似的，似乎占红不是在向他汇报，是在讲一个好听的故事。这个性急而暴躁的王书记，在占红讲得乱成一团麻时还如此耐心。平时，占红说话挺流利的，很显然，他混乱的讲述应该是平生第一次面对书记这样大的官压力山大。不奇怪，我初到公社办公室，见到书记心也怯怯的。

占红汇报完已满头大汗。王书记和蔼地笑笑，说你用不着紧张，以后要多练练，要不你怎么能当好村长呢？咱们呐，都是为群众服务的，不论职位高低，明白不？占红诺诺。

听完汇报，王书记让占红上车带路，到甘蔗林去看看。到地头下车，几个人步行看甘蔗林。占红迟半步跟在王书记身边，王书记问什么他答什么,不问不说话,他的拘谨未完全退去。我享受蔗香扑鼻沁人心脾,听着甘蔗林沙——沙——沙——的轻浪细语,想起与罗姑洗那一次骑车的穿越……

在甘蔗林的红砖村人,向我们行"注目"礼,包括占福、罗姑苏、大树叔和大树婶。

离开时占红要留王书记吃午饭,王书记婉言谢绝。出了红砖村的蔗林,王书记说小颜,中午到你家去吃。王书记语出突然,我一时不知所措,家里没准备,吃什么?见我不回话,王书记说小颜,我明白你的心思,没饭吃喝粥没粥喝饮口水,你还不知道我吗?是的,王书记下乡,到了饭点赶不回公社时,常常找一家吃饭喝粥喝水填肚子——不让人家加饭添菜。可这是到我家,我与别的人家还是有所不同的。王书记说小颜,我是想去看看你的爸妈,看看怎样一对农村夫妇生出如此优秀的儿子。我以为王书记说的优秀儿子是指我,接下来的话令我有点脸热,他说我也听说了,你二弟以高分考取名校,了不得。

车行驶不到十分钟到了我家。我爸我妈正准备吃中午饭,听到院子门外车声伸长脖子朝外望。王书记先我而入,迈入的同时大声说哥哥嫂子我来也,讨口吃的。我爸我妈错愕回不过神来。我赶忙碎步跟上,对我爸我妈说,是王书记,来看望你们。王书记说是路过,肚子饿了,讨吃的。我妈对我爸说快快煮饭去,我爸招呼过王书记闪身去厨房了。我妈面对王书记有点慌乱,给王书记倒杯水也倒得不流畅,洒了杯。王书记说,叫你一声嫂子,我就是你兄弟,哪有对着自己的兄弟不自然的。我妈不好意思笑笑,说王书记是贵人。哎,王书记说,嫂子这么说我不高兴了。我妈笑笑,依然显得不太自然。

突然鸡的惨叫声传来,王书记出门见我爸正要下刀杀鸡,他说哥哥快快放了,你一下刀我立马就走。我爸说家里没能上得台面的菜,你来了得有能下筷的吧。王书记说我忙着呢,喝碗粥就走。我爸说哪能呢。王书记说下次吧,有空我专程上门,任你摆一桌,快快放下刀。我爸有点无奈放了鸡。

王书记回到正屋，问我妈些话，我妈一一作答，神态慢慢安静下来。我以为王书记话题会切换到我二弟身上来，没想到他却是一字不提，倒是转到甘蔗上。我妈像占红向王书记汇报一样，只不过很简短，也流利。

约半个小时，我爸端上一锅饭。几个人围桌而坐，王书记拿碗打粥。我爸我妈边嚷嚷边伸手阻止，哪里阻止得了。王书记一贯这样，在农家吃都不听主人的，吃饭吃粥自己做主，除非有饭没粥有粥没饭，不由自主。

吃过中午饭，王书记便起身说得走了，事忙呢。我爸我妈不敢留，送我们出门。出了院子，王书记才说起我二弟，也带出我，他说你们教子有方，老二上名校，老大也不错哦，有前途。我爸说村野孩子，放任惯了的，哪里教育有方。王书记说那你们家祖坟风水好。王书记说话间上了车，挥手说哥哥嫂子，走了。我爸我妈也挥挥手。

回镇政府的路上，王书记说红砖村的村长得换，颜植，你那个战友有没有能力。我脱口而出：有！

后来听说，镇干部做占福的工作，鸡嘴说成鸭嘴，占福才答应当村长。

深秋晴天的日子，从北吹来的风刮人的脸有凉痛感。深秋阴天的日子，从北吹来的风刮人的脸亦有凉痛感。穿上秋衣的农家人，在歇足了些时日后开始一年间最忙碌的时节：公社的糖厂开榨了，蔗农们赶时间起早贪黑斩蔗。斩蔗是蔗农最苦最累的活儿，弯下腰刀起刀落，一根一根地斩，要准确无误地斩在该斩处，蔗身与蔗根间，深了会伤着蔗根，来年留头的长不出苗，浅了蔗苗也长不好，从产量上也缺斤短两。斩蔗的人是要有刀技的。之后削蔗衣的人一般要套上手套，要不，被蔗衣反削伤着手。然后将蔗身绑扎成捆，肩扛到田头，最后装车拉往糖厂。

收成甘蔗得花近两季节。"锄禾日当午，汗滴禾下土"，不是蔗农们所感受的，用古人诗句来形容斩蔗，找不出来，他们的艰辛只能套用"根根皆辛苦"了。

相对于"锄禾"来说，斩甘蔗更需要合力。我想起罗姑洗的母亲，在罗姑苏出嫁后而罗姑洗还未放寒假、今年斩蔗季节的初始，如果不雇工，她如何应付？好在已经雇了工。其实，不单罗姑洗家雇工，基本上是蔗农的都雇工了。在本地雇不了工，雇的工都是从外省来的。一传十十传百传到省外去了。

无论是春夏还是秋冬，王书记下乡已是家常便饭。甘蔗收成的季节，王书记比平常跑得更勤些。我跟着王书记跑，常常是，王书记成了蔗农，我也成了蔗农。帮人家扛蔗装车，不管人家怎么劝阻，似乎他所做的是理所当然的事，自家的事。王书记帮的人家也有帮错了的，他是见了哪家劳力少就进哪家的田地。实际上，斩蔗季节，几乎是村里统一雇工了，轮流着一家一家斩，一些人宁愿出钱不想吃苦受累，赖在家里，钱让雇工们挣去。这些偷懒不出工的人，围在一起打牌，其乐融融。后来王书记发现这个现象很是生气，他对我说这不是旧社会那些地主老财吗？成了剥削阶级了。我说剥削说不上，雇工们还乐意这样呢，他们可多挣点钱。王书记想了想说，你说得有道理，可不能让钱这么流走啊，这样怎么能富起来呢？又说，也拖累全公社的经济指标。全公社的经济指标是书记的政绩，王书记说出这话，有站在自己位置说话的嫌疑，但无可厚非的。一个地方官，哪个不在乎自己的政绩呢？王书记生气归生气，该做的他还是去做，帮人家时找准了再出手。

罗姑洗放假回到公社那一天，到公社找我没见着，就回家去了。整个假期，我与罗姑洗见上一面是春节大年初二。农村的习俗，春节走亲戚。初二我们一家要去看我外婆，这是每年约定的例日。我惦记着罗姑洗，就对我妈说我去见见罗姑洗。我妈一听我要去见罗姑洗，说去吧去吧。

吃过早餐，我立即带上礼物骑上单车上路。我想到一个问题，罗姑洗会不会去探她别的亲戚了，让我扑个空？顾不了了，我太想见她了。若是她真去探亲戚了，我等她回来，一定要见上她。两人通信不断，俗话说见信如见面，但毕竟是一个"如"字，思念罢了，哪有见面的那份令人渴求的亲热。

行了半路，远远地看到了罗姑洗朝我而来。显然，她如我要见她一样来见我的。我想到一个成语:心有灵犀。罗姑洗也远远地看见了我,她举起左手向我挥动,我也举左手向她挥动。

我们加快车速,眨眼间相遇。心照不宣,知道你我所去之处。我们要决定的是去谁家。我爸妈带着两个弟弟去探外婆,而罗姑洗的父母也探亲戚去了。我们小小争论了一下,决定先到公社我宿舍去,下午再决定去谁家。

到了宿舍,我和罗姑洗免不了亲热一番。

春节的喜庆氛围无处不在,毫不顾及我和罗姑洗此刻的心境,刻意来打扰,或者说是强行来邀请,出门去吧,外面热闹着呢,先放下你们的小情调到一年难得的喜庆和欢乐中去。

罗姑洗说凑热闹去。公社小镇人山人海。

人类就是这样,需要喜庆热闹的日子,就有了约定俗成的各类节日。而春节是各类节日之父。我和罗姑洗牵着手,在人群里挤来挤去,在人体气味中挤来挤去,在声浪中挤来挤去。没有具体的去处,乐在热闹中,乐在快乐中,乐在不知不觉的时间流动中。

我们也是不能脱俗的凡人。中午,人们渐渐散去。我们肚子有点饿了,找一家饭店吃饭,却没有一家开门迎客。不难理解,生意人一年忙下来,春节这样的大节日,歇几天正常不过。好在,有人在街头巷尾摆小吃小摊,牛肉串、煮花生、小糕点、烤鱿鱼……还有五花八门的饮料。我们胡乱买点这买点那吃,填饱肚子。

午后,回公社的路上,到底是去我家还是去罗姑洗家,我们又来小小的争论。还未争出个结果,一直暗着的天突然下起雨来。我们小跑着回公社我的小屋,雨越下越大。我们望着门外的雨一时无语。

雨一直下,故意和我们作对似的。罗姑洗叹了口气说好了,哪也去不了了。我说是老天爷有意安排的吧。罗姑洗说颜植你没把话说完。我笑笑。罗姑洗说笑什么笑。说完她也笑了。

天临黑时,雨停了。我们出门到街上找吃的,像中午一样吃小吃。吃完无心逛街,怕雨又下起来,赶忙回公社我宿舍。一排宿舍没有一间灯亮,主人都回家过年了。门前漆黑一团,我拉着罗姑洗的手摸黑找到自己的宿舍。

开门,拉亮灯。我的心一下子亮堂起来,我看了一眼罗姑洗的脸,欢悦着,我想她的心也亮堂亮堂的。

漆黑的夜,一盏灯照亮两颗心。

罗姑洗说,如果世界只剩下我和你那会怎么样?我说不可能只有你和我。罗姑洗说我说如果。我说没有如果。罗姑洗说颜植你一点都不浪漫。我说这个话题不浪漫,新年大头的。罗姑洗说我错了。

我轻轻地拥抱罗姑洗,罗姑洗紧紧地抱着我。灯光下两个人一条身影,向小床铺移去,坐下去。罗姑洗一用力,两个人侧躺到床上,脸对着脸眼睛对着眼睛,有一种火燃烧起来,情不自禁吻起来。

又一次世纪长吻。

按照人的本能,应该更进一步,却没有。两张嘴分离后,我看到罗姑洗泪水灌满了眼眶。罗姑洗柔情似水地说,是可以的。我说我知道,可你还在读书,万一种下种子如何是好。罗姑洗说看上去你是个感性的人,骨子里却是理性的。

燃烧的火慢慢熄灭。罗姑洗说颜植,你好久不作诗了。我说你就是一首诗。罗姑洗说你也是我的一首诗。

我们说了一夜诗意的话,为新一年守岁。

过了元宵节,罗姑洗上学去了,我没有去送一送。王书记大年初三就带着我跑乡村。一天上午,我们再次来到红砖村,这次,王书记没有见村长占红,直接到甘蔗地去,见的是占福一家。罗姑苏生孩子待在家里,缺了罗姑苏,占福家也没有多雇工。占福见了我们,只招呼一声便继续干活,他让大树叔陪王书记说话。我来到占福身边,拿上一把刀与他一起斩蔗。占福说颜植,你去年和王书记来也不到我家,不够兄弟。我说你说这话才不够兄弟。占福呵呵,说倒是我不够兄弟。我说不是么,从小到大,你又有几次到我家呢?占福说你是神龙见首不见尾的人,想见难过登天。

我说我把大树叔大树婶当父母,你去见见我爸我妈是应该的吧。占福说我一直不敢跟你说,你妈见了我,脸上有仇似的。我接不上占福的话,转个话题,说收成跟预想没差别吧。占福说没差别。我说许多人家包给雇工的,斩蔗季节倒比平时闲适。占福说那不是地道的种田人。我说你是计算收入吧。占福说对,不可以吗? 政策不是鼓励农民富起来吗? 你看看,一个公社书记都跑到田地里来了,我若是泡在家里打牌享受算个球啊。削蔗衣的大树婶远远叫道,植儿你不要累着。我直起腰望着大树婶大声说,您才要注意别累着呢。

王书记和大树叔说了一会儿话,挽起袖子干活。大树叔哪阻止得了,就跟在身边一起干。

中午,罗姑苏背着孩子一手一竹篮提着到地里来。我想起一句歌词:左手一只鸡,右手一只鸭。

抢收或抢种季节,不少人家中午不歇息,吃在田间地头。罗姑苏喊道:吃饭了。大树婶接力喊:都停下,吃饭! 就都停下上了田埂,围拢一起,随地一坐。罗姑苏拿眼看王书记,占福见了说,公社的王书记。王书记看看罗姑苏,说占福媳妇吧? 罗姑苏唔了一声,张嘴要说又没说出口,低下头吃饭。大树婶给书记夹菜,一点不拘束。上过戏台的人,就是与一般村人不同。

罗姑苏挨着我,小声说,你个白面先生,到底把我妹妹搞到手了。我说罗姑苏,你嘴太损,搞到手,你和占福,谁把谁搞到手? 罗姑苏说我妹妹单纯,怕你骗了她。我说罗姑苏啊,你何时才用正眼看我? 罗姑苏说中学时我就看你有出息,有出息的人嘛,多半高高在上,一般村姑是看不上的。我说罗姑苏,改改你的臭毛病。罗姑苏给我夹菜,说从此以后不得叫我罗姑苏,叫我姐。

我和罗姑苏说话,王书记和占福说,他们说的我没听入耳。吃完午饭离开时,车上王书记对我说,占福不同凡响,是新型农民的代表。我说书记慧眼。

我终于在第三个年头春暖花开时候转为国家干部，没有特别高兴，我知道这一天迟早要到来。我转干不是靠表哥的努力，也不是王书记的照顾，是上面有相关文件。一个月后公社班子大调整，表哥调到另一个公社，我以为他会提拔一级当书记，却没有，依然是副书记，同时王书记被提拔当了副县长。王书记临走时跟我说要带我在身边，去县城，暗地里我高兴极了，我将成为城市人。但不知道为什么最终王书记没带走我，我不敢问王书记是何原因。半年后王副县长生病住院时托人寄话给我，叫我去见他，我才知道。

　　王副县长躺在病床上握住我的手说，小颜，原说好了带你上县政府的，说话不算数是因为我觉得身体状况不太好，一段时间了，我没有食欲，身子没劲，我想可能是出问题了，这不，我躺倒了，再也起不来了。我说县长您病糊涂了吧说糊涂话。王副县长说小颜，我得的是绝症。我像被人用木棒敲了脑壳，晕乎乎的，张了几次嘴，一句话也说不出来。王副县长望着我呆呆的表情，笑了笑，说小颜，你跟在我身边三年左右吧，你勤快，脑子活，懂我，我挺开心的。我常常想，你是我一个朋友，或者说得上是知己，虽然那时我是书记你是临时工。

　　王副县长知己一词让我泣不成声。想起来，王副县长在提拔的前几个月，我感觉到他的异样，他的累相和消瘦我是有觉察的，却没有疑心，我以为他仅仅是累的。王副县长视我为懂他的知己，我无地自容。我泣声说县长，我该死。王副县长说你看你说的。我说县长你是累病的，我竟然不曾劝你一句。王副县长说，你劝我也没用，我的性子你是知道的。王副县长说的是实话，但我真是死古板了。知己？我要是劝劝，王副县长是不是可能听了呢？

　　我离开病房时王副县长说小颜，你若有闲，过十天再来见见我。第十天我没闲也请假来了。我到了王副县长的病房，门前已围了十多个人，我的心突突突地急跳,不用问,病房里正在抢救。

约莫半晌,护士跟着医生出来。医生说,想看上一眼的人去吧。我抢身而入,王副县长脸上挂着笑容,眼睛半闭。我哭叫一声:县长!王副县长眼皮跳开了一下,悠然全合上。我哭,却哭不出声来。

王副县长离世,我们公社干部议论了好些日子,不少人流了泪。他性子是有点烈,但是一个不记人过的人,听得进进言,关心群众,大公无私。

公社新书记也姓王,是从另一个公社平调过来的。他不怎么下乡,下乡带办公室主任,从不叫我。我坐办公室写材料,接待来访群众。

一个人办公时,我常常想起王副县长。

有一天,办公室副主任偷偷对我说,听说书记要换你呢。我没听明白,愣愣地看着他。他说书记说你的材料写得不好。我发一会儿呆。想,书记是忌讳我跟过王副县长? 或是我写的材料不合他的口味? 换就换吧,我已是一名正式干部了,饭碗丢不了,什么岗位都一样。过了一段日子,不见有动静,后来就没动静了。办公室副主任说没找到能写材料的。

周末有时间,回家看看爸妈。路过红砖村想入村就入村,看看大树叔大树婶。占福的儿子两岁多了,一个模子印出来似的,地地道道一个小占福。我叫他小占福。他说我不叫小占福,叫占子。我大笑,说哦,叫尖子呐。他还不能分辨,闪着亮亮的眼睛说是的。占福在旁边傻笑。我说占福脑袋想什么呐,叫占子将来就能成尖子啊。占福说不是我起的名,是罗姑苏。我学占福呵呵笑。

这两年占福的收入算得上可观,我看着他家的旧瓦房旧院子说,该建新房子了。占福说,再等几年吧,现在建也建不出模样来,等钱足够了,建几层楼。我得承认,占福比我想得远。

不知罗姑苏是生了孩子或是明白我与罗姑洗的关系铁定了,对我说话再也不牙尖嘴利,占子叫我叔叔,她教他叫我姨夫。占子有时叫我叔叔有时叫我姨夫。

大树叔大树婶一如既往对我好,每次见了我来,眉开眼笑。

日子过得有些慢,初夏白天长的缘故吗?不是的,是我惦记着罗姑洗。罗姑洗到仲夏毕业了。

罗姑洗毕业分配到公社中心小学,这是最最理想的结果,之前我们心里忐忑,怕分到较远的大队小学。罗姑洗是中心小学抢到手的,她读书成绩突出,不少小学想要,中心小学一要人哪家小学都抢不了。

我们高兴得不得了。两情若是长久时,又岂在朝朝暮暮,哪比得上两情长久,又能朝朝暮暮?

在罗姑洗正式任教前我们办了婚礼。婚礼回我家举行,我没请公社的同事,不是人缘不好没有朋友,而是怕请不齐,过后有人说闲话。也有低调的意思。

来参加婚礼的人比我们计划的多出好几桌,亲戚朋友基本是固定的,多来的是我的同学和战友、罗姑洗的同学。他们我传你你传他,就来了。弄得我们有些被动,顾此失彼。

院子、门前、两侧巷子,摆了六十多桌,热热闹闹,喜喜庆庆。

占福找来几个粤曲迷唱一台。我本来是不同意的,拗不过他。他说人一生中最大的一件事,一定要闹腾闹腾。我明白,占福也不是百分百的心思为闹腾闹腾,掺有他的曲瘾在其中,他平时有闲就跑到公社镇子和十个八个有同样兴趣的曲迷唱唱粤曲,没有乐器伴奏,清唱,自娱自乐。几年后拉起了乐器队,多加了几个唱口,起个社名叫"北岭曲艺社"。

我和罗姑洗一台一台敬过酒之后,她找她的同学朋友姐妹,我找我的战友同学朋友。我和罗姑洗的婚礼,把平日难得相聚的一帮战友一帮同学一帮朋友拢到一块。在战友群里说战友话,在同学群里说同学话,在朋友群里说朋友话。我最感兴趣的是谁谁谁在做什么生意,谁谁谁去了深圳,谁谁谁去了广州……我想这是一个天高任鸟飞的时代,也是个大浪淘沙的时代,尽显英雄本色的时代……若干年后,浪沙淘尽见真金。后来我和占福说了这些,占福说,各人头上一片天,我也曾想过出去找另一片天,但思前想后,适合我的还是现在我头上的一片天。又说颜植,你想想啊,占禄出去闯了,占寿今年考了中专,他们在外,我再出去,爸妈怎么办？他们正一天一天老去呢。你三弟今年考上省城学校去读书了,你在公社有一份工作没多想,若是没有,你想想,你出得去吗。我说占福,你说得有道理也没道理,孔夫子说父母在,不远游,但还有一句:游必有方。占福说,你也看到了,我现在不是挺好吗？我套用毛主席一句话:广阔天地大有作为。占福理解为我鼓动他出去闯,不是的,我只想说我们所处的时代已与以前大有不同。

第三天清晨,我跟罗姑洗回娘家。本地习俗叫"行三朝",也就是女儿出嫁的第三天,要带丈夫回娘家。我们到了罗姑洗的家,她父母已在厨房弄午餐。她大哥二哥的三个孩子在院子里玩,弹玻璃球。见我们进门,齐声叫姑姑姑丈,叫完继续玩。罗姑洗的母亲听到动静从厨房里探一下头,说快歇着,我们快弄好了。我只得到厨房门前叫一声爸、妈。罗姑洗的父亲脸上挂笑对我说,来了,歇着去。

我没有跟罗姑洗入屋,站在院子里看三个孩子弹玻璃球。大哥的女儿小芬问:姑丈,你会弹吗？我说姑丈小时候也弹,长大了就不会了。三个孩子不再理我,沉迷于玩乐中。我闻到一阵香味,不是厨房里飘出的香味,是果香,放眼寻找,两棵龙眼树正挂果。一棵在院子左角,一棵在院子右角。奇怪,这个时节,龙眼季节已过了,这两棵竟然还挂着果。罗姑洗放好礼物来到我身边,我指指左边又指指右边,说还挂龙眼呀。罗姑洗说,往年不是这样的,不知今年何以这样。罗姑洗的父亲从厨房里出来了,听了我和罗姑洗的话,说是有点奇怪,我想是不是在等待你们成婚呢？是吉果吧。我心想但愿是,要不心里怪怪的。

饭菜上桌,罗姑洗的母亲我的岳母对三个小孩子说,叫你们的妈来吃饭。三个孩子屁颠屁颠去了。

罗姑洗的二哥罗潮生没来,他前年跑深圳去了,捣鼓服装生意。

一家人围桌而坐,我看了看罗姑洗的母亲我的岳母,转眼再看我的岳父,两三年间他们老了许多,不到六十岁看上去像七十岁,特别是岳母,憔悴得不忍细看。我说爸、妈,要不把地包出去,不赚那辛苦钱。岳父说我跟你的想法一样,可你妈硬不同意,说半辈子与田地打交道,亲着呢,舍不得,话听上去在理,实质还不是心疼钱!岳母说没钱你吃风屙屁啊。我说妈,地包出去能收租钱,再说儿女都成家立业了,饿不着。岳母说你们的孝心我知道,但眼前你们是成家了,业立起了吗?我还有点气力,况且,重活我也不做了,指点指点雇工,累不着,等过几年确实动不了再说吧。罗姑洗说挂心也是操劳,一定要到动不了才歇吗?你是让做儿女的不安心。罗姑洗话里有刺。岳母变了脸色不接话,是生气了。我忙说妈,你自己把持,身体是自己的,钱是买不来的,真做不了得放下。岳母说还是颜儿的话中听。罗姑洗张口要说话,我给她使眼色,她收住了。

饭后,罗姑洗说,话没说透呢,你给我眼色!我说再说下去,妈饭都不吃,你信不信?罗姑洗说,她犟性子一辈子就是改不了。我笑笑说,好在你的性子不随她。罗姑洗瞪我一眼:嬉皮赖脸的。

下午回我家的路上,罗姑洗说,你也得说说你爸妈,不要累着了。我说我爸妈也是你爸妈,中午我说你爸妈了,晚上你说说我还有你的爸妈。罗姑洗说颜植,你得改改说话绕嘴的毛病。我说尊老婆大人的命。罗姑洗说又来又来,晚上不让你上床。罗姑洗说完自己嘻嘻笑了。我也笑,哈哈大笑。

小夫妻,一路斗嘴也是一种好心情。

回到家里没人在,夏天西斜的太阳安静照着半边院子。这时段基本没活儿,我二弟三弟参加完我和罗姑洗的婚礼,第二天就出门找同学去了。我爸我妈不在家定是去蔗地了。我们放好东西出门往蔗地去。我们走上田埂远远地看见我爸我妈,他们在放牛,我爸执着牛绳,我妈挨在他身边。我们放轻脚步慢慢走去,不是怕走快点惊动他们,是看见他们悠闲放牛我们不自觉悠闲放慢下来。罗姑洗说你看你爸你妈……我打断她的话,说咱爸咱妈。罗姑洗说咱爸咱妈多恩爱,公不离婆秤不离砣。我想起我爸和大树婶,小时候我爸我妈常常吵架,说我们父母辈,爱情肯定是有的,但很多婚姻是父母之命,媒妁之言,就有了嫁鸡随鸡嫁随狗的习俗,许多夫妻没有爱情也能同床共枕一辈子。

在乡村,离婚的极少。

罗姑洗说,你什么意思,你是说你爸妈吗？我说不是有所指,而是感慨时代的不同。罗姑洗说我觉得爸妈是相爱的那类。我不回应。我们已走近爸妈了。

先是我妈看见我们,说你俩出来干吗,又没活儿,快回去歇着。我爸转过脸看我们,不说话。随着年龄的增长,他的话越来越少了。

我们走到爸妈的身边。我妈拉上罗姑洗的手,问这问那,问的是罗姑洗父母家人的事。问一句罗姑洗答一句。答完了,罗姑洗说,妈,你和爸回吧,我和颜植再放一会。我也说妈,你和爸先回,也到做晚饭的时候了。我妈看看落在甘蔗林叶尖上的太阳,说也好,牛也快吃饱了,再过半晌你俩也回。罗姑洗说听妈的。我爸将牛绳递给我,跟在我妈身后回去。罗姑洗望着爸妈的背影,说公不离婆秤不离砣真够形象的。又说爸妈的背也驼了,真的要劝劝他们不要太劳累了。我说务农人这般年纪的哪个背没点驼？但并不代表衰老,气力还大着呢,干起活来你我跟不上。罗姑洗说你是说爸妈还有气力？我说是。罗姑洗说,那你中午那样说我妈？我说罗姑洗呀罗姑洗,你妈多大年纪,我爸妈多大年纪？再说你没看出你妈有多憔悴吗？罗姑洗想了想,说也是。我说所以,你就不要在爸妈面前提该歇下不干活的话。罗姑洗说提也是一种关心嘛。我说关心话多了去了,还不到劝他们歇下不做的时候,等到二弟三弟大学毕业后再提,现在他们一心储钱供二弟三弟读书呢。罗姑洗说就你聪明我笨蛋。我伸手捏一下她的鼻子。罗姑洗笑了。

太阳藏到甘蔗林去了。我们牵牛回家。

九月一号,新学期开始,罗姑洗的教书生涯从此展开。中心小学坐落于公社偏南斜对面,背靠镇子墟市。学校分罗姑洗一间小屋,和我的小屋一般大,在住我的小屋或住罗姑洗的小屋问题上我俩意见一致,我搬到罗姑洗的小屋去,学校后面是墟市,买菜方便。从公社到学校过两条马路,千百步的距离,练练腿力就到了。我们不是很简单地处理住宿这个问题,也做了长远的打算,随着社会的发展,将来必定会住上大一点的房子,甚至楼房。从优势上说,公社一定在学校之上。所以,有时候我们也回公社我的小屋住上几天,以后公社建楼房,分房时我才有资格和说服力。

我和罗姑洗过起朝九晚五的生活。

北岭是个历史悠久的小镇,一些在意古老历史的文化人,有的说宋朝就建镇了,有的说是唐朝,还有的说是唐朝之前。各说不一。几年后全国掀起写志热,公社分给我部分任务,我到县志办查县志,原来北岭是宋初设的镇。

体现镇子古老的是一片老房屋,在中心小学墟市的背后,它被历史的迁徙甩到镇子的边缘,若不用眼力去看,它显得败落、颓废。但若是一个求知者,走进去,细细地翻阅,才发觉它的底蕴。

我和罗姑洗晚饭后散步,很多时候选择走进镇子里的古巷子。古巷子像一本厚重的古籍,阅读它得有耐心,脚下的石板不是清一色的:青色的,纯洁无瑕;青中带黑的,光滑润泽;青中夹绿的,翠绿透亮……大小却算得上一致,浑然一体拼放在一起,任由千年祖祖辈辈的踩踏,依然保持着原貌;故意切造得高高低低,把石板路引向一个拐角,又一个拐角,牵着我们走向深远……古巷子窄小而简约,却幽幽深深,一头勾连着现代街口,一头曲曲折折地延伸向古远,把整个古巷引宕得一波三折,仿佛有了音乐的节奏。踏歌而行,绵长清丽的诗意从古巷四面八方而来,令人遐想与憧憬……

高墙大宅与典雅小屋、斑驳的墙面、轻轻翘起的檐角、墙边角落的民俗石狗和石狮……这家那家的木雕、石雕、古磨、石盘、屏风、壁画,门箸、门匾、门框、柱梁、柱础、栏杆、台阶,石鼓、瑞兽,一切的一切,体现"幽巷深处有人家"的意境。

不幸的是,面临社会的变更,古墙不知不觉也在变更,有人无知,掩瑜留瑕,伤石动墙,装修粉饰。

我好生心痛,写了一份报告递给县政府。

好在政府重视,下文责令,任何人家任何人不得动一土一石、一砖一瓦、一木一檐。

三十多年后,北岭古镇在改革开放振兴乡村的大潮中成为一个标的式的旅游景点。

没有人记得我,我不需要人记得。

在我们儿子出生前,我和罗姑洗周末若没特别的事,便回家看看我的爸妈或去看看我的岳父岳母。儿子出生后我们走动得少了。倒是经常去见大树叔大树婶,因为红砖村是一个重点村。

日子来也匆匆去也匆匆。朝九晚五的,一年又一年,儿子会走路了,会叫爸妈了,会跟着罗姑洗背唐诗宋词了,学会说小小谎话了,上幼儿园了……罗姑洗心安理得为人师表教书育人,而我继续坐办公室写材料,坐烂了一张椅换了一张新的。最大的变化是公社建了一栋宿舍楼,不,是镇建了宿舍楼,早半年,公社改称乡镇,换汤不换药的改法,党委政府下辖设置没变化。我分得一套两房一厅,一家三口住进了楼房。

有时候,我和罗姑洗扯到外面的世界。罗姑洗说下海闯荡的人有不少发了财,她二哥成了小老板,开着小车回家,手拿大哥大,穿金戴银。她说看来外面的世界很精彩。那时"下海"两个字许多人挂在嘴上。我心里酸酸的,说要不我也辞职下海去?罗姑洗说你不曾动过心吗?我真不曾动过心,各人头上一片天,占福的话于我,是认同的。人有各志,我觉得自己做一名国家干部,过一生也是不错的。外面的世界是精彩,外面的世界也很无奈。听说占福的弟弟占禄闯荡多年了,现在还常常问家里要钱。有一次大树婶趁墟来见我,我问起占禄,她唉声叹气,说媳妇还没讨呢,家里若不给他寄钱恐怕活不下去呢。

我说罗姑洗,你是不是嫌我穷?罗姑洗说我说了吗?我说你刚才的话是旁敲侧击。罗姑洗说对,我是旁敲侧击,想看看你有没有动过心思。见罗姑洗眼睛有点湿,我说你怎么啦? 罗姑洗说你不知道,我二哥在深圳有了家庭。我说真的假的? 罗姑洗说家里都知道了,就你蒙在鼓里。我说不是我蒙在鼓里,是你们把我蒙在鼓里,说说怎么回事。罗姑洗说是二嫂娘家一个叔侄在二哥手下打工,回来说的。二哥不知他是二嫂的叔侄,没提防。我说现在像二哥这类人不少。罗姑洗说二嫂知道后几天不吃不喝,爸气得几天没说话,妈气得边抹眼泪边骂这个没良心的、挨千刀的。我说气没用骂没用,二哥得给个说法。罗姑洗说二哥没说法,不提跟二嫂离婚,也不提离开深圳那个家。我说这是重婚,是要判刑的。罗姑洗说二嫂不提离婚也不想上告。我说不是办法啊。罗姑洗说不是办法也没办法。我说就这么僵着? 罗姑洗说二哥说现在有两个家的多着呢。我说混账! 罗姑洗说可怜我二嫂,这几年家里家外两头挑。二哥闯出名堂她还到处宣扬呢,以为总有一天回来接她和儿子去深圳做城市人呢,哪想到这么个结果? 现在是人前人后都抬不起头。我劝她跟二哥离了算了,她咬牙切齿说我就不离看他能心安? 你说她傻不傻? 我想说点什么可说不出来。我们沉默了好一会儿,罗姑洗说将来你当上官了会不会像我二哥那样? 罗姑洗何以说出这话来? 我愣了半晌才明白罗姑洗是借说出二哥的事试探我的心思。我本想说罗姑洗你心思坏了这么想我,说出的却是无论好或坏、富裕或贫穷、疾病或健康直至死亡,罗姑洗,我都执着你的手到最后。罗姑洗泪水哗啦啦地汹涌而下。我拥抱着罗姑洗,说姑洗你胡思乱想了。罗姑洗泣声道,我是被二哥的事弄糊涂了。二哥从小疼我,我认为他是世界上最好最好的人,竟然做出这般事来。

　　两个人慢慢地平静下来。我说姑洗,说真的,有时我看不到前途,好灰心,但想到有你我就跟自己说,你有罗姑洗就知足吧。罗姑洗笑笑说,看你,又来甜嘴滑舌了。我认真说姑洗,我说的是真话。罗姑洗也认真说,我相信。不过你也不用灰心,你有能力,加上努力,面包会有的,牛奶也会有的。我笑道,你刚才还怕我当官呢。罗姑洗说颜植,你走的是官道,有没有一官半职我不在乎,但别让人看不起。我说你这么说还是在乎的。罗姑洗说现实就这样，我们活在现实中。我说也是啊，道路是曲折的，前途是光明的。说完我自己笑了，罗姑洗跟着笑了。

　　我和罗姑洗带着儿子去红砖村吃占福的入伙酒。占福一步不差地按照他的计划走，像溪水奔赴河流一样顺理成章，到达目的地。红砖村的第一座三层楼房从立冬到次年的立秋立起来了，包工的是占福一个铁哥们，所以整个建造过程占福几乎不管不顾，他的精力放在甘蔗地上。

　　当时，三层高的楼房在乡村算得上高楼大厦，鹤立鸡群。从我算占福的第一笔账开始就知道他的按部就班能成为现实。占福是谁？是我嘴上叫傻福而心知不傻的人，从小到大我们说得上不分你我，如果我不懂占福我就是傻子了。

　　楼房建在占福的老屋宅基地上，占福本来想另起他地，拗不过大树叔。大树叔执意的理由是此地风水好。

　　从立冬至立秋，占福一家人挤在临时搭的木棚屋里。

　　三屋楼房前匹配原来一样宽的院子，当然，是焕然一新的。那棵常年葳蕤的荔枝树保留下来，看上去一点不拖新楼的后腿，与新楼一起立起来似的，浑然一体。

　　我站在院子门前，没有感慨，早就预料到的事。倒是罗姑洗哇地叫了一声，张着大嘴半天合不拢。

　　按习俗，结婚比迁新居入伙要重大得多，看眼前楼上楼下人满为患的阵势，占福脑子出问题了，怎么可以倒过来呢？我见了占福，说你脑子入水了吗？占福明白我所说，说没料到，计划请的人没那么多啊。既然如此了，也就不讲究了。

　　亲戚坐一桌，不见占禄。我好多年不见占禄了。没人提及占禄，我也不好问。都心知肚明吧。

　　罗姑苏和罗姑洗挨着坐，小声说着话。大树叔问我些话，大树婶问我些话，我一一作答了。我觉得有点客套，不像以前还不是亲戚时的口吻亲。亲上加亲反而客气了。我在他们心中已不像儿子那般，他们在我心中也已不像父母那般。

占福是要唱上几曲的,大树婶也是要唱上几曲的。大树婶一开腔,我就觉得回到多年前,回到我的童年。岁月的流逝没有消磨掉大树婶的腔调,听起来,反倒更炉火纯青了。艺术是不是历久弥坚呢?

我们回到家里,罗姑洗还沉浸在酒席的氛围里,说姐夫真有本事,一个农民不到十年竟然富起来了。我说你有点大惊小怪了,俗话说行行出状元,"让一部分人先富起来"把各行各业包含在内了,占福把握住了时机。罗姑洗说如果你像姐夫那样务农,会不会也能"先富起来"?我说我从没考虑过这个问题,我要说我也能,可能有点假,说不能,我有点不服。罗姑洗说我们这辈子可能都富不起来。我说罗姑洗,你心里还是有计较。罗姑洗说我承认,但不会较真地放在心里,比上不足比下有余也是不错的。罗姑洗内心有点复杂,我内心何尝不复杂?只不过她说了出来而我不说。

各人头上一片天,如果真正领会了,心里就平衡了。

占福迁新居入伙的第三天,我又到红砖村见占福。进了红砖村我听到了扬琴声,我以为是从收音机里发出来的,细听不是,是有人在敲。我好生奇怪,在红砖村我不曾见过有人敲扬琴,不光是扬琴,别的乐器也没见有人玩弄过。再细听是粤曲《花田错会》,难道是占福?不对,占福不会乐器的呀。不容多想,我已到了占福院子门前。琴声悠悠扬扬,从占福的楼上传来,我还不太相信是占福在敲,可能是和占福一样的粤曲迷。

我进了院子,在一楼厅里闲坐的大树叔大树婶见了我,站起身来迎我。大树叔说大头,今天刮的什么风,把你这个大忙人吹来?大树婶对大树叔说什么风吹不吹的,植儿就不能来看看我们?我说长腿叔,看上去你的腿比往常更长些了。大树叔哈哈大笑,说好好好,中听!我们的对话让我一下子回到童年时代,见面就亲热,不是亲戚的客气。我问谁在敲扬琴?大树婶说是福儿。我说他弃长取短,改乐器了?大树婶说不是,福儿他们不是组一个社吗,吹拉弹唱都学点更好。我说哦,婶婶,占福在弹您怎么不唱?大树婶说刚才我和你大树叔在跟着琴声轻唱呢。和大树叔大树婶扯了一会儿，我说找占福有点事，我上楼去。大树婶说上吧。

占福在二楼厅正入迷，如痴如醉。我说你个占福！占福惊颤一下，抬头见是我，呵呵，说太阳从西边出来了。我说你个占福，总是出人意料。占福说这也叫出人意料？我好哪口你颜植不是不知道，是不认识我了吧。我说一个人对自己的爱好能痴迷，难得。占福说理解万岁。

占福说颜植，你今天是特意来的吧？我想跟占福再绕一下，但想想时间，就切入正题。我说是这样，县里组织一次全县性宣讲报告会，镇政府选中你。占福说我没听明白。我说就是个人先进事迹演讲。占福呵呵，说你叫我上台唱曲倒乐意，个人先进事迹演讲？我才不丢人现眼呢。我说你怎么可以这样说，县里要树立一批勤劳致富的榜样，号召全县人民学习榜样精神，全面推动我县向前发展。占福呵呵，说颜植，你打官腔了。我有点生气，说占福，你也是一名党员，应该带头响应上级的号召。占福说好好好，我明白，但我不会去。我说占福……占福摆摆手阻止我说下去，说颜植，算我求你，回去跟领导说说，我占福思想落后，上不了讲台。

我道理从天上说到地下，又硬话说了一箩软话说了一筐，没用，占福软硬不吃。

占福送我出门时揽住我的肩膀说，兄弟一场战友一场，不是我不给你面子，是我不想张扬，做我想做的事，说句觉悟高的话吧，我一定是做有益于人民的事。我跟上占福的话，说上台讲讲自己如何致富不是做有益于人民的事？占福说是，但让我默默去做更合我的心水，也是我的性格。

这个占福，我拿他没办法。

我向王书记汇报占福的情况，挨了一顿骂。骂完后命我去写另一个占福式人物，黑着脸说再不完成任务你看着办吧。

我在港口村委会下塘村邻村找到这个占福式的人，叫方叶代。其实，方叶代不算占福式人物，占福是耕种自己的责任田，而方叶代是承包户。他是下塘村邻村的，承包下塘村一块荒地，二百多亩。方叶代在甘蔗林的东侧建一简易房子，不是建来住的，为的是歇脚。方叶代雇工打理，自己并不下地干活,指手画脚是他的活儿。但得承认,他做得不错,一年的收入远远超过占福。

方叶代是个胖子,我找到他时他鼻孔朝天眼睛朝下看着我,问我是谁。我说出我的身份,并说是王书记令我来找他。方叶代鼻孔和眼睛瞬间摆平,满脸挂笑,说颜秘书大驾光临,欢迎欢迎。我懒得解释,跟他说明来意。方叶代抢上来要抱我一把,我退了一步,他便抓住我的手,连声说谢谢镇政府的关心。然后锁上我的单车拉我上了一辆摩托车,我以为他拉我去他承包的甘蔗地。大约十分钟,到了海边。我一头雾水,甘蔗种在海上吗?下了摩托车,方叶代拉我进一家小饭店。我说方叶代,还早着呢。方叶代说知道,我们坐下说,中午在这吃饭。我不好拒绝,说也好。方叶代说颜秘书你问,我说。我将大概意思跟他说了,他便滔滔不绝说了起来。不得不承认,方叶代的口才不错,思路也直,我飞快做着笔记。有时我跟不上,说你慢点,他就慢下来,说着说着又快了,我跟不上,又说你慢点,他就又慢下来,快快慢慢地差不多说了三个小时,他才停下来。他问,颜秘书,都记下了?我说记下了。他说你还有问的吗,我就问了一些细节,他一一作答了。

中午,方叶代点了六样菜,全是海鲜,又叫了两瓶酒。喝酒吃海鲜,方叶代高兴劲儿还未完全褪去,频频敬我酒。我说我没酒量,他说颜秘书你随意,他一杯一杯往口里倒。我见他饮喝如牛,说少喝些,醉了连车也开不了。他说我能喝两三斤,没事。认识你颜秘书我三生有幸。

我看看太阳已西跌,说方叶代,回吧,下午我还有事呢。方叶代说好,颜秘书大事要紧。

方叶代果然没醉,摩托开得还平稳。差不多到了下塘村,我说看看你的甘蔗。他说好的,就往甘蔗地开。我说不用下车,你开着兜一圈。他就兜一圈。

我回到镇子时已过了下班时间。

晚上吃过饭,歇半晌,开灯坐于桌前,写方叶代的事迹,写了整整一夜。本来不用那么赶,可想起王书记的脸色,就不敢歇笔。

　　这个王书记，都好几年了，我工作上不敢说多么积极多么出色，起码没差错，完成得还可以，他怎么就没我给好脸色呢？难道真如一些人说的，我与他不相生？见鬼了。

　　第二天上班，我直接去王书记办公室，将方叶代的事迹材料交给他。他没有看我，说这么快？我说赶了一夜，不知行不行，书记指正。他说你回吧，有闲我看看再说。

　　下午刚到办公室，主任说书记叫我过去。我立即出门。

　　我进了书记办公室叫了声书记。王书记说你坐。口吻和蔼。这是从来没有过的，叫我坐，口吻和蔼。

　　我坐下。王书记说小颜，这几年你兢兢业业的，我看在眼里，你是可以担重担的人，这两天吧，开个镇党委会研究你当办公室主任的事。我听了没有激动，反而有点发怔，想着今天书记是哪根神经搭错线了，还是良心发现？

　　晚饭桌上，我跟罗姑洗说了。罗姑洗说这叫精诚所至，金石为开。我觉得罗姑洗措辞不太准确，应该有更准确的，但我一时找不出来。

　　我明白，这篇讲稿，王书记不是一般地满意，而是非常。方叶代方胖子的事迹不足之处很明显的，比如他从来不亲力亲为。但我巧妙将他的不足掩盖，从政治高度方面将他拔高。我如此，是出于无奈，看了几年王书记的脸色，已有了呕吐感，再看下去，恐怕有一天会大呕特呕。不得不违背自己良心一次，抑制那种感受发展下去，要不，真活得惶惶不可终日。

　　一个人有时在长期的高压下，自觉不自觉会说出不该说的谎话，做出不该做的谎事。我是一个凡夫俗子，免不了也会说谎话做谎事。但我清楚，底线要把持得住。

　　方胖子在全镇演讲报告会上的表现非常出色，本来我的讲稿就写得精彩，加上凭他嘴里有一条不烂之舌，添油加醋，讲得神采飞扬。在十位演讲者中掌声最响最长，还有人忍不住大声叫好。他把他们比矮下去，自己高大起来。王书记参加了演讲会，下来听演讲的县领导赞扬方胖子，又对王书记竖起大拇指。王书记就春风满面。

　　王书记领方胖子从县里演讲回来的第二天,宣布任命我为办公室副主任。

　　占福和方胖子是两类人,占福一辈子没离开属于他的土地。而一年后,方胖子离开本不是他的土地,混进了官场。

　　在改革开放的过程中,有多少占福守土如守疆,又有多少方胖子浑水摸鱼!

第三章
而立之路
有清风也有浊浪

三十而立。占福是算得上立了,而我,自以为,在立与不立之间。

春天,万物苏醒,将一冬的枯萎破败一扫而光。放眼尽眺,眼也绿心也绿。我借回家看父母之便习惯性进了红砖村。有些时日不见大树叔大树婶和占福了,心有所念。我悠闲地走进庄稼地,此时的庄稼无论是什么作物,都像初生婴儿般可爱。不及膝高的甘蔗,在春风的吹拂下,若不用心听,听不出沙沙声,它送入我眼睛的是千千万万挥动着的小手,表现出热烈欢迎的姿态。我习惯了春天尽收眼底的大好心情。倏地有一块陌生的绿作物闯入我的双眼,因为正在冒苗,我一时分不清是何种作物。

　　我以为走错了路，不是到了红砖村而是迷路进了别的村。我停下车辨认，左看看右看看，远远看到了占福那高高的三层楼房，才确定没有走错。我在绿油油、不是甘蔗而是那陌生的绿色作物中看到正在地里劳作的占福一家人——大树叔大树婶，占福和罗姑苏都在。春天上午一竹竿高的太阳光线呈金黄色，将他们和他们的影子打扮得有些妖娆。他们的劳作看上去像在一起玩一种游戏。第一个发现我的是大树婶。总是这样，如果他们中有大树婶在，其他人一般抢不到她的前头。

　　大树婶用一如既往的微笑迎接我，是的，一如既往，她每次见上我第一眼，脸上必定是微笑的。

　　我来到他们一家当中。我蹲下来辨认那些幼小的青苗，眼熟却认不出来。我坐办公室较少下乡，知道农村的变化多数来自村委会上报的资料，一些新型农作物只知其名不知形状模样。我问占福那是什么，占福呵呵道，颜植你是犯了健忘症吗，圆椒你都不认识了？哦，我立即清醒，圆椒，是辣椒的一个种类，在部队时是吃过的。罗姑苏说，颜植你就是四体不勤五谷不分。

　　我不与罗姑苏斗嘴，好男不与女斗。我在想，我们雷州半岛祖祖辈辈，少有人吃辣椒，以至当年当兵初时一见辣椒就皱眉。我说种蔗不是好好的吗，辣椒往哪销？占福说这几年蔗价一年好一年坏，好的年收入不错，坏的年马马虎虎，这么下去不是办法，不能一棵树上吊死，得想法子。我说你这么想是对的，但还是刚才我问的，辣椒往哪销？

　　占福说南调北运，现在全国已形成产品互流互通的产业链，我们县已有人经营了。我说怎么选择种辣椒而不是别的？占福说除了广东，哪个省不吃辣椒？再说辣椒不易烂好保质。

　　我抬头四处看，红砖村大片大片土地种上辣椒，与甘蔗林"平分春色"。我说村民认可你的思路？占福说我召集村民一起商议，大家都觉得行，就都行动起来，连邻村也有人跟上。我说一旦失败口水会将你淹死。呵呵，占福说所以不能全种辣椒，有甘蔗在，败也不会一败涂地。

　　傻福的脑袋真不傻。

我回到家里，见院子锁着就直接去地里，远远看见爸妈，从干活的动作看是在施肥，聚神一看，竟是辣椒地。我有些兴奋，占福有脑子我爸也有脑子，识得转弯。我到了爸妈身边，他们正忘我地忙着，我叫了一声爸、妈，他们才停下掉过脸迎接我。我说辣椒长势不错，我还不知家里也种上了呢。

我妈说你有一个多月没回家了，栽辣椒的时候我跟你爸说要不要去问问你，你爸说不用，占福的主意不会错。哦，原来还是听了占福的。我说占福来家啦？我妈说来了，为说种辣椒的事来。我看看辣椒地，也就三亩左右，说怎么不多种几亩？我妈说村里没人种，你爸还是有些心虚，没完全听占福的，少种几亩。我爸说先尝试尝试吧，谁说得清行不行。

看来，想跟上占福的思维不容易。我都跟不上，我爸敢尝试也算了不起了。

方胖子常常开着摩托车来镇里。白天来晚上也来，大摇大摆地进进出出，不知道的人会认为他是镇干部。镇干部都知道他，清楚他是来找王书记的。从挂在他脸上的喜悦看，王书记也很礼待他。

方胖子偶尔也来我办公室，颜主任颜主任叫得亲热，没话找话跟我说，弄得我只得放下手头上的工作陪他，听他扯东扯西。如果我不说有工作要忙，他一坐会坐上半天。

方胖子跑上跑下跑了一段时间，竟跑到镇里来了，给王书记开车。

方胖子找我喝酒。我说方叶代你怎么想的啊，发财致富不好吗，宁愿当司机？方胖子嘻嘻笑说，哥们，我有我的想法。我说乜想法？方胖子干了一大杯酒，说不说与你听，秘密。我说你个胖子不够哥们。"胖子"两字是脱口而出的，我在心里早已叫上千百遍了，不注意漏口了，以为他会恼怒。方胖子却哈哈笑，说叫我胖子我中意，以后私下你就叫我胖子吧。

有一天下午，我出门办点公事回来，在办公室大门遇上方胖子开着吉普车出门，他见了我停了车，伸出头说，颜主任没紧要事吧。我说乜事？方胖子说上车上车，我们兜兜去。我没多想上了车。方胖子车开得风驰电掣,朝海边方向去。我说去哪呐?方胖子说,看看我的甘蔗去。我以为他将甘蔗转包给别人,说你都是公家人了,还包着地不妥吧。

方胖子说,妥不妥不是我说了算也不是你说了算,书记说了算。我说王书记能同意?方胖子说颜主任,不是我说你,你脑子装的知识多,但有时想问题没脑子,你想啊,我是全县出了名的承包户,是树了榜样的,一下子消失了,王书记怎么向县里交代?我想了想说,问题是你现在成了书记的司机,县里知道了怎么解释?

方胖子说我是临时工,又不是正式干部,就算是干部,现在不少都有副业,这个你知道吧。我说也是。方胖子说所以县里才懒得过问。

车到了方胖子的承包地,有三五个雇工在给甘蔗施肥。是甘蔗拔节的季节,我似乎听到像人拔骨的声响:啪啪啪。悦耳。

方胖子说颜主任,你也该想想自己的副业。我说哪有时间啊。方胖子说时间嘛,就看你会不会抓,抓好了还是有的。牛没夜草不肥。"牛没夜草不肥"这句话让我的心一跳,不是提醒我去想自己的副业,而是方胖子这个"夜草"可不只是他的"夜草"这么简单,王书记也有份吧,要不,王书记能允许方胖子开着公家的吉普车回他的承包地?是的,方胖子常常空车进出镇政府。

俗话说,文章不用点火读。这里面有猫腻,可我不能说穿。

晚上躺在床上,我和罗姑洗说起方胖子,说到副业,我们陷入长时间的沉默。罗姑洗最后说了一句话,知足常乐吧,睡觉。

我回家看爸妈。地里的辣椒结椒了。这种圆椒的椒果,像小小的绿色灯笼,一垄一垄的挂满了枝杈。站着看每一棵辣椒都是球形的,蹲下看也是球形的。全景看去满是球。几亩辣椒地被已长得人一般高的甘蔗林圈围着,看上去像碧绿的湖泊,微波荡漾。我一时有些错觉,身处我曾经到过的某个风景点,心境大悦。原来我祖祖辈辈的故土,也可以用另一种目光看待,从而生出诗意来,令我动容。

我爸说当初全听占福的就好了,多种几亩。我妈说现在说得还早吧,收成时价格还说不定好坏呢,养眼却不赚钱,那就叫高兴得太早了。我妈说得也对。俗话说,东西中看却不中用也是空欢喜。

吃过晚饭回镇途经红砖村,我拐道而入。这时天已黑尽了。夜里进红砖村是极少有的。我急于见占福是因为辣椒,他应该知道或预测到价格的好坏。

占福用他悠扬的扬琴声和粤曲迎接我。自敲自唱,这个占福,已成粤曲痴了。大树婶怎么不唱呢?

我进院子时罗姑苏站在院子中抬头望天上朦胧的月亮。我轻轻咳了一声,示意我的到来,罗姑苏还是骇了一下,身子颤了颤,见是我,说你装鬼吓人啊。我说,大姐在等天上掉馅饼呢还是钱,还是想奔月去会吴刚?罗姑苏说你管呢。厅里亮着灯,却不见大树叔大树婶,问道,叔、婶睡了?罗姑苏说睡了。我说还早呢。罗姑苏说今天给甘蔗施了一天肥,累了吧。

我轻手轻脚上了二楼,占福在我到门前的同时停下他的琴声和唱声,我本想"装鬼"吓他一跳,他却用标志性的傻笑迎接我。我说一点意思都没有。占福说你跟罗姑苏说话我已听见了。我坐下直接切入话题,说占福,辣椒长势不错,就不知价格如何。占福看着我的脸不说话。我说好看吗?有花还是有草?占福说你家就那么几亩辣椒,值得你夜闯民宅吗?我说我不抢钱又不劫色,喊!

我和占福贫完嘴,占福说我骑摩托兜了方圆几十里,种辣椒的不多,应该能卖个好价格。我说一亩能赚多少钱?占福又用刚才的眼神看我脸上有花还是有草。我说你不要装奇作怪,好好说话能噎死你呀。占福摇摇头,说按去年的大约价,少则两千多,多则三千多。我心里一算,就算两千多也比甘蔗收入要多。我反问去年是多少,占福说两千左右。我说你凭什么算今年要比去年的价格高?占福说今年整体种植面积较去年少许多。我说,物以稀为贵?占福说对,也不完全对,稀,没人要不算稀,有人要才算稀。我说占福,你不要绕了,我都要晕了。占福说当兵时我班有个河北兵,我们一直通信,去信问他那边今年辣椒的种植情况,他说今年北方冬天雪天长,蔬菜减产。

这个占福,是打有准备之仗的。

我回镇子的路上天上遮月的云已散尽,亮亮的月亮跟着我走。月光光照地堂,我的心亮堂堂。

其实,我夜访占福不是想早早知道我家那几亩辣椒能卖几多钱,主要是王书记交给我一项任务:写一篇农村种、养调查报告。看了我家的辣椒,想起红砖村大片的辣椒地。

我回到家里,罗姑洗在看电视,望我一眼接着看。我挨着罗姑洗坐下,右手揽着她的肩,她伸出右手握住我的手,没有语言。算是老夫老妻了,不像以往一在一起便卿卿我我,平日里要表达的亲昵一个眼神或一个动作就足够了。电视里播放的是香港连续剧,罗姑洗每晚备完课追着看。那时国产剧没港剧好看。我晚上常常迟迟回家,赶写材料,和战友、朋友喝喝酒,偶尔也去卡拉 OK 厅。罗姑洗习惯了我的迟归,有电视剧追着看,不管我早归迟归。

罗姑洗从不问我迟归,这些年一路走来,她像读一本书已完全读懂我,七年之痒这句话在她的字典里是没有的。她说男人窝在家里是窝囊废没出息。得了罗姑洗这句话,我就放任一些,有时也跟方胖子跑卡拉 OK 厅去,唱唱军歌。香港流行曲几乎占据卡拉 OK 的所有曲目,多数人陶醉于"靡靡之音"之中,而我更喜欢唱唱军歌或红歌。我的方枘圆凿授他们以柄,他们笑我的正经笑我的古板笑我的守旧。我依旧我行我素,才不理会他们如何。他们唱的那些歌我也会唱,但没我想唱的那样荡气回肠。军魂还附体,恐怕一辈子脱不下了。

我的另一个方枘圆凿,是从不叫陪唱。与方胖子一起 K 歌,他是一定要给我找陪唱的,我不买他的账,他塞一个我赶走一个。他的态度坚决我比他更坚决。他真有点气恼,说王书记来了也是要找一个陪陪的。又不要你给钱,你是清高还是不食人间烟火?我不理会他,独唱我的军歌红歌。

时代的大浪夹杂着形形色色的内容一浪一浪地卷来,我不由自主被卷在其中,我做不到一尘不染,却能洁身自好,与清高和不食人间烟火无关。如果我对别人说我有罗姑洗已足够，听起来一定很假，但事实的确如此。像方胖子们一晚上勾肩搭背搂搂抱抱，我是真真做不到。我唱着军歌红歌也可在浪涛里走一趟。

与我一样的人也是有的，比如占福。"八一"战友集中到县城聚会，晚上卡拉OK是贯例，占福像我一样从不找陪唱。我说占福，你是怕罗姑苏知道吗？占福说罗姑苏能知道吗？我说是舍不得钱？占福说你这么说也可以，都是唱，为何我要给她们钱？我说她们是陪你呀。占福说是她们陪我还是我陪她们？我追着问占福，占福抓住我的停顿反问我，你又为何不找陪唱？我说我唱军歌红歌她们不会。占福说这就对了嘛，我唱粤曲她们更不会。

占福呵呵，我也呵呵。

背着秋日落日的霞光，我和占福站在辣椒田的田埂上，一眼望去，和我想象的完全不一样，在我的意识里，辣椒的收成季节，映入眼帘的应该是红艳艳的辣椒，像我身后晚霞中朵朵红云，铺一地红色的毯子，或火海一样，把秋意点缀得更色彩斑斓。不是的，是一嘟噜、一嘟噜的，宛若灯笼却又绿油油挂满了枝头。灯笼是红的，哪来绿的。刚才未到田头时占福说明天收成第一批辣椒，所以我以为辣椒熟红了，可眼前……我说辣椒未熟呀，收成？占福说你真是少见识，灯笼青椒等熟红了就离烂不远了，青的时候摘下，等北运到达销售地，差不多要红了，吃家要的就是这样的。再说灯笼青椒熟透了没青的甜口爽口。是的，是我见识少，辣椒种类我见不齐，这灯笼青椒是我第一次在我们这片土地上见到，我在我家的地里看到辣椒结果时就觉得新奇。

晚霞是红的、灯笼青椒是绿的，两相辉映。

望着一大片拳头大果实累累的灯笼青椒，我清楚，如占福所预测的或规划的,灯笼青椒来添喜了,是个丰收年。

辣椒种类不少,跟随占福种的这种灯笼辣椒,个大,肉厚。的确像灯笼,只不过是缩小版,拳头般大,辣味可以忽略不计。

我跟占福说,初时我以为你种的是我们在部队时的那种尖嘴朝天椒。尖嘴朝天椒,爱吃辣椒的人就特喜欢吃它,吃时呵呵叫,辣出满头汗水,辣得嘴翘翘,却是一副神仙享受的嘴脸。初到部队时我们广东兵忍受不了那份辣,见饭桌上上辣椒就皱眉,甚至有人挂上厌恶的脸色。时间长了,慢慢地也适应了,吃着吃着,都能吃了,有的人甚至吃出四川、湖南人的模样来。俗语说:四川人不怕辣,湖南人辣不怕。真正爱吃辣椒的人就像真正有酒量的人钟情烈性白酒一样,一上口就放不下了。

占福说难怪别人叫你白面先生,你这个生于农村长于农村的放牛仔,是四体不勤五谷不分了。灯笼辣椒,也叫大辣子、圆辣子、甜椒。这种辣健胃消食、爽口不上火,其辣度和营养价值为世界之最,享有"辣椒王"的美称。占福这般说,我心里不爽,口吻带出嘲讽道,占福你就吹吧,没想到傻子也会吹。占福呵呵,说我继续吹气死你:以每 100 克灯笼椒为单位,热量是 18 千卡左右,营养成分为水分 94.5 克,蛋白质 1.1 克,脂肪 0.3 克,碳水化合物 2.9 克,纤维 1.0 克。其他营养有钙、磷、铁、胡萝卜素、维生素,其功能有祛湿、舒缓神经、解毒利尿、防止坏血病等,常吃可令皮肤细腻洁白及增强身体抵抗力,更可令发质乌黑亮丽,及减轻皮肤因受太阳暴晒而导致的黑色素斑点。这个占福背书了,可我心里不但没有不屑,反而有点佩服。一个农民种植一种作物,能找来书本作详细了解,说明是个聪明的农民。

傻福不傻。我说还有吗?占福说,我知道你想知道归根结底能赚多少钱。一般亩产 3000 公斤左右,目前的价格是一元左右吧,你自己算。我不用细算,心中大概有数了。我问能摘取几批?占福说三批或四批,要到 10 月底才摘完。这个占福,不得不让人佩服。

天将黑未黑尽时,我回到家里,爸妈已在院子里摆上饭菜,掌上灯。是周末,他们知道我一般会回来,多备我一份晚饭。我有事不回,吃不完留着第二天吃。农家人吃隔夜饭菜是常事。我进院子时,妈看了我一眼,目光伸到我身后,她想看到她的儿媳妇罗姑洗和她的孙子颜可。我说妈,颜可明天要去学画画。送孩子学一门课外艺术先是在县城兴起,不久波及乡镇,罗姑洗与我长谈一晚,也决定跟风。妈说好长时间没回来了。我笑笑说,上上周不是回了吗?妈说我觉得有一年了。

坐下吃晚餐。白米饭,白切五花腩,干晒红鱼片,青菜,蛋花汤。改革开放也就十年八年,农家的饭桌上已不是一年三百六十五日几乎餐餐番薯粥了,是白米饭加鱼肉了。真是翻天覆地了。

我说起占福明天收成辣椒的事,说趁我在家,明、后天我们也摘辣椒。爸妈脸上挂上高兴劲儿。妈说听说今年辣椒是个好年景。你这个同学占福、战友占福、姐夫占福,真真了不起!我说占福做人做事较劲呢,是个能做得好事的人。

第二天早起,我手提竹篮迎着晨曦出门。父母像村人一样还在享受天亮觉。村子宁静,村外也宁静。有鸟儿歌唱,却也是显得宁静的。要是没鸟儿歌唱,那就是死寂了。清晨秋天的风处于凉与爽之间。雷州半岛的夏与秋若是不去较真是可以忽略不计的,看看年轻人,夏秋穿衣是不分的。我到了辣椒地田头,不能放尽眼,与占福的辣椒地比,窄小得有点可怜,一眼尽收,生不出感慨。不过蹲下来细看,心情大好,辣椒枝干上,一吊吊的绿灯笼,煞是好看。若是在春夏清晨的时候,辣果是挂有露珠的,像出浴的仙子,看上去更是让人赏心悦目。眼前的辣果像出浴后擦干的仙果,光滑干净,绿得晃眼,又是另一番的悦目赏心。

我提着第十竹篮辣椒上田头时,父亲推一辆自行车,母亲推一辆自行车,车尾各挂一担箩筐,穿越早晨的阳光走来。我看着他们心里有那么一动,手上若有相机,拍上一幅必是挺写意的。母亲不会骑车,平日里少出门,要是到镇子里趁墟,家里没车的年代是独自走路去,我没见过她跟父亲一起去过,有了自行车后,偶尔坐父亲的车一起去。近几年母亲坐父亲的车去镇子,不去趁热闹的墟,是看我和罗姑洗,重点是她的孙子颜可。

我站着等父母的到来。父母到了田头,母亲嗔道,早餐也不吃,能赶多少活出来？说过递给我带来的早餐。我笑笑说已摘了十竹篮。母亲说就你能，吃皇粮的人不应该下地。我不驳母亲的嘴，她习惯把吃皇粮挂在嘴上，恐怕一辈子放不下了。

早餐是蛋花面。早些年，或者一直以来，我们这地界，很少人家能吃上面食的，不是不喜吃，是吃不上，近几年，已是想吃就吃了。

我蹲在田头吃早餐，父母下地摘辣椒。此时，村里陆续有人出来了。我们村就我一家种辣椒，有人知道逢好年景，跟我打过招呼后说，颜植，以后呀有好想法也跟我们说一声，也好跟着发点财。又说做了国家干部不能忘本呀。我笑笑说不是我的主意，家里种下辣椒我还不知道呢。村人说谁相信呐。我说真的啊，是占福的主意，占福认识吧？村人说红砖村的占福呐，原来是这样，听说他家种了好多亩呢。那也该告诉我们一声。我妈说我们种时也跟你们说了呀，你们不相信，还说甘蔗种得好好的种啥辣椒。母亲一出声，村人就出不了口了。

太阳一竹竿高的时候，辣椒装满了两担大箩筐。装好车，我和父亲各骑一辆上路。收购辣椒的地点要经过镇子再行三里路。

近了，看到一座木搭的大棚，大棚前已有早到的卖辣椒人。我知道，这大棚是一个北方人搭的。他是哪个省的不知道，听说他一时说是辽宁的，一时说是河南的，一时又说是河北的。当初他到来走村串巷动员村民们种辣椒，有村民嗤之以鼻，占福听到风声找到了他，他将想法与占福透透彻彻地说了，占福嗅到了钱味，像狗嗅到了骨头。就与他一起走村串巷，事情就有了着落。

"北运菜"就这么开起来。

第一个吃螃蟹的人，这外省人是一个，占福也算是一个。

这外省人搞了几年，生意红火，本地就有人眼红了，就有人抢了生意。

到了"北运菜"收购站，我和父亲卸车，排队。有人认识我，跟我打招呼，说颜大主任也来卖辣椒？我笑笑说周六日不上班，回家搭个手。那人说孝子孝子。我说说不上，微薄之力而已。那人转个话题，问种得多吗？辣椒好年景啊。我说一两亩。那人说可惜了，我是说你家可惜了，我家也可惜了，种得少。种的时候抱着试试的想法，没敢放开胆子，明年种个十亩八亩。我想了想，说听市场要有个预测，多种了如果价格不好弄不好白费气力没收成。那人问怎么说？我说物以稀为贵，也就是供与求的问题，供大于求就掉价了。

那人想了想，说也是啊，想想有点赌的意味了。我说所以得有预测。那人说预测这东西是盲人摸象，说白了还是个赌。我说摸象总比睁眼瞎啥也看不着不知道的好，再说预测与盲人摸象还是不同的。那人问那倒也是，哪个有预测的本事？我说红砖村的占福，你可认识？那人说那个黑佬？我哈哈一笑，说就是那个黑佬。那人也笑了，说认识他的人背地里都叫他黑佬，晒得非洲人似的。我说不是晒的是天生的。那人还要接话，父亲说轮到我们了。我便慌忙与父亲一起搬箩筐。

离开北运菜站时我想起了占福，他不是说今天摘辣椒吗，都这个时候了何以不见人？后来才知道，他家摘得多，下午才用牛车拉来。

回到家里已过午，吃过午饭，我又要动身去摘辣椒。父亲说你傻啊，大太阳的晒了一天，下午摘下来会缺斤少两的。母亲说你爸说得对，明天吧。又说要不你回镇去，明天我和你爸搞就行了。我说妈，你不要老是把我看得金贵，我也吃番薯屙番薯屎长大的，是凡人一个。母亲张了张嘴，没话出来。

第二天我们又摘了两担，卖了后我就直接回镇子家了。罗姑洗在洗儿子的衣服，家里买了洗衣机，但罗姑洗用手搓。平时，我和她的衣服她用洗衣机，而儿子的她从来都是手搓。颜可抬头叫了我一声，低下头画他的画。罗姑洗对待生活是个勤快的女人，顾家的女人，用广东话说是个顾家婆。上课认真教学生，回家照顾好家庭，我喜欢这样的女人。我进屋罗姑洗也不看我一眼，说午饭还未弄，你弄吧。我换衣服收拾一下进厨房。

一家三口围坐而吃。我将在家里摘辣椒的情况说了下，然后说起占福。我说占福今年又小小地发了一笔。罗姑洗说看来你还是计较钱。我说也就那么一说，你又要拐道。再说了我说的是占福，你姐夫，也是我姐夫。自己的姐夫有钱值得高兴。罗姑洗说靠耍下嘴皮过不了日子啊。我说说话嘛,像吃饭,有时加点佐料才有滋味。罗姑洗说继续贫。

其实,在罗姑洗面前,我贫的时候不多,在占福面前才天花乱坠。

儿子颜可说,爸爸,我想爷爷奶奶了。颜可的话是在计较周末我回家没带上他。他知道我回家帮父母摘辣椒时闹着要跟我回去,我和罗姑洗拿他要画画的事说事,没让他回。上个月我和罗姑洗带儿子回家,去了辣椒地,儿子见了一田地的辣椒,哇的一声叫起来,说好多好多的小灯笼,问我小灯笼能长成大灯笼吗?我随口说能。儿子说要到哪一天呀?我说秋天。儿子说到了秋天爸妈要带我回来看大灯笼。我说好的。

罗姑洗望着我笑,说看你如何去圆这个谎。罗姑洗说的"圆这个谎"是指小灯笼变大灯笼。当时我对儿子说,小灯笼是长大了,可不是你见过的那种挂家门前的那般大,有多大呢?我捏起拳头,这般大,是似灯笼却不是灯笼,它是一种蔬菜,你能听明白吗?儿子眨眨眼睛说,明白。我说真明白?儿子想了想说真明白,我跟妈妈去买菜,见过。聪明!我看着罗姑洗笑。罗姑洗也笑了,看你们这俩父子。接着说回家摘辣椒,也不带个新鲜回来。我拍拍脑壳,说看我这脑子白白装脖子上了。

午觉醒来,出了卧房,见儿子已在客厅画开了,我心疼一下,孩子还小,不可以这样的,对正在起床的罗姑洗说,带孩子出去玩玩吧。罗姑洗怔了怔,明白我的意思,说好的。我对儿子说颜可,我和你妈妈出去行街,你去不去?去去去,儿子跳了起来,兴高采烈。

我们出了镇子大院到了街上,一时不知往哪走。儿子面向东边的街口伸出小手,指着一个人大声说,姨夫!我们掉过头看见了占福。占福坐在牛车上,往我们这边过来。我们一家迎了上去。占福也见了我们,鞭了一下牛背,牛就加快了脚步。近了,占福跳下车,一把抱起颜可放到车上。我跟着上了车,罗姑洗也上了车。罗姑洗问,姐夫是去市场买菜吧?占福说对。又说还是你们幸福,一家三口手拉手逛街。罗姑洗说颜植眼红你有钱,你眼红我们闲得没事干。占福呵呵,说各由天命,鱼和熊掌不能兼得。我明白占福是拉辣椒来卖的,却说占福你才幸福呢,坐着牛车来趁墟。占福说呵呵,饱汉不知饿汉饥,我还没吃午饭呢。罗姑洗说你也不到家里来。占福说赶不上，一大车辣椒拉来已过午了，排队卸椒、过秤，忙完就这个时候了。罗姑洗说拼命也不是这般拼的，身体重要。我说什么叫作要钱不要命，活生生的事例。占福呵呵，说偶尔一次罢了。

说着话，到了市场入口处，占福停了车，将牛绳递给我，说你们看住牛，坐车上等我一下，我买点菜就回。占福说过就下车去了。我拉着牛绳，牵着牛鼻子，牛一动不动。刚才顾着说话了，没有好好体会坐牛车的滋味。许多年不坐牛车了。小时候，坐牛车从没觉得新鲜，农家的孩子坐牛车最最平常不过的事，但现在回忆起来还是挺诗意的。农村的路不平坦，牛车行进时一颠一颠，摇篮般的，或秋千般的，想想倒是一种享受，只是当年习以为常了，麻木，没知觉。时过境迁，想起来，才觉得值得品味。人啊，就是这样，一些远去的事靠回忆才浪漫……我陷入回忆，罗姑洗和儿子在说话……

占福回来了，像他说的很快回来。他一手提着菜，一手捏着包子往嘴里塞，狼吞虎咽。饿了的吃相。真是各人有各人的活法，各人头上一片天，自己活在自己的思想里、梦想里，不觉得有什么不好就是好的。

占福上了车，递给颜可一只包子，塞给罗姑洗一个塑料袋，袋里一刀五花肉。罗姑洗推搪不过也就接了。颜可问，姨夫我们去哪？占福说还想坐车吗？颜可说想。占福说好的，姨夫拉你们兜圈子。

牛车在街道上行进，颜可可高兴了，站在车中央哦哦哦地叫着，左晃右晃前晃后晃，我和罗姑洗不得不伸出手左护右扶前扶后扶。占福见颜可的高兴劲儿，满脸的傻笑。我和罗姑洗也笑。

牛车装满一车的开心。

牛车不紧不慢地行进了近半个小时，兜了三条街，回到镇子前的街道。我和罗姑洗明白占福的意思，对视一下。罗姑洗对颜可说，到了镇子大门口，我们下车，姨夫要回家了，要不天黑了，天黑认不了路，可能还碰上坏人呢。颜可沉浸在高兴里一时出不来，他看着妈妈罗姑洗。罗姑洗重复了一次。颜可说好吧，又说姨夫，几时又来，我要坐牛车。占福说我记住了。

到了镇子大门,我们一家下了车。

我们目送占福离开。占福前行三五十米,我们听到他唱开了粤曲。心有幸福自然开。占福虽然劳苦,心中有幸福。

坐在牛车上唱粤曲,像坐在牛车上唱歌一样见怪不怪,骑在牛背上唱就有点意思了,并不是拿它去跟书本上看到的"骑驴看唱本"相比较,而是"骑驴看唱本"从书本上能看到,骑牛唱粤曲谁看到过? 骑驴与骑牛是两码事,骑在驴背上多为去一个地方,省脚下力,而骑牛则多为好玩,感受一下与别的不一样的感觉。大人小时候是骑过牛的,成大人了就不骑了,一是好奇劲没有了,二是疼惜牛的劳苦,一般不骑在牛背上了。小孩子好奇,又贪玩,放牛的时候,胆子大的常常爬上牛背,那情那景,兴奋加骄傲,忍不住唱开了。我也骑过牛,在牛背上放声歌唱,但在牛背上唱粤曲的少见。会唱粤曲的人本就不多,会唱粤曲的小孩更少。占福可以说是特例了,自小就会唱。唱歌与唱粤曲不同,唱歌可以不做动作,而唱粤曲,曲里的戏份,需要时是要使动作的。牛背溜滑,做动作时一不小心会从牛背上摔下来。

我见过占福在牛背上唱粤曲,也见过他从牛背上摔下来。人从牛背上摔下来,摔得好不会伤着,摔得不好是会伤着的,我们村有一个小孩子就摔伤了,摔成拐子。有两次,占福唱到忘情处做了动作,摔下来,摔得不好,却没伤着。占福命硬。

回到家里,我和罗姑洗一起做晚饭。罗姑洗说从坐上牛车开始,你就走神了,到现在还没完全回来呢。夫妻,恩爱的夫妻,相互间细微之处总是能体察到,细致入微。我说我想起童年的事。罗姑洗说谁没童年? 我说要说起来,我们男孩子与你们女孩子大有不同。罗姑洗说有乜不同? 我说我们打蛇弄蛤蟆、爬树掏鸟蛋、凫水摸鱼虾,还有骑牛等许多事你们女孩子是玩不来的。罗姑洗笑着说也是,我们跳跳格子、踢踢鸡毛做的毽子什么的,没你们男孩子野。

我们的野,野出好多故事,打蛇被蛇咬,摸鱼虾摸到一条水蛇,掏鸟蛋摔下来……回忆起童年,不管什么事都是美好的。

这天我见了两个十年左右没见过的人，一个是王子良，一个是占禄。

王子良从部队退伍回来第一年是见过的，后来不见了踪影，战友相聚时大家说起了他，有人说他跑到深圳去了。当年深圳还在建设的初期，还没成气候。有战友说王子良这人本事不大，去深圳能干什么呢，大概是在工地做泥水工。再后来有人说王子良真的是泥水工。我呢，觉得王子良是有远见的，深圳是被划了"圈"的，不久的将来必定成为一个都市，一个大都市。王子良算是深圳的一个开垦人、建设的见证者。这样的人总会在艰难的经历中找到适合自己的位置，哪怕他一直做泥水工这一行，日子久了职位也会往上挪，应该不会一辈子搬泥提水。或者他找到最最适合他的职业呢，飞黄腾达也说不定。

我是在镇子正街一家店铺前遇见王子良的，他背对着我，面朝铺面对几个正在装修店铺的人指手画脚。我从背后见他就认出几分，他出声我就确认了。我走近他拍了他一肩，他淡定转过头来，见是我，笑着给我胸前一拳。我们没过分兴奋，虽说十多年不见，但一直以来关系一般般。王子良抬头望望天。天上西斜的太阳躲到一街不高的楼房后去了，把初夏天的阴凉借给我们。王子良笑着说颜大主任不坐在办公室里有闲来行街？我说我头发长了，偷点空闲出来。王子良装作认真地说，我这档口嘛不是理发店，就算是也正装修。王子良不是个顺话说话的人，在深圳混了几年，见多识广了。我说王子良你搞哪科？我以为你在深圳发达做老板了呢，跑回来开理发店？王子良叹气道，不是吹的，我的生意起步了，继续下去真能发达，可我妈让车撞坏了，瘫在床上，我得回来照顾。我眨眨眼睛。王子良说我是独仔。哦，我说，没姐没妹？王子良说俩姐姐，一个嫁给猪一个嫁给狗。我听出话里的愤怒，说你爸呢？王子良眼里有泪，早两年上天堂去了。他走前我赶着回来，他捏着我的手说你妈我就交给你了，你那两个姐不是人。那时我就想着回来，我妈不让，说她身子还硬朗，没想到……一个装修的来问王子良话，他又指手画脚起来。我说王子良，你先忙你的，我也得去修理修理。王子良也不看我一眼，说了句好的，等我走出十几步，传来他的喊声：颜植，找个时间咱喝上一杯！我也不回头说好哩！

我进了一家理发店，一个姑娘给一个男子理发。我先看男人的后脑勺，后从镜子里看男子的脸。男子闭着眼，我觉得面熟，像占禄，又觉得不像。理发姑娘不忘叫我坐，她说老板你坐会儿，很快就完。老板，见了面不认得的都叫老板，哪怕被称老板的是个穷光蛋。我坐在男子左边侧面。真是占禄，他左耳边有颗痣，自小，红砖村有人见占禄叫他一粒痣。我是不叫的，小时候我见过有人叫他一粒痣时他跟人打架，但不因此从此没人这么叫他，黑痣的绰号一辈子跟定了他。稍稍长大些，别人叫他他也不恼了，听着习惯了。农村的孩子没有没绰号的，广东叫"诨名"。有人的绰号被人叫一辈子，从小叫，慢慢地忘了自己原名。是有这种例子的，我的一个朋友眼睛长得深，绰号"深眼"。他上学读书报名时，老师问他的姓名，他说深眼，老师以为他调皮，故意的，就又问他姓名。他又说深眼。老师望着他，见他一脸的认真，明白是什么事了，问了同他一起来报名的同学，那同学说出他的姓名。他听了一时有些发怔，继而笑了。深眼一直被叫着，长大接他父亲的班进了供销社做售货员，一次单位召开全体干部职工会议，主任按名册点名，点到他时念他的姓名，没人应声。他坐在最前排，木着脸，那姓名与他无关。主任盯着他点了三次，他依然没反应。会议室不少人笑了，有的还笑出了眼泪。他木木的，一脸茫然。主任知道他的绰号，大声说：深眼！他一本正经大声答：到！一时间哄堂大笑，有人笑岔了。深眼这才明白，也笑了。

理发姑娘从镜子里见我一直盯着占禄，转脸问我，你认识他？我说我是他哥。姑娘就拍占禄的头，说你哥来了。占禄睁开眼，见了我不惊不喜，似乎天天见着我，习以为常的模样。他说颜哥也来理发。我说不知道你回来呢，回几天了。他说回三天了。我问几时上省城？他说不上去了。我知道他混得不好，就说回来也好，彼处不留爷总有留爷处。占禄说颜哥做到大主任了,有能耐,能不能给我在镇子找份工?我说我一个小小的副主任,哪有我说话的份?这个占禄,自小不学无术,又异想天开,又是高冷的性格,面对他,每句话都得说到实处。我与他,自小话说不到一处,主要是他不太理睬我。

占禄理完发,我坐上理发椅时,他说了一句颜哥我走了,就走了。理发姑娘说他是你弟吗?我说他是我同学的弟弟。理发姑娘说听你们说话,能听出不是亲哥。

过了几天我去占福家地里,正在锄草的大树婶嗔怪道,颜儿,你好长时间不来看我了。我说不好意思,有点忙。大树叔接话说吃公粮,前途远大着呢,哪能不忙?我不接大树叔的话,四处看看,没见占禄,说占禄不是回来了嘛?怎么不见。大树婶叹道,天天在家睡懒觉。大树叔埋怨道,心比天高,不知天高地厚,废人一个。大树婶不满道,禄儿不是你儿子啊,这般说他。大树叔说谁知道他是哪个的儿子。这话从一个农民的嘴里说出来最正常不过,但大树叔对大树婶这样说我是第一次听见。面对大树婶他从来不说硬话,唯唯诺诺,看来他对占禄心里真有气。大树婶听不得了,高声说对对对,连我也不知道他是谁的种,你又怎么知道是谁的呢!话说得真够绝的了,换作是我与占福的对话,最多也不过是调侃。可看大树婶涨得紫黑的脸色,是故意往柴堆里点火,是要烧一把的。大树叔立马软下来,说你看你,我的意思是说你吗?说要人命的话。大树婶看了我一眼,也放下高声,有你这么说话的?看大树婶看我的眼神,我若不在场,他们是不是得来一次不可收拾的吵架?我从未见他们吵过呢,哪怕顶一两句嘴。占福在另一块地,冲着我笑,我立即明白,无论任何时候任何场所,大树叔与大树婶都不可能将嘴吵下去,大树叔的迁就服软像一盆水,往上面点火是烧不起来的,何况大树婶也不是一个好点火的人,是个得理可以饶人的人。我想起我父母,我爸的脾性与大树叔差不多,软性子,可我妈是个得理不饶人的人,一旦来了火,就有些不依不饶。

日至中天,收工往回走。我骑上自行车要回家,大树婶说来都来了,不进屋喝口水说不过去吧。听这话，我不得不跟着他们一家进村了。

一路上，占福对我傻笑着挤眉弄眼，他还在刚才他父母的顶嘴里出不来。我小声问罗姑苏，占福是不是也像大树叔？罗姑苏白了我一眼，说敢欺负我妹妹，看我怎么收拾你。我学占福呵呵，说轮不到你来收拾我。

一进了院子门，大树婶就喊道，禄儿，你颜哥来看你了。没有回声。大树婶说都中午了还不起床？占福的女儿说奶奶，二叔出去了。大树婶说除了睡一时刻都不沾家。大树叔嘟哝道，惯的。大树婶听了，白了大树叔一眼，大树叔的头就低下了。

我喝了一大碗水，抹抹嘴，说婶子我得回了。大树婶心在占禄身上，无心理我了，说走好。

路上，我想，当年读书时调皮捣蛋的占禄，定是在下海大潮中呛了水，在理发店看他那颓废的脸，应该呛得不轻。下海的人，有的扬帆远航，有的人被拍在沙滩上。正常。

王子良找我喝酒，是那天他装修店铺的一个月后，就我们两个人。他的店铺开门大吉的日子，有打电话给我，但我在县城学习没到场，若到场，喝酒就不只我们俩了。其实，我更喜欢两个人对盏，人多吵吵，语不入耳，哄哄一场罢了。两个人，一说一听一说一听，多随心。

与王子良一顿酒，他主讲，我负责听。王子良的确像当初战友猜的一样，在工地做泥水工。他说当时做好了足够的思想准备，泥水工是最底层的烂活，吃苦力的活，咱当过兵有的是气力，没有过不了的桥过不了的坎，但还是出乎意料，主要是工作时间太长了，一天得工作十六个小时，除去吃喝拉撒，能躺在床上的时间也就四个小时左右。住的是工棚，一帮工人一躺下睡过去了，说得不好听，死过去了。夜晚，工棚像个小小的坟场。真是太累了，说话的气力都没有。有的人扛不住离开了，我也曾生念离开，可离开又能去哪呢，回家吗？那不是不敢想的事是不好要想的事，自己来干什么的？是来闯一番天地的，从最底层做起一步一步往上走，总有一天云散见天。广东话说鬼叫你穷咩，顶硬上吧。做了三年多，倒不是扛不住,是想出头之日在哪?看不到未来,心就散了,活儿干不下来,终于也离开了。离开一段日子没事做,找不到事要做。我这人的确脑子不够活,想不出能做什么。我见有人给工地送矿泉水,就想我也可以呀,就学样,但人家做在先,我做了等于抢人家生意,人家是不愿意的,找同伙来警告我,不许插足,如果硬来我们修理你你不要喊冤。我这人身子硬心不够硬,乖乖听话。找不到事做,很茫然。半年无事可做,坐吃山空,难道真的走投无路打道回府?那是不可以的,丢人不说,我是抱着壮士一去不复返的念头来的,回家等于是个逃兵。军人出身,逃兵是最可耻的,就是死也不能的。后来见有人拾纸壳瓶子什么的,我又学样,这也是抢人生意的,但毕竟有所不同,纸壳瓶子不是固定场所才有,个个旮旯都有,你有你的旮旯我有我的旮旯。说泥水工是最底层,拾荒人才是最底层,被人看作乞丐,只不过这乞丐不向别人伸手,自食其力。看我是乞丐又如何,心安理得。俗话说行行出状元,拾破烂的也有发财的,你也听说过拾破烂大王的说法。我成不了大王,却也能活下去,并且能有积累。细水长流,有了一定的积蓄。这时,一座城市初见成型了,我开始谋划做生意,开个小小日杂店,进货出货能赚点,比被人看作乞丐有面子。积蓄多了,盘算本钱,又扩大店面,一个人有点忙不过来,请了个外来妹子做帮手,后来她成了我老婆。当我开始顺风顺水时,我爸走了,我妈被车撞了,我回来了。

王子良叙述过程中,我几乎不搭腔,如果说有的话就是举杯时说一句:干!

王子良的叙述有点乱,大白话的,谁也不太讲究语法。我问你应该有儿女了,妻儿跟你回来没有?王子良说没有,我们离婚了,她不愿跟我回乡下,我也不想她跟我回来,和和气气地离了,店面留给她,她是个能守得住的人,让她带儿子在城市生活,儿子长大后就是城市人了。儿子懂事了,将来认我就行。我说你老婆是守得住店还是守得住寡?王子良说我跟她说找男人嫁,对儿子好就行,说我回来后也是要找一个女人的。说得她号啕大哭。我们都是穷人出身,有同病相怜的身世,感情很好。我说王子良你是个大孝子。王子良说百善孝为先,这是我为人的首要原则。我说像你这样的人必定有所作为。王子良说不考虑那么多,见步行步吧,应该有奔头的。

占福来镇子上找我喝酒。占福到镇子上和我喝酒是不多的。占福忠实憨厚,毛病是天生抠门,战友对他都这般认为,要想让他请大家撮一顿,难,一毛不拔。以我跟他的关系,我敢对他说,占福你也太吝啬了。占福呵呵,说又如何,走自己的路,让别人说去,又伤不了我,我心安。我苦笑,走自己的路,让别人说去,什么鸟比喻。

占福找我说占禄的事。占福说,占禄在省城闯荡些什么,家里不知道,近几年他不问家里要钱,以为他混得过去。去年占寿回来过年,偷偷跟我说,占禄跟着一帮看上去不务正业的人混,怕是从事不良事情。我说,你父母知道吗? 占福说哪敢让他们知道,我跟占寿说不能让爸妈知道,占寿也觉得不说为好。

我说看他现在很颓废,往前的路如何走? 占福说我也担心这个,私下跟他商量,要不跟我种地,要不家里拿钱到镇子上做点小生意。他说他的事不用我管,我拿他没法子。

讲了一段,占福连喝三杯,似乎是讲得口渴了,当水喝。喝完问我,你两个弟弟如何? 我说都分配在单位上班,朝九晚五。占福说还是读书人安稳。

一瓶酒,两个人,喝不足半瓶,把天喝黑把夜喝醉。

19

占禄在占福面前嘴硬,没过几天便向大树婶要十万元。大树叔瞪大了眼。占禄说你瞪什么眼,我又不是问你要。大树叔那个气,脖子涨粗了,吐出的气能看出一团火,但没烧起来,有大树婶在,他是不敢放火杀人的。大树叔没见过大世面,十万元于他是天文数字。大树婶和蔼地问,禄儿要做哪样生意呢？占禄说开个"剪、吹、洗"店。大树叔没听明白，大树婶也没听明白。问啥店？占禄说理发、洗头，也可以洗脚。大树叔要跳起来，让大树婶扯了一把没起跳。大树叔脖子又粗了，吐出的气又喷着火。大树婶依然心平气静，说没听说过这也是生意。占禄说妈，城里这类店多了去了，弄好了能赚大钱的。大树叔终于忍不住生硬说了一句，我怎么不知道？占禄想说你是井底蛙，怕说重了，说出口的是你一辈子县城都没去过，又怎么知道？大树叔噎住了。大树婶想了想说，禄儿，你容我想想。大树婶也是大门不出半步的人，想想是个借口，是想拖拖时间，打听打听再说。私下她问占福，占福说县城是有这类店，说不好能不能赚钱，您问问颜植。大树婶说这个植儿，又好长时间没来看我了，是不是往上做官了，都说做了官的鼻孔朝天不认人。占福呵呵，妈也学会背后说人家坏话了。再说颜植又不是您亲儿子，您记挂他，他会打喷嚏的。大树婶笑了，说也是哦，可他不来我去哪问他。占福说打电话。大树婶说不习惯不见面说话。占福又呵呵，说多方便，想说话打个电话就能说上几句。

我在办公室接的大树婶电话。她一开口就说我是你婶儿。我一听就听出来是大树婶，不是我家的亲婶。我说婶子学会打电话啦，又问有事？大树婶直奔话题，禄儿说想在镇子开洗头洗脚店什么的，说能赚大钱，你见多识广，说说看看。我沉默了一会，大树婶在电话那头喂喂喂的吵耳。我说是个生意，生意嘛看人做，做好了是能赚钱的。我只能简短说，说多了说不清。谁做什么能做出名堂来哪个说得清？哦哦哦，大树婶说那我就放心了。

占禄租的场所在一条横街，两层楼，楼下理发、洗头，楼上推拿按摩。装修完毕叫我去看，堂堂皇皇，气派得很。可谓大手笔。毕竟去过省城见过世面，能模仿。我想，这个占禄，想走的是正门兼偏门。

占福也看了，跟我说看场面的架势，占禄的脑子有点歪，色场气有点重。眼里容不得沙子的人看着确实能看出些名堂，占福与我是同一类人，隐约感觉到占禄的想法。我说希望他把握好，是个幌子，仅起引诱的作用,不越界就行。

占禄开业一个月左右,约我喝酒。我想他会有事求我,没事他不会约我,虽然从小到大喊我植哥,但口气是不怎么鸟我的。我想推搪却不能,毕竟他喊了我三十年哥。

约的地点是镇子最好的饭店,我是很少到最好的饭店吃饭喝酒的,除非上头来人,镇里安排我作陪。平时朋友战友相约,找个小饭店就行。

两人坐一张大饭桌,感觉不是宽松而是逼仄。相挨而坐。酒菜上来,成色十足。我说简单点就好,你这样我吃喝起来不痛快。占禄说,哥是乜样的人,是见过大场面的,只来个意思我就不懂事了。我说,你这样说我就不高兴了,咱是兄弟,不讲究那些,知道你如此我就不来了。占禄说好好,以后我注意。今天上都上了,吃喝个开心。又说人嘛,活着为了什么?不就是个享受吗?这个占禄,一多说就走样了。

喝酒过程,占禄不提正事,扯他在省城的闯荡,把他混得不好的事也说了。他说是自己没本事,书没读好,又没一技之长,打工东打一家西打一家,挣的钱仅够吃饭租房,买件像样的衣服都得借钱。以为啊,下海就是去掘黄金的,发大财的。空手套白狼,不被狼咬才怪呢。我顺着占禄的话说,就当个教训吧,以后做事多过过脑。占禄说植哥说的是,我算浪子回头吧,重新做人。我说也不是那么严重,人总有迷路的时候,走出来就好了。占禄说植哥是个有本事的人,以后得教着点,有你罩着,我会有一番天地的。我知道占禄要切入正题了,说有我帮得上忙的你尽管说。占禄说有植哥这句话我的心就放进肚子里了。植哥,这个世界人吃人,我开业也就一个月吧,一些人进去空着手出来也空着手,连账都不肯记,这不是欺负人嘛,而这些人又得罪不得。我问谁光天化日敢明抢啊?占禄说主要是当地有头有脸的人,他们也罢了,这个带一帮猪朋来,那个带一帮狗友来,不给钱是一笔账,占位子又是一笔账,生意没法做。哥你是政府的人,也有半职半官,应该认得他们,帮我说一下,他们不太过分我能接受。我有点难为情,但话说到这份上,我又推搪不得,说我找人跟他们说说。占禄举杯说谢谢植哥。

113

我认识所长,话是说得上来的,可我没有直接找他,而是托了一个朋友。这个朋友跟他熟,就去办了。后来所长见了我,说颜主任你怎么不早说呢,以后"天天快乐"我帮你看着。"天天快乐"就是占禄的生意场所。我不得不说占禄是我兄弟。所长说,明白明白十分明白。我听出是另一层意思,认为有我的份子,我也懒得跟他解释。所长说,哪天有闲我请颜主任喝酒。

听话听声,锣鼓听音。第二天我让占禄摆了一台,请所长撮一顿。

事后,我觉得这事做得窝囊。

听说,占禄的生意火红,客流量可以用一句成语来形容:人满为患。但我没去过"天天快乐"。占禄是多次请过我的,我找理由推了。我知道那是什么样的场所,灯火酒绿,不合我的性格习惯。占福也没去过,他用另一句成语形容,说藏污纳垢。我和占福,不是因为传统观念问题跟不上时代步伐,而是对于这个步伐什么可以跟什么不可以跟,我们的认知相同,要不怎么称得上"同穿一条裤子"呢。说到"同穿一条裤子",不用比喻来注脚,单就看我们俩,平时站在一起,真是"同穿一条裤子"。退伍回来十多年,我和占福穿的都是军裤,要是裤子不破不烂,怕是能穿一辈子。与穿喇叭裤的占禄那类人,格格不入。

方叶代方胖子可幸福了,天天跑去"天天快乐",他约了我几次,我一样找理由推了。以前约唱歌,我偶尔去,约去"天天快乐",不去,重要原因是那是占禄开的店。占禄约都不去,方叶代约更不能去了。

方叶代方胖子约我不成,有时见了面有点甩脸。自以为是书记的人了,久了,学会给人脸色了。

像方叶代方胖子这样的人是得罪不得的,要是他在书记的面前吹你的歪风,说不定你就进入一个冷冻期。俗话说宁愿得罪君子不愿得罪小人,我也是一个不能完全脱俗的人,虽然我对于前途不过于追求,但还是有抱望的,总不能一辈子停留在副主任的位置上吧。一些事,错过一次可能就错过一生,可不能因为清高、迂腐什么的自毁一生。我约方叶代吃饭喝酒。我以前从未约过他,这种见面只能打哈哈不能深交的人,是不能自觉拉近关系的。方叶代应约,善变八面玲珑的人考虑得也多,他也不敢太过于小看我。

喝酒胡扯。扯到人生得乐且乐的边缘,我顺话说话。我说方胖子,有些事不是我不买你的面子,而是不得已,去"天天快乐"那种场所,我老婆若是知道了,是要大闹天宫的,弄不好闹离婚,那可划不来是不是?方叶代几分醉意,说原来你怕老婆,要是她是我老婆,我也怕。在我眼里全镇的女人就你老婆最靓。靓女人,做老公的都怕。颜主任,我这人就这么个德行,清楚你有点看不惯,但也不至于小鸡肚肠,怎么说你也是对我有恩的人,就算你不交我这个朋友,我也不会做对不起你的事。这个方胖子,我请他吃一顿饭喝一餐酒,就能猜到我的心思,太可怕了。但他的话应该不会假。若对我这个"有恩"的人两面三刀,那真正是人渣了。

傍晚,罗姑洗和我出门到街上买点东西。买完东西出来,罗姑洗说你带我去看看占禄的"天天快乐"。我诧异地看着罗姑洗。罗姑洗说不愿带我去还是不想与我一起去?我说他开业后我没去过。罗姑洗盯着我说,鬼才相信。我说要不要我发毒誓?罗姑洗见我一脸的认真,说管你去没去过,你带我去看看,我也开开眼界,听说火红得不得了,到底怎么个火红得不得了。我说罗姑洗,今晚你不像罗姑洗。罗姑洗说你少废话,走走走。

我领着罗姑洗到了"天天快乐"。罗姑洗抬头看"天天快乐"牌匾,看了好一会儿,我陪在她身边,不抬头。有人从身边进入,用奇怪的目光看我们。看够了,罗姑洗说进去。进了厅堂,人不算多。罗姑洗说不像听说的那样火红嘛。我张了张嘴,没说出话来,这个时刻不是客人涌来的时刻,再过半个小时,就会人山人海了。夜生活是八点左右才正式开始的。罗姑洗转着脸寻找,看到了厅堂右侧的大房子里坐满了女孩,她没有停留,掉过脸问我,怎么不见占禄?我说占禄是做老板的,哪会在厅堂。罗姑洗说他在哪?我说你想见他?罗姑洗想想说算了,我们回吧。

　　我们离开"天天快乐"。罗姑洗说,那大房子坐着百十个妖精吧? 我明白了,火红的时刻还未到呢,这是个乜世界! 我觉得罗姑洗有点不对劲,吃晚饭时就见她脸色不大好,以为她是累的。出门后情绪飘忽,说话尖刻,这不是平日的罗姑洗,原本的罗姑洗。我执着她的手,说姑洗,心中有啥不痛快的跟我说说好吗? 罗姑洗将头靠在我肩上,我感到她有点颤抖,看她的脸,脸上两眼下各挂一滴泪。我心一颤,扳过她的身子,望着她的脸。她勾着头不看我。我摇着她,说姑洗你看着我,怎么回事? 罗姑洗一把抱住我,哭出声。我抚着她的背,等她平静。路过我们身边的人,用异样的目光看着,有人走远了还回过头看。

　　我拥着罗姑洗往回走,她慢慢平静下来,说今天下午下课,学生走光了,我收拾完教具正要离开,校长突然出现在门口,我以为他有什么事,他突然一把把我抱住,要亲我。我挣扎着脱开了,逃出了教室。他在背后说你在我手下,逃不出我的手心。真是禽兽不如! 平时他看我就觉得那眼色眯眯的,没想到竟色胆包天,想着就恶心。有一句话叫肺都气炸了,我是五脏六腑都炸了,咬牙切齿说看我怎么收拾这猪狗不如的东西!

　　回到家里,我坐下站起,站起坐下,不是坐立不安,而是怒气难消,说得上怒气冲冠了。罗姑洗说怒气伤身,你安静下好吗? 我哪安静得下来,我穿好衣服要出门,罗姑洗慌忙过来拉住我,说你要干什么? 我说我去宰了他! 罗姑洗说冲动是魔鬼,那样的人渣,值不得你去作恶,断你的前途不说,弄不好要坐牢。我说我有分寸。

　　罗姑洗没能拦住我。

　　我又到了"天天快乐"。我去占禄的办公室找了他。占禄用意外的目光看我,说植哥,太阳从西边出来了。我不搭话,一时不知怎么开口。占禄见我一脸怒气,说谁惹了植哥,谁敢惹我植哥! 坐下消消气再说。我坐在占禄对面,说占禄,你得帮哥一个忙。占禄说哥你说。我说中心小学那个校长有没有来过"天天快乐"? 占禄说常常来,怎么啦? 我说就知道他会来,这就好办了。占禄拍拍脑袋,说什么好办,我没听明白。我压了压怒气,平和一下,我说一件事,你听后烂在肚子里,能不能做到? 占禄说你说,我保证。我顺了顺,将罗姑洗被羞辱的事说了。占禄气愤道,这个王八蛋!我找人卸他个八大块。我说占禄,这样,你与所长有没有联系?占禄支吾一下说,有。我问关系可好?占禄又支吾,说还好。我说就知道你会办事,我就不细问了。我想你帮我的事呢,是要所长出面的,这有点为难你,但你嫂子的这个仇不能不报。占禄说哥你指一条路吧。我说我要所长给那龟孙校长一个教训。你事先要跟所长商量好,你负责盯那龟孙校长,一旦有机会你打电话给所长,抓个现场。占禄有点为难,说哥,你跟所长说不是更好吗?我说还是你来好。占禄说所长要是不肯呢?我说你找个由头,说服所长。占禄说不能说嫂子的事?我说不能,说了日后你嫂子怎么做人?再说了我在镇子工作,牵扯到我不好。占禄想推诿,说哥我没把握。我说我不管,你得帮我。占禄一脸的痛苦,说这事一弄会满城风雨,影响生意不说,以后我不好做人。我说叫所长偷偷捉人带走。占禄见我说到这份上,说好吧,我尽力,办砸了哥不要怪我。我说只要所长肯帮就砸不了。

我回到家里,罗姑洗正重复我出门时的动作:坐下站起站起坐下。见我回来就扑过来,两手轮番捶打我的胸部,说你要吓死我啊。我拥着她回沙发坐下。罗姑洗说你真去找他啊。我说这种人见了会脏眼,不合算。罗姑洗说那你去哪了?我说去哪你不用问,我有我的办法,我要他死也不知道怎么死。罗姑洗说无论如何你不能做违法的事。我说你放心。

过了五天,上午快下班时占禄到我办公室,满脸的笑意。我心一喜,说办了?占禄说办了。呵呵,好玩。占禄的呵呵,有点像占福。我说好玩?占禄说可不是,我按你说的跟所长说了,没说完他就断了我的话,说这个龟孙呀,我早就想动他了。昨晚我候着那龟孙了,一个电话,不一刻所长到了,我点了房号,所长进去就抓了。他回到所里给我电话,说竟然抓到两个裸光的。我问,所长跟那校长有仇?占福说我打听了,也不是多深的仇,是为争同一个按摩妹子,那校长占了上风。我也笑了,说太好了,不关你我的事了。占禄又来一次呵呵,说咱哥俩找个地儿喝上一杯。我心情大好,爽快地说,好!

占禄带我到那家最好的饭店,要最好的房间。要是平时我是反对的,但他帮我办了件大事,也就随他的意。占禄点了几样精菜,鱼翅、龙虾、鲍鱼等,我想阻止他,想想就算了,事情办得完美,多出点"血"值。上了一瓶XO,不知是真是假,我是喝不出真假的,我想占禄也喝不出真假,摆个谱装阔罢了。菜上齐酒酌满,连碰三杯。扯到所长抓人,占禄笑个不停,说哥,找个时间叫上所长我们三人喝一顿。我说好的,好长时间不见他了,但喝酒归喝酒,不能把事说到我这边来。占禄说明白,是我的事。话题扯开,我想起那晚和罗姑洗去"天天快乐",我见到一个身影,隐约像那个理发姑娘。我说我以前经常去那个小理发店理发,那店关门有一段日子了,那姑娘是不是跟你打工?占禄说不是打工,是管理。她叫王小月,人挺好的,我回来落魄的日子,她算是收留了我,她给我吃给我钱花,她的作为感动了我。我们好上了,现在住在一起,过些日子找个吉日娶了她。我举起杯说恭喜,你也算老大不小了,该结婚生子了。

吃喝完买单,我抢不过占禄。

那鸟校长的事情捅到镇委、上头教育局,上头做出了处理:免了那校长的职,调离中心小学,到一个村管区小学教书。

罗姑洗知道了原委,说颜植,原来你是个狠角色。我说谁对我老婆不敬,我对谁就狠。

"八一"是我们这些退伍军人的节日。每年的八一乡镇的战友都上县城聚一次,近两年,我们镇的也聚,八一前聚。县城战友相聚,初时是平均掏钱凑数,近几年有战友混得好的,全包了,或者出大头,小份额别的战友加上,我们乡镇上去的一律不让掏钱,这种做法不是某个战友充大头,是考虑到多数战友还不富裕，掏钱影响家庭生活。前两年我们镇战友聚会也是凑份子，我想这次学学县城的做法，有钱的能全包了好，出个大头也好。我们之中已经有人混出模样了，像占福，像王子良，哪个都有能力让大家吃喝玩乐个痛快。我找王子良说我的想法，王子良赞同我的第二方案，他与占福各出一半钱。

下午下班我去红砖村找占福。本想打个电话，想想问人家要钱，还是当面说的好，再说去了见见大树叔大树婶，要不又说我不去见他们。我直接去地里，占福一家大人在侍候辣椒。大树婶最先见着我，远远地打招呼，大声说我早上左眉跳，心想植儿要来呢。我没立即搭话，重踩了脚踏，车子加速瞬间到了田头，这才对大树婶说，眼眉跳是大事，您该想着大好事。大树婶说你来就是大好事啊，我昨夜还梦着你来了呢。我说你梦我做什么，你梦大树叔啊。大树叔笑着脸，说大树叔老了呢。我说越老越坚。大树叔说你的鸟语听不懂。大树婶说你个老不死的，用粗口。我不跟他们玩嘴皮，走向占福。罗姑苏在占福身边，我看了她一眼，她似乎胖了许多，我说姐姐发福了。罗姑苏装作变脸，说你这人骂人也拐弯抹角，你直接说我肥了还好听些。我说我喜欢肉肉的。罗姑苏说回家把姑洗喂得肉肉的，不要在我面前胡言乱语。占福在笑，只是没呵呵出来。我放眼辣椒地，对占福说今年少种？占福说去年价格好，今年多人种，我就少种。我说我家里不种是你的主意？占福说对，你爸妈没跟你说？我说说了。

我把话题转到八一战友聚会上，将我的想法说了。占福说我觉得不好，开这个头以后就刹不了尾，年年就我和王子良出钱，习惯了不好。我说县城的战友也是这么弄。占福说那是他们的事。我说我们镇也就那么十多名战友，花钱不多。当年一起去当兵的四十二人，回来后大多数出外"淘金"去了。占福说不是花多少钱问题，一旦依赖了真不好。我心里有点气，没把住嘴，说有人说你吝啬，难怪。占福并不恼，呵呵道，话在别人的嘴里，管得了吗，说说又何妨？我说主意是我出的，也驳我的面子？占福呵呵，说你的脸没我的黑，也没我的大。颜植，你管这事做乜。我说战友相聚总得有人牵个头。占福说这个头别人牵得你牵不得，你是谁？镇党委办公室副主任,将来是主任、副书记、书记一路往上走,到时你也牵这个头? 想想,占福说得有点道理,可这次我开了口了,说那今年听我的,以后我不管。占福说今年管明年不管,会有人说你摆官架子。我说我左右不是了,你说怎么办? 占福说让王子良管,人家见过大世面。我说单让王子良出钱也不好吧。占福说他出一半,不够的战友中家庭过得去的凑够,你也得出点血。我说我没问题,你就不出? 占福说,我说我不出吗? 该出多少我心里有数。

与占福谈话我心里很不爽,我承认他说的有一定道理,但我的思路被他的思路打败了。换谁都不爽。

我跟大树叔大树婶打个招呼,说我回了。大树婶说今天还早啊。我说我爸妈叫我早些回,说家里杀鸡呢。我说了谎话。大树婶哦哦哦。

我回家看看父母,也不吃晚饭,说有点急事回镇里处理一下。母亲说公家事要紧,赶紧回吧。母亲就是这样,永远把公家事放在第一位,以为这样我就能提拔高升。

我回到镇子家,天已黑了。罗姑洗和儿子颜可已吃过晚饭。罗姑洗说不是回去看爸妈吗,这么早就回? 没吃饭? 我说没吃。罗姑洗说没做你的晚饭,想吃什么? 我说弄一碗面就行了,不用太麻烦。

吃完面,我要出门,罗姑洗问你又有事,非要出去吗? 我说去找王子良有点事。罗姑洗说我发觉你的事越来越多了,且是一些不正经的事。我出门时给罗姑洗一个深情的眼神。罗姑洗说我不要,你待在家里我心才宽。我拉开门出去。

王子良的日杂铺灯光亮堂。柜台一个小姑娘在忙着和顾客讲买卖,不见王子良。我想应该是吃晚饭去了,他还得照顾好母亲的吃喝拉撒什么的。他将母亲从村子接出来,也不请人侍候,自己亲自来。我跟他说你忙里忙外,请一个人照顾嘛。王子良说那得花一份钱,不合算,我辛苦点能应付过来。我也不跟小姑娘打招呼,越过柜台走进一扇门,王子良和母亲住在铺面里屋。我是来过几次的。王子良正给躺在床上的母亲喂饭。我心一动,真是大孝子。王子良母亲望着我笑,王子良跟着回头,见是我,也笑。我找张椅子坐下，也不说话，看母子一个喂一个吃。他们不是在做一件艰难的事或者一件烦琐的事，而是在享受一件事情的过程。我动容，换谁看到这样的场面也动容。

王子良喂完母亲饭，又喂汤，完了从水壶往面盆倒出热水，端到母亲床前给她洗脸洗脚抹身子，顺畅而自然。我默默地看着，什么叫亲情，什么叫孝顺？这一切就是。有的有钱人，给父母买这买那，给钱，而常常不回家看父母，也以为是孝顺，那是做给人看的，与王子良的行为比，差十万八千里。王子良服侍好母亲才吃饭，吃相有点狼吞虎咽，或者是我坐在旁边等他的缘故吧。我说你慢点，我闲着没事。王子良没应我，继续他的狼吞虎咽。王子良母亲也不说话，安详地看着我。我说伯母，你有这么个儿子，安心养病，会好起来的。王子良母亲笑笑说，我心安着呢，你这个战友呀，面善，好人。我说这世上呀，好人多着呢，我呢也算一个吧。我们的话还没说开，王子良已吃完，对母亲说，妈你好好休息，我和战友有话，出去说说。她说去吧去吧。

我们出门到铺面。王子良对小姑娘说，英子你回去吃饭。英子哎了一声，收拾一下离开了。我说小姑娘不错。王子良说不错吧，她有意于我，可我犹豫，大她好多年呢。我说爱情是不讲年龄的。王子良说可以从你嘴里说得出来，从我嘴里说不出来，找一个能和我好好过日子的就行。我说两夫妻能好好过一辈子也是一种爱情。王子良说，你这么说也有道理，爱情这东西谁说得清楚，挂在嘴上的爱情往往不是爱情。我说你看，你明白着呢，你若觉得英子好就讨了她。王子良说日久见人心，再过一段日子吧。我说你在考虑你母亲吧。王子良说这个因素很重要，不孝顺的女人我不要。

我们这段对话是一搭一搭完成的，期间，王子良要应酬顾客。

说完英子，扯到战友聚会上。我将占福的态度说了。我说占福这个人啥都好，就是有点吝啬。王子良说人有各性，也不好说啥。战友的聚会是要搞的，我全包了有难度，我出一半钱，你想想办法。我说找几个手头宽裕些的凑够。王子良说这样可以。

跳过战友聚会的话题，我问，生意可以吧？王子良说顺顺当当，就是进货有点麻烦,放心不下母亲。我说我觉得人手少些,多招一个不行吗?王子良说目前能应付过来,应付不了再说吧。正说着英子回来了。英子去回时间不过半个钟,看来她的心在店铺上。我说英子,不要累着啊。英子笑笑说我年轻,累不着。

过了九点半,生意冷清了。三个人扯些闲话,我看到了英子看王子良的眼神,深情款款。这份深情不是冲着王子良的钱财来的,是冲着王子良这个人来的。后来我和王子良说起英子,我说王子良你不能有眼无珠,英子是个好姑娘。

王子良说那我讨了她。我说你若是不讨她你会后悔一辈子。

八一聚会,有两个战友从省城外地赶回,加上北岭镇的十六个,共十八个战友。过程安排是吃中、晚饭,晚上唱歌。战友集中见面,有的战友兴高采烈地拥抱,看上去真诚得不得了。要说,我们同一个镇,平日里趁墟你我他偶尔也碰个面,有时三五个走在一起也找个饭店喝个便酒吃个便饭,不至于像久别重逢一样。但八一,是我们的节日,平时可以忘记我们曾经是个军人,这天谁也不会忘记的,我们情不自禁回到军营生活中去。战友情的重量有多重无法用秤来称,就算没当过兵的人也知道,战友情比其他的情要重得多。所以来个真诚的拥抱真的是情不自禁。

话题自然是话当年起,个个不甘落后抢着说自己,故事在别人听来不怎么样而自己沉浸其中,感动自己,说到动情处很骄傲地自我了不得地标榜一番。我没有说自己,占福也没说自己。我的记忆留给自己,回忆留给自己享用。不知道占福是何种想法,他模样是有点傻,但嘴并不拙,一旦说起来和唱的差不多,或许听起来还好听些。我说占福你也吹一下。占福呵呵,说我不吹,我想唱粤曲。我说你就不要搅场了,他们正在一条河流上顺流而下,快乐着呢,你突然伸出一根竹竿,想把他们打捞上岸?别不识好歹。占福呵呵。

我和占福去师部教导队、去参加军部的军事五项的历程可写一本书。我不说,占福也不说。

吵吵闹闹到了午间,上酒上菜。酒斟满齐举杯,高声大喝:干杯!

酒是土米酒,一大塑胶罐,装二十斤。

一杯接一杯,能喝的不能喝的都往肚里倒,谁服输谁是孙子。这样的场面必然顺应斗酒的结局:豪言壮语到胡言乱语到默默无语。对的,默默无语的有几个,吐了一地的有几个,还算清醒的也有几个。我清醒着,王子良清醒着,占福清醒着。我和王子良是酒量大而清醒,占福是耍滑得以清醒。他在我身边,大家仰头喝时,他一甩手将酒往肩后泼。憨厚的人也会耍滑。我不揭穿他,不能喝就不要逞强,何必为一个面子伤害身体。

一罐酒喝空了,肉菜却剩一大半。应该下肚的没下肚,不应该下肚的下肚了。人有时就是做一些自以为是的事。

没有人离开房间。有人离不开,有人离得开也不离开,屎尿急了到房间卫生间拉撒完了事。

占福不时地呵呵一下,他一呵呵王子良就斜着眼看。不醉也有几分了。

我问王子良,你不回去看看你母亲?王子良说今天我关了铺子门,让英子陪我妈,妈可高兴了。我说你决定讨英子了?王子良说我离不开她了,我妈也喜欢她。

安静了大约两个钟,渐渐地一个一个地醒过来。毕竟,我们有着军人的体魄;毕竟,我们还年轻。

醒来又喧闹了,围一四桌打牌。斗地主、锄大弟、拖拉机、K 十五,打着酒嗝,喷着酒酸味,也可以不亦乐乎。

晚饭还上酒,却没人敢逞强了,连敬都不敢互敬了。王子良觉得不过瘾,说酒不能不喝,醉生梦死一回又如何?我有个方法,挺好玩的,让一个人坐在桌子中间,大家用力转动转盘,转盘停下,桌上的人面对谁谁喝酒。我拍掌,占福拍掌,有人跟着拍掌,算是同意了。占福第一个爬上桌子,有人想拉他下来,以为坐上去就可不喝了。王子良对那战友说,每个战友都坐上去一次,公平。我拍掌,已坐上桌子的占福拍掌,大家一齐拍掌。

爬上爬下的,转来转去的,吵吵闹闹的,每人轮一次,一场下来花了一个多小时,有人喝了几杯,有人喝了一两杯,有人没喝着。算是一场游戏。我说王子良脑子就是好。大家跟着说对对对,好好好。王子良嬉笑,说我肚里的货多着呢,跟着学吧。这种场面,个个飘飘然。

撒出饭店去卡拉 OK。出得门来，勾肩搭背的高尖、嘶哑地唱开了，鬼哭狼嚎一路，招惹多少目光。好在有夜色的掩护，要不让人认出来，于我，真没脸。

一进卡拉 OK 厅，占福就抢了麦克风，点了粤曲《昭君出塞》。除了占福，没有人喜欢粤曲，嫌他唱得又长又臭，等他唱完一曲就再不让他拿麦克风，点上曲了也被多个声音说切切切，就切了。占福好不爽，好憋屈。

我、王子良、占福没有叫陪唱，其他战友都叫了。

那一夜，唱个通宵。

早上没集中吃早餐，散了。

我回到家里，罗姑洗和颜可正吃早餐。我走近餐桌时颜可说爸你好臭，罗姑洗扇扇鼻子，说快去洗洗换身衣服。我简单洗一下换了全身的衣服。到桌旁坐下，颜可已吃完离开，罗姑洗也吃完了，坐着等我。罗姑洗说疯了一天一夜，今天又得上班，自找苦吃。我说八一一年只一天，难得装疯卖傻，不怪我吧。罗姑洗说我是心疼。我望着罗姑洗，她的眼神里真有心疼，说好老婆。罗姑洗说老婆是别人的好。我说老婆是自己的好。罗姑洗说别贫了，要上班了。

到了办公室，方叶代跟着进来，说颜主任，我要离开镇子了。我说你搞哪科，要去哪？方叶代说，书记调县工商局任局长，要带上我。我说天大的好事，工商局是个肥单位。方叶代苦着脸说，工商局不是个权力单位，前途艰难。我说你四肢发达头脑简单，俗话说有钱能使鬼推磨。方叶代想想说也是，我说书记有没有许诺给你什么职务，这是要带在身边人的惯例。方叶代说，他说让我当办公室主任。我说他真把你当心腹了，好好跟着他吧，又说你的官要比我大了。方叶代说，我在书记面前提你，说你能力强，该坐上主任位置了。书记说正打算提拔你，调动的事来得太突然，来不及了。方叶代的话，或者说书记的话，我听着也就是听着，虽然镇里的人把我看作书记的人，他也常常让我跟着他，但我总觉得不知道我在他心里分量有多重。他是一个让人猜的人，我猜不出。方叶代说人生山长水远，无论到了哪里，你都是我兄弟。我看不惯方叶代的虚情假意，没接话。

周日上午，罗姑苏来我家。罗姑苏很少来我家，平时见她不是在红砖村就是在岳父家，她来一次我觉得突然一次。罗姑苏罗姑洗姐妹俩是很要好的，走动却并不多。或许两人都为自个家忙吧。颜可早早被罗姑洗送去老师家学画画，我们仨坐客厅里。罗姑洗哎哟一声，说姐你怎么啦，眼睛红肿的。我看罗姑苏时她脸上已挂了两行眼泪。看来情况不一般。罗姑洗有点急，说姐你说话，怎么回事？罗姑苏说占福掴了我一巴掌，他竟然动手打我！罗姑洗看我，我向她使眼色，让她问出个缘由。罗姑洗说你们不是好好的吗，怎么就打你了？罗姑苏抹干眼泪，说去年卖辣椒的钱他没给齐我，少六千元。我问他要，他说回来的路上让人抢了。我不信，轻易让人抢了？他说拦路的人蒙着脸拿着长刀，有两尺长，说要钱还是要命，要命留下买路钱。他说时镇静着呢，脸色口气平和得很，不像讲故事什么的。我追问他他不理睬我，我唠叨了几天，他还是说被抢了，拿不出来了，要钱没有要命有一条。六千元呐，不是小数目。我同意罗姑苏说的，占福在讲故事，但我想占福的钱往哪方面花自有他的理由。

罗姑苏说姑洗，你说天下的男人都这样吗？这话对我有点刺激，我说你们家里的钱全由你管啊？罗姑苏说不由我管难道由一个傻子管啊。我说占福是个憨厚的人，有脑子的人，不是傻子。嘁，罗姑苏说憨厚？私花钱了都不敢说。我说一个男人有自己的主见，花一点辛苦钱也要给点自主权吧。罗姑苏生气了，说你个白面先生，知道你这把嘴厉害说不过你，不要你说话。罗姑洗说姐，你不要跟他一般见识，不理他就是了。罗姑苏说姑洗，你们家的钱不是你管吗？罗姑洗笑笑，说我们各管各的。罗姑苏高声道，那是不可以的，男人手上有钱就学坏，你不能放任他。罗姑洗说姐，你们是你们，我们是我们，我不管你们，你也不要管我们。罗姑苏被说得有点蒙，睁大眼睛看罗姑洗。罗姑洗说，哎，去年的事今儿还闹呐？罗姑苏说气死人的是，今年他又藏了六千元不交出来。我立即明白了，刚才我的猜想没错,占福一定是有事得花钱,什么事呢,他不嫖不赌,往哪花?难道是借给战友或是朋友?罗姑洗说那就是为追今年的钱被打了。罗姑苏说对,他不给又不说清楚,我扯他,他就朝我脸掴了一巴掌。罗姑洗又拿眼望我,我摊摊手,表示我不得说话。罗姑洗说姐,夫妻的事要好好讲,不要吵闹,你回去,找个时间我让颜植去问占福怎么回事。罗姑苏又落泪,说我都出来好几天了,他也不打听打听我在哪,要是我死了,他也不会放在心上。罗姑洗说你出来几天了啊,都去哪?罗姑苏说还能去哪,回爸妈家呗,今天大清早的,爸妈赶我走,要我回去,我气不消,不回,没处去来见你。罗姑洗说姐,我也要赶你走,孩子还小呢,你忍心不理,你忍心让你公公婆婆操劳?罗姑苏说,这个占福真不闻不问不管我死活了。我心里偷偷乐着,没想到占福对付女人也敢硬起来。罗姑洗说,你在我这叫喊占福能听见?自己折腾自己,找好受啊。罗姑苏说,罗姑洗你是我妹子吗,手腕弯外不弯里的。罗姑洗望望挂钟,说算了算了我不说了,我要去接颜可了,你要是还有话,跟颜植说。罗姑苏说才懒得跟一个阴阳怪气的人说话呢,你们不赶我走我还自己走呢,你这两口子真没人性。

罗姑洗没搭话,开门下楼去了,罗姑苏跟着下楼,我跟着罗姑苏下楼。罗姑洗骑上自行车头也不回朝前踩,罗姑苏摆着腿往外走。我估计到了,罗姑苏是气得晕步出走的。我推着自行车跟在罗姑苏后面,出了镇子大门,我上车骑到她身边,说上车,路远着呢。我以罗姑苏会说一番胡搅蛮缠的话,但她只是怔了一下,坐上车后架。两人不言语,默默行出了镇子。罗姑苏说你怎么不说话?我说刚才不是你不让我说吗?罗姑苏说刚才是刚才现在是现在。我说我也不知跟你说什么,我与占福从小玩到大,他呀,世上少有的忠厚老实,但并不傻,算得上是个聪明人,又正直正气又懂思想,不会做荒唐事。罗姑苏说你们是穿一条裤子长大的,自然帮他说话。我说你这样说我又无话可说了。罗姑苏说不说就不说呗,要你说啊。我说罗姑苏,以前你这张嘴没这般尖利,做了占福婆娘时间长了练出来了啊。罗姑苏说我嘴尖利也没你牙尖嘴利。我说好好好,我牙尖嘴利。罗姑苏竟然扑哧一声笑出声来。我说发生了什么?好奇怪。罗姑苏说颜植,你这人呢嘴有时贫了些,但心地还是不错的。我说是不是看在搭你回家的份上?我是第一次听你赞我呢。罗姑苏说,你要这么说我跳下车了。我说好好好,不说了。罗姑苏说姑洗在我面前提起你,说我颜植我颜植,那语气嗲嗲的,听了我起疙瘩皮。你们真那么恩爱啊。我说百年修得同船渡,千年修得共枕眠,做夫妻的需要修一千年的缘分,日子得好好过。罗姑苏喃喃道百年修得同船渡,千年修得共枕眠。罗姑苏喃喃完,将脸伏在我背上。我说哎哎,等回到家将脸伏在占福的背上,不,是胸上。罗姑苏的脸离开我的背,拍了一下,说你个白面先生。

到了红砖村边,罗姑苏跳了下来,说白面先生你回吧。我愣了愣,有我在场你和占福打不起来。罗姑苏说要你管!你回去管姑洗吧。

我回到镇子家已是过午,开门入屋,罗姑洗说你去哪了?我说送你姐回家。罗姑洗说送我姐回家?我姐肯坐你的车?瞪着眼一脸的不相信。我说她坐了,有问题?罗姑洗眨眨眼,还是一脸的不相信,说我总觉得你俩是前世今生眼头不直的人。我说我饿了,可有剩饭剩菜?罗姑洗说你是老爷,哪敢让你吃剩饭剩菜,我和可儿也没吃呢,等你。我拥着罗姑洗,在她额头上吻了一下。罗姑洗推了我一下,小声说让孩子看见。我大声说看见又有什么。正在玩的颜可抬起头问,爸,看见什么了?我说你妈脸上有灰尘。颜可掉头看他妈,说没有呀。我说刚才让我擦了。

一家三口吃过午饭,我和罗姑洗回卧房休息时,罗姑洗问,我姐和姐夫怎么样?我说不知道,到了村边你姐不让我入村。罗姑洗想了想说,我姐是想通了。我说是吧。罗姑洗问,怎么你回来情绪那么好,路上发生了什么?我说你让我想想,装作想的神情,说我说了一句话,我没感动罗姑苏感动了。罗姑洗说什么话?我说百年修得同船渡,千年修得共枕眠。罗姑洗静静的,动也不动。我说罗姑苏听了忘情了,竟然将脸贴到我背上。罗姑洗还是静静的,动也不动。我侧脸看罗姑洗,她正痴痴看着我的脸,我一把把她拥入怀里。罗姑洗用力翻身压在我身上……

我计划三天内找占福问问,被送往迎来耽误了。王书记要调离了,开了一个欢送会。王书记在会上把全镇的干部职工全部表扬了一遍,然后副书记上台对王书记歌功颂德一通,轮到干部职工发言,讲话的也把好话说到天上。晚上由办公室负责组织,到饭店摆了几台,吃一顿大餐。第二天早上集中列队送王书记上路。有人不懂事自己掏钱买来一捆炮,有懂事的人拦住了,说送瘟神呐?吓得买炮的脸都绿了。

第二天,新书记来,又集中列队欢迎。新书记在镇大院下车,脸色不大好看,喝了一声:都散了,搞什么名堂!都没工作啊,真是!就鸟兽散。

新书记姓毛,是从邻镇的镇长提拔过来的。

第三天新书记开了个会,不是全镇干部职工大会,是我们办公室全体会议。开了一个上午,又开了一个下午。整个过程毛书记只问话不发言。他问的是镇子几年来的情况,也不作记录只听,不时地插问一句。接下来几天,毛书记一一召开了各室会议,听说情形也像我们办公室会议形式一样。我想着去找占福,可又不敢去,听哪天毛书记又开什么会。他开完各室会议,找一些人单独谈话,也找上了我。

我不知道毛书记找别人谈话是个什么情形,与我谈话,与其说是谈话,不如说是聊天,很随意地说东说西。当然,不是胡扯,话题跑不出镇工作方面。说事也说人。说事我是放开说的,说到人,我不深入,浅出说上几句,好话多说,坏话少说。背后说人坏话不好。毛书记批评了我,说我言而不尽。说实在的,在镇政府工作十余年了,我学会了圆滑。又有几个不圆滑的呢?

毛书记一一谈话完后,镇政府平静下来,像一片静水,投入一块石头起一阵涟漪,很快平息下来。

周六,我去见占福,本可以打电话问问,都是电话时代了,方便得很,但总觉得电话里的话浅而不深。像大树婶,她想我了,来个电话,隔空说就觉得没滋味。人与人,还是见了面亲。

我与占福在路上迎面相遇。我们停下车,不下车,我左脚点地占福右脚点地。占福说回家看父母?我说找你。你找我?占福说我去镇子买化肥。两人掉转车头去镇子。

我们并排而行。占福说有话你说。我说车上说话,走神会把我们带到沟里。占福呵呵,说没听过有这种事。我说刚才远远地就听你唱粤曲,你继续。占福就接着唱。曲载着车,或车载着曲,一路而行倒也是一出情景剧。

我们到了肥料站,占福与一个坐在手扶拖拉机上的司机打招呼,说你装好车拉到我家,我有点事中午才回。司机说好的。占福交完钱,又对司机交代几句。转脸跟我说找个地儿我们扯。我说你不看装车啊?占福说装车好看吗?我买肥料都是他拉,我都有点讨厌他了。我以为占福会说相信他了,却说讨厌他。傻子的幽默比正常的幽默更有深度。

我说要不到我家,中午在家吃。占福说你找我必定是说罗姑苏的事,罗姑洗在场,好说话?这个占福真是我肚子里的蛔虫了。

找个小饭店,没到吃饭时间,叫上一壶茶,对面而坐。喝上两口,我直奔主题,去年六千元今年六千元,我估计明年也得六千元,啥事?欠谁的债?占福说我能欠谁的债,别人不欠我的债就不错了。我说想不出由头。占福说颜植是谁?也有想不到的事。我说占福的脑子比颜植的刁多了。占福呵呵,说颜植就是有本事,恭维话也能说出贬义来。我认真地说,说说。占福说,给贫困山村孩子读书。我愣了愣,报纸上登过,呼吁有能力的社会人士,通过上级政府的沟通渠道认领没钱上学的孩子,进行一对一或一对几的帮扶。许多人响应了,这个占福也行动了。我说你一帮几啊,一年六千元。占福说一帮十。我说有点多吧,一年可以,十年八年的你能应付得过来?占福说心中有数,应该没问题。我感叹道,占福,认识你的人都说你是个吝啬鬼,你真够吝啬的。占福呵呵,说颜植你不正话反说反话正说会死啊。我学占福呵呵,说这事怎么就不能跟罗姑苏说呢?占福叹道,罗姑苏什么都好,就是把钱看得太重,你知道吗,我妈做主给占禄本钱做营生,她跟我妈一个月不说话。有一次我给邻村一个孤儿一点钱,她也跟我闹了十天八天。我怎么能跟她说呢?我说这也不是办法,一年一年下来,会闹个鸡飞狗跳的,弄不好会闹到离婚。占福说是啊,我不正苦恼着嘛。颜植你脑子活,得帮我想想办法。我说我也没办法,动之以情,晓之以理？占福摆摆手，说罗姑苏听不进去的，带不到那个境界。我说不一定吧。我想起罗姑苏将脸贴我背上的情景，也是一个懂情理的人。占福说，钱与情，罗姑苏更看重钱，我与她生活在一起，清楚得很。我皱眉，说长此以往不是个办法。占福说对，颜植你得帮我想想。我脑子拐了个弯，女人有女人的道，不是有句话叫"妇人之见"吗，虽然总体有失偏颇，但从中也说明些问题，就问罗姑苏迷信吗？占福说有点，乜意思？我说给她布一个局，让她钻进去。占福问乜局？我说镇子墟集上我认识一个算命的"神棍"，想个办法让罗姑苏去他那算一次命，我们事先让他按我们说好的，帮罗姑苏算，她若信了，你做的事她就不胡缠了。占福说变着戏法骗啊？我说你不是正在变着戏法骗她吗？你一次变一个戏法才笨呢，全是谎言，一次骗她十年八年不更好？占福想想说，按你的思路，试试？我说是你把我带进沟里的，用不用这招你拿主意。占福咬咬牙说，就这么定了，我把你带进沟里，谁来把罗姑苏带进沟里？我说让罗姑洗来。占福用怀疑的眼神看着我。我说我自有办法。占福说你说说看。我不理占福，叫道：服务员，点菜。服务员来了，我不让占福点，我简单点三个菜。不喝酒，吃个简单的饭就好。

吃过饭，占福回他的家我回我的家。

回到家，罗姑洗和颜可已吃过，正准备午休，见我回来，罗姑洗说这么早回来，不回家看看爸妈？我说下午我有事。颜可说我想爷爷奶奶了。真有些日子没回去看父母了，我说我们明天回去看爷爷奶奶。颜可拍掌说好好好。

入卧房上床躺下。我说姑洗，有这么一件事，不知你肯不肯帮我。罗姑洗说看你说的，我能帮的一定帮。我说是这样，我在单位目前这个位置也有几年了，再不进一步会耽误前途，我总觉得不顺，想让人算算命，有阻滞的话让人排解排解。罗姑洗说你信这个？我说不信无妨信也无妨，信一次又何妨？罗姑洗静了一会儿，说你去问是不大好，我去问也不大好，我是个人民教师呢。我装作叹口气，说那就算了，听天由命吧。闭眼，休息。又静了一会儿，罗姑洗说要不我让一个人陪我去。我说外人陪你去也不好。罗姑洗说叫我姐去。我说不知你姐肯不肯。罗姑洗说我姐信这个,会肯的。我说那就好。罗姑洗说镇子有好几个算命的,哪个准?我说平安路有家修车铺对面有一个,平时路过见来求的人多。罗姑洗说对,找平时人多的。

下午,我去见那个神棍,我跟他说明情况,给他二十元钱。他说你的事我必定尽力。

第二天一早我骑车带着罗姑洗颜可回家,父母高兴,杀了一只鸡。农村有喜庆事第一个想到的是杀鸡。吃过午饭就回了,经过红砖村时罗姑洗记起昨天我说的话,说去见见我姐。我就拐车进村。

大树叔大树婶见了我们那高兴劲儿!大树婶抱住颜可亲个没够,弄得颜可挣脱她的怀抱。罗姑洗拉着罗姑苏进房间说话,约半晌出来。罗姑苏跟大树叔大树婶、占福说,妹妹有事,我跟她去镇子一下。大树婶说有事要办,去吧。占福和我对视偷笑。

两辆自行车,我带颜可,罗姑苏带罗姑洗。到了镇子,我和颜可回家,罗姑苏罗姑洗去"办事"。

过了大约两个钟头,罗姑洗回来了,一脸的喜色。我给她倒了一杯水,问,算出名堂了吗?

罗姑洗说我和姐去到时,真的有不少人排队呢,等了一个多钟才轮到我们。我坐下后,那算命的问,想知道哪方面?我有点紧张,说就算算我爱人的前途,他要我说出你的生辰八字,我说了。他闭上眼数手指,数一遍再数一遍又数一遍,睁开眼,说这几年呢,你丈夫有点阻滞,乜原因呢,是跟的旧主不喜欢他,现在旧主离开了新主来了,时运也就到了,不出一个月吧,要高升一级了。说完他就停嘴了。我问还有呢?他说你只问前途,不问其他,若问其他是要加钱的。我多问一句身体如何?他说我送你八个字,不要钱:年轻力壮,生龙活虎。我不再问,起身离座。我姐问的是她和姐夫。算命的又闭上眼,数手指,数一遍再数一遍又数一遍,睁开眼,说你们自从结成夫妻后,虽说所干的是操劳活,财源算不上滚滚,也算收入丰厚。你呢是个守财人,你丈夫也不算一个散财人,只是……我姐急问只是乜呢？算命的说你们夫妻本是恩爱一对，只是你丈夫命中要散些财，才能保你俩不离不弃，长长久久白头到老。你若是执意要死守钱财，怕是鸡飞蛋打，夫妻一拍两散。我姐更是急了，问这财怎么散，算命的说任你丈夫做主吧，不过你放心，散的不过是些小财，不会动你们家筋骨。有道是舍得舍得，有舍才有得，不想舍哪能得呢？我姐松了口气，又问些别的，算命的一一说了。我和姐出来时，她一身的汗水，不过心情不错，她说这算命的真准。

罗姑洗一口气说完，说我姐说算得真准，真的准吗？我明白罗姑洗的疑问不在她姐方面，而是指向我。我心里嘀咕，这个神棍，把事情说到绝境去了，万一我一个月内不能高升呢？那不是不准吗？不准，罗姑苏还能相信？神棍就是神棍，信口雌黄！心想，找个时间骂他一顿，不过骂又有什么用？罗姑洗说我问你呢。哦，我说算命这东西有的准有的不准吧。罗姑洗说那不是蒙人吗？我说要说蒙人嘛，千百年来有几多人相信。罗姑洗说但愿他算得准。

这件事一开始，我心里一直在发笑，但这个结果带来的是心发酸。

过了半个月，办公室主任提拔为副镇长，我提拔为办公室主任。说奇不奇，说不奇也真奇。不奇的是毛书记上任短短时间，做了件镇党委、政府工作人员大调整和提拔了几个人的大事；奇的是我"不出一个月升了一级"。难道冥冥之中真有天意？

那天中午，罗姑洗下课回来，我将我升主任的事告诉她，她愣了好长时间才回过神来，也顾不得颜可在厅里了，扑上来紧紧抱住我，像小姑娘一样动情。

罗姑洗情绪稍稍平复后给罗姑苏打电话。罗姑洗颤着声音说姐，真灵！……颜植真当主任了……我听明白她在说神棍。我忍不住想笑。奇与不奇，我捋顺后，是不相信神棍的胡诌的。

隔了几天占福到我办公室来。办公室就我一个人。我说今天吹乜风？占福说吹个鸟风。说着拉过椅子坐在我对面，说颜植，我们骗罗家两姐妹这事我心里硌得慌。我说我也不好受，是你把我带进沟里的。占福说要不要把来龙去脉跟她们说清楚？我说来龙去脉就不要说了吧，你将你资助孩子读书的事跟罗姑苏说，她应该不会闹了。占福想了想，说近来我脑子乱了，乜事都想不顺，你这么一说，跟罗姑苏说了，这事也可以交代了。我说你不要纠结了，再纠结脑子就生草了，你我是撒一个小小的谎，说得好听点是善良的谎，没必要跟自己过不去。占福说听你的。

占福出门离开时掉过头来说恭喜升官了。我向他摆摆手。当消息突然降临时我也激动，但事后想想，值得激动吗？像我这般年岁的，有人都当上镇一级书记了，自己算是个落伍者了。这话只能对自己说，不能跟罗姑洗说，说了那不是给她泼一盆冷水吗？也不能跟其他任何人说。

我进王子良的日杂铺，不见英子，多了一个没见过的姑娘。我好些时日不来了，问王子良乜情况？王子良说我让英子照顾我妈。我拉开柜台的隔门，要进去看看王子良的母亲。王子良说我在附近租了房，母亲不住铺里了。我说得给英子个交代了啊。王子良笑笑说我已经交代了，登记结婚了。我瞪大了眼睛，不是吧，就这么收了她？对英子不公平吧。王子良说是英子不要办婚礼的，她是个低调的女孩。我说那也得叫上我们几个战友喝一杯啊。王子良说等合适时一定请。然后他小声说英子怀孕五个月了，现在不能影响她。哦，我说好你个王子良，生米煮成熟饭。王子良嘻嘻笑，在我听来像占福的呵呵。男人一幸福是不是都一副傻样？

我不常来，但知道王子良的生意不错，我常常听罗姑洗说，你那个战友王子良又搞促销，货打八折，可会招揽生意了。

王子良毕竟在深圳混过，一些招式是学会了的。

我说子良，以你的经验，你可以多开一间店铺。王子良说颜植，你是做官的料不是做生意的料，我要开的是上下一层二层三层的百货商场。

我说那时不我待呀。王子良说等我和英子的孩子出世之后再说吧，现在我得照顾好母亲、英子和她肚里的孩子。我竖起拇指，大丈夫好男人。王子良笑道，我们这些做生意的是劳碌命，哪有你们这些做官的春风得意。前面王子良说到做官的我听着也就过去了，再说我真不舒服了，我说，王子良，我算乜鸟官？你再在我面前提我就翻脸了。王子良见我脸色口气不对，忙说我错了，颜植你不要记怪我。我说我没那么小气，我们是战友，战友嘛，见了面就是战友，没有别的。将来你做了大老板，我也叫你王子良，不会叫你老板。王子良说领下领下，我懂了。

王子良不举行婚礼，占禄要办婚礼了。占福打电话给我，说占禄元旦结婚，正式通知你。其实早两天占禄就跟我说了，也是在电话里说的。还说哥你总不来，以前我不理解，现在理解了。我说为什么现在理解了？他说你要是常常来，可能没有今天，当不上主任。占禄的片面理解我理解，他也只能片面理解，以他对人性的认识，他很容易走在一条错误的路上，或者说在一条路上迷路。他是有过经历，但他的经历是一条偏道，所以他对社会呀人性呀什么的认识也就偏了。他还说你看看所长常常来就提拔不了。看看，这就是他对事情认识的逻辑。

认识王子良的人很多，这"很多"是女人，他一促销店铺门前就挤满了女人。认识占禄的人更多，这"更多"是男人，"天天快乐"夜夜车水马龙。王子良赚的是辛苦钱，占禄赚的是"快乐"钱。

占禄开上了豪车，手上端"大哥大"，王子良还骑着自行车。占禄比王子良"威水"得多。

占禄的婚礼在镇子最豪华的"大口福"饭店举行。二楼大厅摆了八十多台，场面壮观得很。占禄西装革履，小月一身红旗袍。我看着一对新人觉得很陌生，甚至有种不曾见过的感觉。或许是平时少见他们的原因，稍有改变就认不出来了。

我、王子良、占福坐一张桌。占福应该和罗姑苏、大树婶大树叔、占寿和占寿媳妇坐主台，我赶他，他不走，说这点规矩可以忽略。所长来迟了，要一个坐在我身边的客人让位,挨着我坐下,对我说恭喜颜主任。我说今天要恭喜的是占禄。所长笑道是的。又说近期有点忙,抽个时间请颜主任出来坐坐。我客套地说好啊,应该是我请所长。所长说哪有你请的道理。我说我升了该我请的。所长说道理是这个道理,但哪有上级请下级的。我说你我都是股级,谁是上级?所长说你是党委政府的人,同级也比我们其他单位大。是有这个规矩。既然他自降身份,我说谢谢所长对占禄的关照。所长说一家兄弟不说两家话。我正找不到话接下去,婚礼主持人开始主持婚礼,吵闹的场面一下静了下来。

主持人流利地说着吉祥的主持词。我小声问王子良有何感想,王子良说人家是第一次结婚。我说第二次又如何,没有不同,见过大世面的人竟然计较,男人大丈夫行偷猪摸狗之事。王子良说,也有点触景生情,补办可来得及?我说来得及,必须的。

我上任办公室主任一个月,接通知去县学校培训一个月,主题是基层中层干部培训,是组织部为储备基层干部后备人才所举办的。罗姑洗知道是这么个意思后,又一番动情。我说你倒成了一个官迷了。罗姑洗说你一个从政的人,就算你心甘默默无闻我也不心甘。没本事的也一个个向上爬,一个个踩在你头上,多丢脸。我说为面子也得爬一爬喽。罗姑洗说你这人乜都好,就是上进心不强。我说官场大浪淘沙,有时觉得好累。罗姑洗说谁不知道累?我说那些与人斗其乐无穷性格的人不累。罗姑洗说断章取义。

我很少上县城。我一个乡村小干部,工作职责是坐办公室写材料,守办公室接待客人,出差没我份,学习没我份。我也不是一个不好动的人,只是能抽出时间出门走走的机会极少,出身农家,娶的老婆也出身农家,周末回家看看爸妈,看看岳父岳母大人还有其他亲戚,已成为习惯。三十多年的习惯,似乎已养成了惰性。

参加培训,下午下课一般不在党校食堂吃,而是找战友。县城战友多,今天找这个明天找那个,或者一次找几个。战友情深,热热情情。县城与乡镇差别还是蛮大的,从政的战友有几个已爬到正科了,做生意的也多有成功的。

一天下午,一个开饭店的名叫韦强的战友开车将我和另外两个战友拉出城外,我说我们去哪?韦强说去他的农庄。农庄?我记得早两年他开的是小饭店。两个战友的其中一个说,颜植你真不知道啊,韦强是第一个吃螃蟹的人,县城开农庄的就他一人。我说我是大门不出半步的人,井底蛙。

韦强的农庄开在县城东面二公里远的一个岭脚下。岭叫作牛哥岭。据传,东汉年间马援曾驻扎于岭上,所以现在有人叫它伏波岭。下得车来,正值晚霞时光,我放眼眺望:岭脚南面是一片风景林,种类有假菩提树、榕树、高山榕、刺桐、杧果树、樟树、罗汉松、大叶合欢等等;西面是经济桉树林;北面是药材种植园;东面就是雷州半岛传统的果木,如龙眼、荔枝、菠萝蜜、杨桃……

饭庄是木搭楼阁,两层,一字长排。楼阁门前停车场几乎已停满小车。这个年代,这么个气派,可想而知,生意有多火爆。

四个战友,坐一间大房。我估摸一下,有六七十平方米。墙壁四面错落有致地挂着书画,一不经意以为处于自然真实的风景里,有一种一览众山小的感觉。

我对韦强说可以呀,这装潢是谁弄的。韦强说我就知道你懂欣赏。我自己亲手弄的,还有我的画在其中呢。哦?我不禁站了起来,一幅一幅地看了一遍,果真有两幅见韦强印章。我回到桌前坐下,对韦强说我果真是坐井观天了,竟然不知道你是个画家。其实,他的画不怎么样,我是客套地恭维。韦强摆摆手,算不上算不上,爱好,涂鸦罢了。听他这般说,或许他是真的谦虚。只不过我真喜欢整体布局。

我们在吃喝期间,韦强多次出进,有两次出去半响才回来。他说不好意思,有些客是要去见见打声招呼的。我暗想这个韦强,八面玲珑,天生做生意的料。

战友相聚,自然聊部队的事,聊过去和今天,从他们的嘴里得知一些战友的作为和不作为。

差不多到了午夜才鸣锣收兵,主要是韦强出进拖了时间。我想,做生意也不容易,也需要坚忍不拔的耐力。

这一次之后,好多年过去了才再见韦强,再次见他时他已是个房地产大老板。

一个月后我回来,第二天出门办事,在镇子街上见到占福,聊天时,我将在县城见到和听到的跟他说。占福说各人头上一片天。的确,各人头上一片天。归根到底想说什么呢,要别人回答什么呢,就占福这句话最恰当。

我问,今年的甘蔗价格如何?辣椒价格如何?占福说你是个镇办公室主任,这些数据你不知道吗?我说去培训时大概听到预测价,不知有没有变化。占福说我说你呀,是个不合格的办公室主任,每年的镇工作总结是怎么写出来的?那些数据怎么来的,一年与一年的不同又是怎么得出的?我被占福问得有点蒙。占福说你们这些拿笔的都是闭门造车,为总结而总结。过去在生产队时是等天吃饭,现在是信息时代,农产品的价格浮沉影响着一年的收入,作为镇政府你们是要掌握的。我听明白了些。占福说近几年蔗价一年上一年下,去年上今年要下了,且幅度不小呢,今年有些蔗农恐怕仅仅能收回本钱,白干了。我问辣椒呢?占福说去年跌价今年涨价,所以我又多种了,你爸妈不是也种几亩辣椒吗?我想想,是的。占福说过去是纯粹听天由命,现在若没有把握好也是坐等天命。你这些官僚主义者得给农民兄弟想想。占福又说,我给你说这些你明白吗?这可关系到你的前程。我说你危言耸听了,拿我的前程说事。占福说看来你有你的聪明,也有你的笨拙不开窍。你想呀,你算是在书记身边的人,你是可以给书记出出主意的。我很认真地看着占福,这个傻子占福,真真是个地地道道新型聪明农民。我说占福你可以当镇长。占福呵呵,说去你的,镇长要搞政治,要我搞政治,那我就成草包了。

一年的斩蔗季节到了。毛书记带我下乡,我想起后来当了副县长的王书记。书记与书记的工作作风难得相同的,毛书记与我想起的王书记风格相似,常常跑农村,到了田头地沟,心血来潮时撸起袖子干。我这个办公室主任不用坐定写材料了,毛书记也就常常带我下乡。经常跑乡下,我这个白面先生差不多要变黑包公了。有时在街上遇上熟人,能认得出我来,却说颜主任,你去烧炭了吗?我呵呵,呵声差不多像占福了。

有一天下乡回来的路上,毛书记说今年蔗价不好,农民兄弟白劳作一年了。这样下去不行啊。我想起占福的话,试探性地说,我们镇委、政府对一年的农村工作要有谋划,务农的毕竟多数对信息迟钝,又不懂未雨绸缪。毛书记说你往下说。我就将占福说过的话几乎照搬说了一遍。毛书记说你说得有道理,这样,你多跟我跑跑,两个月后你按照刚才的思路,形成一个调研报告给我。

两个月,除了周末,我几乎天天跑乡村,毛书记下村我坐他的车,他若有事不下村我骑自行车去。我自个下去时找管区书记或主任,领着下村。自己直接下村多数时候没人理睬。有一天我去见岳父,岳父见我进了管区连连眨眼睛,说来了不到家里去,跑到管区来做乜事?我将我来的目的告诉他。岳父脸上立即挂上笑,说我早就预料到你有今日,成书记红人了。我说哪跟哪呐,工作上的事。岳父说毛书记点定你是重视你,前途无量。我说不与您乱扯了,带我走走吧。岳父说好,想去哪村,我说东面那条村吧。我们就骑车朝东面去。路上我问岳父管区的一些情况,岳父说着说着又说到我前途上。我说找个日子我跟姑洗可儿回家看您再说,现在说情况。岳父说好好好。

我们到了一条叫河仔村的村边,也不进去,直接到地里去。有人见岳父招呼道,书记有闲来啊。岳父说闲什么闲,带镇领导来问情况。我小声对岳父说,不要说我身份。话有两层意思,一是不要说我是主任什么的,二是不要说我是他女婿。岳父说,说也不打紧嘛。

我找一户一男一女两个蔗地劳作的人家问情况。男女四十岁左右,显然是夫妻。他们也认得岳父,叫罗书记。岳父替我先说话,说镇领导问你们情况,如实回答。男的说问吧。我说家里几口人几亩地?答四口人八亩地,孩子在学校。我问都种蔗?回答:想不出还能种乜。我问:收入有剩余吧?回答:哪有啊,供孩子读书都困难。蔗价好的时候还能剩点,不好就艰难了。听说今年蔗又掉价,日子不好过呐。我说有人种蔗也种出钱来。回答:村里地多的还可以吧,靠的是薄利多收,是不是罗书记?岳父说,说得也是。我问了另几家人,答案一个样。我见有一户人家种辣椒,过去问他家的情况。也是男的答话,说好在今年种几亩辣椒,单种蔗就白忙活了。我又问了几家,都带埋怨的口气回答。岳父小声说这条村地少,靠种蔗仅能维持生活。

我们离开时已近中午,岳父要拉我去家里吃午饭,本不想去,但都到家门口了,不去说不过去。

岳母见了我眉眼全笑开了,好似好长好长时间没见过我。十多天前我和罗姑洗、颜可来过。岳母已不种地了,家里人坚决不让她到地里去。她见了我就说闲在家里闷得慌。我曾建议她去镇子上我的家,她说,我去了谁陪老头子? 也是。

岳母要上厨房做饭,我说别操劳了,有粥吃粥有饭吃饭。她说哪能呢,大老远的来了。岳父也阻止她,说颜植现在是领导了,忙着呢,随他的时间吧。岳母说真做领导了? 我说你别听爸说,算不上领导。

我没直接回镇子,下午去了另一个管区,走了两个村。回到家时天将黑了,罗姑洗在厨房里忙晚餐。听到开门声也不出来,从厨房传出声来,回来了,快歇着,饭菜就好。颜可说爸,近来忙乜哩。我说爸爸忙工作。

从我当了主任后,罗姑洗更顾家了。她说,都说成功的男人背后有个好女人。听这话,我笑道,说我算成功吗? 罗姑洗说不算也离成功不远了。我说到底到哪才算成功呢? 副镇长、镇长、书记、副县长……"级级皆辛苦"。罗姑洗说,反正我见你有上进心就高兴,能到哪位置,努力奋斗过心中无愧于自己就行。我说有老婆大人这句话我就心安了。罗姑洗说,说实在的,女人都有虚荣心,我也有,但不是那种非达目的不死心的虚荣。我说我以为你非要将我推进万丈深渊呢。罗姑洗说我才不是狠心女人呢,你乜时觉得累了你就停下来,我陪你慢慢到老。我感动地说罗姑洗,前世今生你是我的,今生来世你也是我的。罗姑洗听了泪眼汪汪。

两个月后,我将一份调研报告递到毛书记手上。

第二天,毛书记来电话让我到他办公室。入了书记办公室,见了他一脸的笑,我有点忐忑的心放下来。毛书记说好你个颜植,不但材料写得全,文笔也好。你过去是不是写过诗写过散文? 我笑笑,说已经没有诗,只有远方了。毛书记说这就是诗了。你知道吗颜植,我年轻时喜欢写诗,差点没去当诗人。哎哟,我说写过诗,却没做过诗人梦,跟书记有差距。毛书记说颜植,我有个毛病,不喜欢别人拍马屁,拐弯抹角也不喜欢。我说我知道了。毛书记说有了你这份报告,镇明年的工作思路我清晰了,谢谢你了颜植。书记一句谢谢,我哪担当得起? 我张了张嘴,却找不到话。毛书记摆摆手,说你忙去吧。

又过一个月,过完春节,上两个星期班,我被任命为副镇长。这次才是出乎意料。组织纪律不规范的年代,"坐火箭"式提拔是常有的事,只是我任主任不过几个月,不仅是我做梦没想到,别的人做梦也想不到,事情一出就有爆炸性了。全镇干部职工没有不议论的。罗姑洗那个激动,没法形容,那天晚上,她说我要,完事,她说我还要。

接下来几天,我父母跑到我家,罗姑洗做了一大桌好吃的,吃庆祝大餐。罗姑洗的父母跑到我家,罗姑洗又做了一桌好吃的,吃庆祝大餐。王子良请我和几位战友吃上一顿大餐,所长通过占禄请我吃上一顿大餐。家人喜形于色的好话说了一箩一筐,战友朋友恭维的话说了一箩一筐。听得我都有点烦。

我妈说,咱们家祖坟冒青烟了。

占福对我说,颜植你行的什么狗屎运?

所长说,颜镇长你鸿运当头,今后得给兄弟沾点光。

同事说,颜镇长你平步青云,今后得多多关照。

听得我都有点烦。

我的职责是分管农、林、牧、副、渔。

而立已过十年,算是立了。

第四章

不惑之路

大路朝天一人走一边

　　我分管的工作面临极大的挑战,改革开放以来,农民的温饱问题基本得以解决。分田到户后,农民自我爆发了极大的能量,家庭收入一跃上了几个台阶,但到了一定的高度,似乎到了山顶,向上没有了再攀登的抓手,有点悬空的茫然。

　　在占福的乐器室,我和占福来一次长谈。我说出我对未来对农村的担忧观点。占福说接下来我也有点找不着北了,很多问题摆在前面。十多年来,物价在不断抬升,几倍十倍甚至几十倍,而农产品的价格浮浮沉沉跟不上,比如我的年收入停留在十年前,从经济上说落后于社会发展十年。整体农民的情况都一样。农村长大的孩子看不到在农村的出路,纷纷往城市跑,这本不是坏事,人往高处走水往低处流。问题是长此以往,农村多半将会成为空村。中国地大宽阔,农村的土地占绝对的分量。人口流向城市,且不说能不能承受,问题是土地谁来种,难道丢弃而不顾?我想插话。占福伸出手示意我先不要出声,说国家已关心到这个问题,有了相当大的政策倾斜,但一场从农村向城市的人口大流动已形成趋势,这是中国社会走向进步的一种象征。问题又回到土地上,没有土地的国家还是国家吗,没有农民的国家还是国家吗?如果农村大片大片的土地丢失会有乜后果?解决这个问题不是你我能做到的。我们要做的是考虑我们自身的问题,因地制宜做出有效的计划和措施,守住我们脚下这块土地,头上一片天。你颜植现在是镇政府分管农业的副镇长,是要负责任的,为自己为农民。我说我清楚,所以今天来找你,看看你有什么好的想法。的确,我们农村走到一个十字路口,也可以说到了一个瓶颈,如何去冲破是我们要做的工作。你是个爱土地胜于爱自己的人,有自己见解的人,新型农民思维的人,我想从你的想法中得到启迪。占福说我算哪根葱,我想不出办法,我脑子里只有甘蔗和辣椒,可甘蔗种不成乔木大树,辣椒种不出挂于门前的大灯笼。我看着占福,他的确走到一个迷茫境地里去了,这份迷茫给他带来焦虑,道理明白思维却混乱理不清。这是一个大局与小局的问题,大河与小溪的问题,大河有大鱼小溪却容不下。天高任鸟飞,海阔任鱼游,占福在改革开放的大潮中,只是一条小溪里的鱼,可以任意畅游,却没游出过大海。像在部队时的军事五项,游泳是他的弱项。我自从任副镇长分管农业,就开始用放眼世界的思维去思考,有了自己的一些设想,是来找占福谋划谋划的,可他处于焦虑中,不听我一言就按自己所想一口气竹筒倒豆子。

我说占福,你唱一曲,我们再聊。占福说不唱。我说我有一些设想,希望你能听进去,我们再吵吵,也吵不出个子丑寅卯来。占福望着我。我说这么多年来,四周的村子,跟着你种蔗种椒,得益不少,目前形势的变化,他们可能没有深想,还像过去那样跟着你,你变他们变,你不变他们不变。习惯成自然。你我都清楚了,再不变会被历史向前的车轮抛得越来越远……占福说你不要跟我讲大道理,讲实际的。我说这样,目前有两个大问题摆在我们面前。第一是孩子读书或不读书,长大了都往外跑,都觉得城市才是他们这代人的生活目标,像当年你我想逃出农村去当兵一样,摆脱祖祖辈辈面朝黄土背对天的艰苦局面,我想你的孩子将来读书有成也会离开村子,留在城市闯一片天地。这怪不得他们。第二是这么多年来,我们这一带除了种蔗种椒,没尝试种别的,是不是过于单调?占福要说话,我摆手,像他阻止我说话一样阻止他说下去。我接着说,我们脚下这一片土地是肥沃的,可以种许许多多农作物……占福还忍不住插嘴,说这个用得到你来教。我说对,你明白,但不明白的是,可能有的农作物在某个阶段价格相比于甘蔗辣椒来得划算。甘蔗是我们半岛的农业基础,目前想用其他农作物来代替不大可能,我们被称作"中国第一甜县",这个根基是一时撼动不了的,但并不代表种植其他农作物就比不上种甘蔗。近几个月,我几乎跑遍了全镇所有村庄,有些农户种植其他作物,收入是很不错的。比如我调查了一户种食用淮山的人家,他们一年的收入是种甘蔗的一倍多,又比如有一户种西瓜,收入也不错。思路若能拓开,就有许多选择……占福又打断我,说甘蔗可以不用年年种,留三年头,节约种植成本,不轻易想改种啥就种啥,一旦种其他的不及预期,得不偿失。我说对,那你种辣椒,不是也可能得不偿失?占福说撒网捞鱼也不是办法。我说你说得也对,但可以用别的思路,比如,你们周围几条村将土地联合一起,分片种多种作物。占福睁大眼睛,说那不是走回头路,成了过去生产队的模式?我说合久必分,分久必合,顺应形势,因地制宜,未尝不可。占福摇摇头,说每家的土地有多有少,地多的哪个肯?还有地多人少、地少人多的呢?我说占福也有糊涂的时候,收入按地多地少分配嘛。人工呢,目前的情况是要雇工的,雇工的工钱地多的均摊。占福呵呵,摸摸脑壳,我让你说糊涂了。

我们把天说得黑尽了,大树婶叫我和占福吃饭才发觉。

坐在饭桌前,占福还未从刚才的状况走出来,有一口没一口地夹菜扒饭。大树婶见了说,占福你丢魂了?罗姑苏说你俩关门说了一个下午说些乜事?

失魂落魄的。我说我没失魂落魄。占福也不是失魂落魄,他陷入深深的思考中。占福也是个敢想的人,一旦对了他的思路,他就想个透彻。

吃完一顿饭,占福说颜植,我觉得可行。今晚你就不回去了,我们再推敲推敲,哪怕熬一通宵也要理出来。大树叔说搞啥名堂,要通宵达旦?占福说爸,你睡你的觉,不关你的事。我和颜植理的是大事。

我给罗姑洗打个电话,说在占福家,有事晚上不回去。罗姑洗也没多问,她已经习惯我的工作性质。

真来个通宵达旦,清晨鸟唱时我们的意见达到统一。占福打开房门,我俩站在二楼走廊上,伸个腰踢个腿,迎着朝阳而笑。我们似乎不是一夜没睡,而是好梦一场,不感到疲惫反而心情舒畅。

吃过早餐,回镇子。

回到镇子,没有回家,去找毛书记,没找着,有人说见他的车出门了,我想应该是又跑乡下了。这时我才觉得困,用脑说了一下午话,说了一夜话,神经一直紧绷着,当慢慢地完全松下时,那个等着的困就跳出来了。我朝家走去。

回到家,罗姑洗上课去了,颜可上学去了,我脸也不洗,衣也不脱,倒床便睡。

是罗姑洗叫醒了我。她下课回来,中午饭做好了才来叫我。睡得深沉,醒来时有点蒙,不知身在何方。罗姑洗说一夜没睡?没日子了啊,熬坏身体的。我说没事,这不是补了一觉吗。

下午再找毛书记,没找着,下乡还没回。就回办公室,办公室主任说,昨天毛书记来找你,我说你下乡去了。书记没说什么,离开时对我说,颜植回来叫他见我,可你昨天下午没回,今天上午也不见。

第三天才见着毛书记。我将我的想法和占福的谈话向书记汇报。毛书记抬头望着房顶,然后盯着我看了半晌,盯得我有点发毛。我想起占福的一句话:这不是回到生产队了吗? 毛书记终于开口,说颜植,也就你敢想,我也想过,没敢往深处想,你刚才这么一说,我深想一下,可以尝试一下,就以红砖村四周的村子为试点。我说不知县上同意不同意。毛书记说管他呢,先干起来,弄不好我来承担责任。

有了毛书记的话,我和占福开始操办。占福通知四周六个村的村长来红砖村,说颜副镇长要开个会,就都来了。会在占福家院子里开。我说了一个上午,几个村长有的听明白了,有的听得半明半白,有的一点没听明白。我说我不要大家急着答复,回去跟村民们说说,大多数人觉得可以,就干起来。

过了几天,又开了个会,村长反馈群众的意见,绝大多数觉得行。我说那就表决一下。所有村长都举了手。有村长说我们相信颜镇长。我说你们相信占福吧,这么多年来,你们跟着占福的路子做,顺顺利利的,相信这次改变也能顺顺利利。我呢,还有别的工作,不能住村,尽量常常来,与大家一起商量遇到的问题,一起解决。村长们拍掌。

毛书记给我配了一辆小车。我一个新上任的副镇长,配一辆车,算是特殊待遇了。

我叫电信局拉一条网线,给占福拉来一台电脑。占福高兴得不得了,说还是镇长大人有本事,我们搞不来的。我说这是全镇第一条网线,将来记入史册的。占福呵呵。有一段时间听不到占福呵呵了。占福感慨说社会向前的脚步真快,以前看信息得订报纸,报纸送到信息会迟些时日,这下好了,电脑一搜索信息就出来了。

整合的时间花了一年多。

我的工作时间三分之一在红砖村。占福家成了我的家,我成了一个地地道道的农民。我这个白面先生和占福站在一起有点不分颜色了。

与占福一家围着饭桌吃晚餐,罗姑苏对我说你个白面先生,竟也能吃苦。我说我也是农民的儿子,你以为占福的气力比我大啊,打起架来说不定谁垫底呢。占福呵呵。大树婶说好好的打乜架?我说婶子,是打个比喻。大树叔说论打架,我看你打不过占福,他是头水牛,你是头白马,白马打得过水牛吗？占福呵呵，喷出了饭，我差点也喷了。大树婶笑了，罗姑苏笑了，占福一对儿女也笑了。这个大树叔，平时话不多，一棍子打不出一个屁来，突然来这么个比喻，的确好笑。大树婶笑完说，没听说过牛与马打架。

六条村群众老嫩大小没有不认得我的。见了我都亲切地打招呼，一些老一辈的见了还问寒问暖，那眼神像我是他们的儿子。民风淳朴性格善良，处于这种环境中，心境平静而宽阔无边。我想若自己也是一个农民，何尝不是另一种幸福？

一阶段工作下来，我有种大刀阔斧的痛快。

第一次种植布局是：保留一半土地种甘蔗，洼地种一片辣椒，坡地种片西瓜，不洼不坡的种食用淮山，还有一小岭种番薯。

种番薯时有一番争论。生产队那个年代，农村的土地几乎都是种番薯，番薯是全村人的主粮，能填饱肚子。我们这代人是吃番薯长大的，一餐一餐吃下来，一日一日吃下来，一月一月吃下来，一年一年吃下来，没有不吃厌的。有人蔑视某个人时常常会形容说你的番薯屎还未屙净呢，有什么了不起！所有人反对，番薯是贱作物，没市场。我说现在人们的生活水平好了，特别是城市人，大鱼大肉的吃腻了，不少人想起番薯来，时不时地吃一餐番薯。你们知道吗，城里的饭馆都备有番薯，喝过酒吃过饭，许多人都叫来碗番薯粥，或送上一盘番薯条。有人说我才不相信，有人见识过，说那倒是真的。

最终种上了番薯。

我有时忙得周六周日不回家，罗姑洗带着颜可来红砖村看我，自然也兼有走亲戚的意思，罗姑洗和罗姑苏说话，颜可和占福的儿女玩。占福的一儿两女，儿子比颜可大，两个女儿比颜可小。我爸妈有时也来看我，我说有时间我回家看你俩老人家，何必过来。爸妈说几步脚路，当没事走走。无论罗姑洗还是父母都乐见我的工作，明白我是在干事业，事业干好了，官能往上当。

十天半个月的，我向毛书记做一次汇报。我请了好几次毛书记去红砖村指导指导,毛书记都没去,说有你在,我放心。这句话像领袖毛泽东说的"你办事,我放心"。什么意思呢?毛书记见我有疑虑,说大胆干吧,一定要弄出名堂来。我说毛书记,您为何不去看看呢,我心里没底。毛书记说一定要我说实话?我说书记您说。毛书记说我去了怕左右你的设想和行为。我说书记比我看得远,得给我指导指导。毛书记说,你看,我就是怕你要我指导才不去的,你明白吗,有时一个人做一件大事,有人在旁边指手画脚,事情必定做得好。有一句话形容当官的官僚:指一指,做到你流屎;画一画,做到你头发白。我说您去哪能说是指手画脚呢?毛书记说你刚才不是说要我去指导指导吗?我一指导就是指手画脚了。我说是怕办不好。毛书记说,你办得好呀,你每次向我汇报,我都认真听,觉得走在一条正确的路上。你回想一下,你每次汇报完都要我给意见,我给了没有?我想想,真没有,他只说好好干。毛书记说没有吧?接着问道,颜植,你是不是有什么顾虑?我立即说没有。毛书记说,我不去是怕你有顾虑。我说要说有顾虑就是怕干不好。毛书记说这就好,你知道吗,我这么想过,我不去,颜植会不会想,书记不肯去是怕全县、甚至全省没人这么干,如果出事好推卸责任,是颜植干的。我有点急,说没有没有,真没有。毛书记笑道,看你急的,我知道你没有,整个过程你一丝不苟做下来,说明你心无旁骛。好了,等你完成大事,我不但要去,还要带领全镇干部、管区干部都去,看看颜副镇长做了件什么样的事。我是个经不起夸的人,有点不好意思地说看书记说的,本职工作而已。毛书记说,我脑海里有一个画面,你构建的那六条村庄,让人们看到的不仅仅是几种庄稼,还是一幅画,或一首诗。我笑道,书记心中始终有诗气,浪漫主义。

春天到了,庄稼地禾苗青青满眼绿。我和占福站在田头放眼远眺,那份心情无法形容。我记起当年从部队回来我与占福也站于田头,占福用手画了一圈说:各人头上一片天。是的,各人头上一片天。当你脚站地头顶天而觉得心情舒畅、你的人生值得时,头上的那片天弥足珍贵。

毛书记没有爽约,在一个明媚的春天的上午,带一大帮人来到红砖村的田头上。他岔开双脚立于田头，极目远眺。我站在他左边，占福站在他右边。他给的赞扬是给了我一拳给占福一拳。毛书记说，与我想象的一模一样，像一幅画，你们是艺术大师。占福说好看是好看，好看不中用，只怕是画饼充饥。毛书记说，我知道你担心的是这幅画能卖多少钱，这个谁也说不定，产品的价格由市场定，但值得肯定的是你们在改变中敢为的举动，"穷则思变"，在确定近几年你们收入远远落后社会总体平均值、跟不上时代步伐时来一次变革，或许能开辟出一片新天地。退一万步，就算结果不及预期，应该也不会比故步自封差。以目前我们看的情景，结果不会差。中央早已关注到农村目前的状况，鼓励农村大胆变革，多种经营，寻找新的农业发展途径。以我的判断，你们会成功的。

毛书记带领一帮人踏着田埂穿行于"画"里，像一群游客，在欣赏从未见过的风景。毛书记边走边指点，像一个导游。

从庄稼地里出来，到了占福家的院子。毛书记作了讲话，他说刚才大家都看到了，有没有令人耳目一新的、大开眼界的感觉？回去后，镇所有干部、各管区班子要参照刚才所看到的，多动脑筋，多些思路，尽快行动起来，为农民想方设法，开辟出新农村新的经营模式，不一定要照本宣科、生搬硬套，要因地制宜，八仙过海各显神通，冲破目前农业停滞不前的局面。说得不好听，我们有些村庄还停留在几千年来"刀耕火种"的境地……

回镇子的时候，毛书记让我上他的车。车出红砖村后，毛书记说占福这人是个农村的模范人物，颜植你抓个时间写一份他的事迹材料，宣传宣传他，不但在全镇，还要报到县上去，甚至市里、省里。我说我做不来，占福不肯，我和他的关系书记应该有所耳闻，我早就想写写他了，可每次提起，他就警告我，我若是写他，他就与我断交，不认我是同学、不认我是战友、不认我是亲戚。毛书记问为乜？他是个低调的人？我说他是个低调的，但重要的是他不想拿他的名字来说贫富，是怕别人说他有钱。他跟我说过一句话：人怕出名猪怕壮。他说什么模范、榜样呀让别人去做，做好自己就行了，不想被打扰，烦人。毛书记说这占福，怎么这么个想法呢？我说人嘛，有各种活法，随他去吧。

我抽不出更多的时间进红砖村了,要跑更多的村庄,谁叫我是分管农业的副镇长呢。下乡是一天去一天回,可以正常与罗姑洗、颜可生活。一年多来,颜可对我说得最多的一句话是:爸爸你又黑了,你要做一个非洲人吗?颜可的基因有一点像我,常常会说出一些幽默话来。罗姑洗说有其父必有其子。颜可说我可不要跟爸爸一样,一个十足的农民,我读好书,将来留在大城市,成为一个创业者、大老板。儿子的话,我没有感慨,一代人有一代人的梦想。

　　儿子颜可长高了,个头差不多与罗姑洗齐平了,可以说一些有思想的话了。

　　所长常常叫我吃饭喝酒,王子良常常叫我吃饭喝酒,占禄常常叫我吃饭喝酒……罗姑洗有些不满,说你这样下去会成为一个酒囊饭袋。我明白她是不满我不多些时间陪她,我也就推掉一些应酬。

　　与所长喝酒,他说颜镇长现在是镇里的风云人物,书记的大红人,兄弟我作为了,可上级没看到,你得在毛书记面前说说好话。我说你找你的上级主管单位啊,关毛书记屁事啊。所长说一方土地公管一方人,上级单位是有考察过我的,可结果是没有下文,听说是镇里不给意见。我说你若有了政绩,你们领导是能看到的呀。所长说现在不是讲政绩的年代了,讲关系讲钱。我说那我这般拼命,不是白拼了?所长借酒意说,人与人不同,毛书记也是个拼命的人,你们臭味相投,不,是志同道合,能成为知己,他不欣赏你谁欣赏你,你不是他的心腹谁能成为他的心腹?我说我没觉得我是他的心腹。所长大着舌头说你你你,你承不承认都是他的心腹。他不敢说过头话。

　　我不会在毛书记面前说所长的好话,当然也不说他的坏话。我们不是同一类人,他头上的天与我头上的天不一样。在外人来看我与他是很好的朋友,而他在我心里实质上算不上好朋友,甚至不是朋友,我是看不惯他的。我也知道,他也不把我当作好朋友,他若是把我当朋友,就不会年年月月收取占禄的"保护费",表面上我装作不知,心里恨得痒痒的。不是考虑占禄,而是我看不起这类人。和他吃吃喝喝倒是出于帮占禄。我清楚这个世界复杂,生存艰难,特别是占禄这类人。所以占禄与所长的那种关系,我也就睁一只眼闭一只眼,要不为难了占禄。占禄毕竟是占福的弟弟,我与占福是亲戚,占禄就也是亲戚。六亲不认,我做不到,我有我的优点,同样有自己的弱点。谁能十全十美呢?

与王子良的吃喝,自然是战友情深。再有一层,我是心服他的孝心。王子良已经谋划开大商场了,喝酒时他征求我的意见,很真诚。可我给不出他更好的建议,他若干的是农业,或许我可以给他出谋献策,可商业,在他的面前我不敢作大。王子良说你别谦虚。我说真不是谦虚,我若有生意头脑,当年当兵回来,我就像你一样选择出去闯了,何至于龟缩于小小镇子。你看你,就有宏图大志。王子良笑道你是拔高了我,我那是迫于生活,不得不出去闯荡。我说迫于生活的人多了,又有几个敢放胆出去?王子良说假如我像你一样有机会被招入镇政府或其他单位,怕是也安于现状,不考虑别的。我说可能吧,但毕竟没有假如,你被迫也好自愿也好,你走在一条正确的路上。王子良说谁知道呢,不是说吗,商场如战场,弄不好有一天生意失败了一无所有,还是你好,铁饭碗,又当了官。我说端的看上去是铁饭碗,实质上仅够填饱肚子罢了,说到官,官途好走的吗?走错一步也会阴沟里翻车的。如果可以换位,我宁愿做一个王子良,不做颜植。自由自在多好,想怎么做自己做主,成与败又如何?王子良笑道,或许吧,有句话叫端着碗里的看着锅里的,谁知锅里的有没有碗里的有滋味?我说各人头上一片天,喝酒。王子良说今朝有酒今朝醉,干!

喝至半醉,我说王子良,我没记错的话,你欠战友们一场喜酒,孩子也一岁多了吧。王子良说算了吧,麻烦,再说英子也不想弄。

我和王子良喝得正酣,推门进来一个人,是占禄。我睁大了眼睛,王子良睁大了眼睛。占禄抢在前说话,说在隔壁房间与朋友吃饭,刚才出房间打个电话从门缝看见了颜哥。我说坐吧。占禄在我和王子良对面坐下。我要做介绍,占禄和王子良同时说我们认识,说过两人都笑了。王子良说平时我们见面也招呼一声,只是不曾坐在过一起,算是没有交集吧,今天占老板亲自找上门来了,那就不得离开了,咱仨喝个痛快。占禄说我那边也散了,我就陪两位哥哥喝上几杯。

仨人碰过杯。占禄说子良哥,哦,这样叫你不怪吧。王子良说怪啥怪,听着亲。占禄说以后多多指教,你见过大世面。王子良说不敢当,你说我是见过大世面回来的,你也是啊。占禄说我是混不下去没处去回来的,你是荣归故里。王子良笑着说你是贬我了。占禄说我不会讲话,讲错了自罚一杯。占禄自罚一杯。我问占禄,你是不是有事找我?占禄说没事,我是想结识子良哥,不是说多个朋友多条路嘛,是不是子良哥?王子良说对,多个朋友多条路。又喝了几杯,我说再喝我不行了,能者多喝。王子良也说我也不行了,今晚就这么停了吧。占禄说听两位哥哥的。

叫服务员买单,占禄与王子良抢单子,王子良没抢得过占禄。占禄说哪天有空咱再喝一场。王子良舌头有点大,说你再跟我抢买单,不与你喝。占禄说好呀,下次子良哥你买。要出门时,占禄拍脑壳,说差点忘了,我的铺口要换换新毛垫,子良哥你商铺有吧。王子良说有的,要多少?占禄说我回去叫人量量,看多少。王子良说好的。

出了饭店大门,王子良说声拜拜走了。我说占禄,我看你是有事找王子良。占禄说颜哥就你眼毒,不过也不是仵大事,上午小月去子良哥的商铺买泥锅,不小心脱手砸碎了,她拿钱要赔,王子良死活不收,小月心里过不去,要我找子良哥道声礼。刚好我真要换毛垫,就找过来了。我拍拍占禄的肩,没说话。两人分开后我想,占禄你日后要是像今晚这样懂事,算是脱胎换骨了。

推开家门,罗姑洗吸吸鼻子,说颜植你堕落了。我打了响响的酒嗝,没吓着罗姑洗,却吓着了我自己。我说谁堕落了?罗姑洗说看来你醉得不轻。又说你一闲下来就自己折磨自己。我说难得偷得半日闲,辛劳了一年多,你让我放松放松,让我自由自由,说不定哪天毛书记又赶我下哪个管区驻守。罗姑洗说得闲静静养养身子,酒多伤身。我说人生难得一回醉,我却还没醉呢。罗姑洗刚要说话,我拿在手上的手机响了,按了接听,电话里传来一个女人的哭声,我有点蒙,问谁呀？女人继续哭。我以为是有人打错电话,正要挂,女人哭着说我是桂芳。桂芳是谁？我一时没反应过来。女人收住了哭,说你表嫂。我怔了一下,我表嫂？想不起来。表嫂说你表哥被检察院拉去了。我才想起由本镇调离去他镇的表哥。自从表哥调离后,我们很少见面,十多年见的面屈指可数。最早几年几乎像断了音信,近几年用了手机才隔一段日子通通电话。他电话里一开口就满腹牢骚,说他的宏才大略没人欣赏,他这匹千里马世间却没有伯乐。直到三年前提了镇长才春风得意起来。也就短短三年,他就犯错了？我问,乜时候被抓？因乜？表嫂说因乜我哪知道,拉走十多天了。我说都十多天了你才给我电话。表嫂说我没脸跟你说,你现在也是领导了。我埋怨道,领导也是哥的表弟。表嫂又哭起来。我说哭有用吗,我打听一下是何原因。表嫂嗯嗯嗯。我知道,打听又有何用,进去了就进去了,我什么人际关系也没有,与我紧密的也就是毛书记。毛书记是哪种人我清楚,不可帮忙这类事的。

我拨通一位在公安局工作的战友的电话,要他打听一下。我说了表哥的姓名身份。过了五分钟,战友回电话说是因为挪用公款。

罗姑洗一直在听我打电话。我打完了她问,你表哥怎么啦？我说挪用公款被抓了。罗姑洗怔了一会,说你得注意。我说我注意乜？罗姑洗说你也是副镇长了,腐败的事不能做。我说罗姑洗你给我敲警钟呐。罗姑洗认真说：是。我盯着罗姑洗看。罗姑洗也盯着我,说我不能没有你。我走近罗姑洗,把她揽在怀里。颜可上自修课还没回来,我揽住罗姑洗好一会儿。罗姑洗从我怀里出来时长长吐了一口气,我以为是被我揽着憋的,她却说你酒气熏天。我噗一声笑了,罗姑洗也笑了。

我说明天我得去县城探一下表哥。罗姑洗说应该的,毕竟他是你的亲戚也是恩人。我说人呐,五颜六色的,难以看清。罗姑洗说能不能捞出来？我说按正常是出不来的,撒把钱有可能,但我没钱,就算有钱我也不想撒,有话道一不做二不休,一旦做了,以后许多事就休不了。罗姑洗点点头说,说起来是不近人情,但谁叫他不懂珍惜?

第二天我向毛书记请假,说上县城办点私事。毛书记没问啥事,许假。

我直接去看守所探视表哥。表哥胡子拉碴的,神情沮丧。我问了一些无关紧要的话。表哥有一搭没一搭地答着。要离开时,表哥对我说,颜植,你要好好的,不要学我。我说表哥,我不知道怎么办。表哥说你乜事也不做,我挪用不算多,判个一年半载的也就出去了。你表哥我是昏了头,在里面我后悔极了,真不值。

人呐,到了后悔时方知错。

我去了表哥那个镇,看看表嫂桂芳。

表嫂桂芳见了我泪水哗啦啦的像瀑布。哭完问我情况。我说坐一年半载能出来。表嫂桂芳收住了泪,说我以为会吃枪子呢。我说哪能呢,又不是杀人放火。你们家缺钱吗?表嫂说他是为一个狐狸精花钱。我听得明白,表哥在外面养女人。现下到了一个男人一有钱就学坏,女人一学坏就有钱的时代。在外面养女人的人真不少。

回到家已是晚上。我将表哥的情况跟罗姑洗说了。罗姑洗说你不许学你表哥。我说你怎么老将我和表哥扯到一块?罗姑洗说现在在外养女人的不是做老板的就是做官的。我笑道,你真当我是当官的啊,一个副镇长,没权没钱,有的是劳苦命。罗姑洗说将来做了镇长书记呢?我装作奸笑,到时候再讨论这个问题,现在说不清楚。罗姑洗叫道,颜植现在就准备好了。我将罗姑洗揽入怀。罗姑洗身子软软的,像一团暖暖的棉花。这个女人,没有更高的追求,一心放在家里,我爱她爱到骨子里去了。

晚上躺在床上,我说罗姑洗,你十多年过来,也不追求进步,甘心无所作为一辈子啊。罗姑洗说,我尽职尽责做好老师就心安理得了,我几乎年年是优秀教师,我对得住我的这份职业,问心无愧。我说一个优秀教师,怎么就得不到提拔呢?罗姑洗说我不要提拔,我这个人喜欢简单,如果给一个职务,烦琐事多不说,还得讨好校长,看校长的脸色,还得与其他人钩心斗角,心累,这一辈子打定主意,默默无闻,做好教书育人相夫教子的工作就好了。只要你好好的,颜可好好的,也我也得到了。我说你这样的女人,世上少有,或者说稀有。罗姑洗说做个稀有动物,也是挺好的。我最怕的是你看不起我,一个女人没有追求,无声无息,一事无成。我拥着罗姑洗,说你怎么想怎么做我才不管呢,只要你心里有我陪着我,我就心安了。罗姑洗说就怕我死心塌地,到头来你学坏,哪天不要我了,或者像你表哥那样进去了,我这辈子也就枉活了。我动手脱去罗姑洗的内衣,每当我想表达对她的爱的时候,常常不用语言,用行动。一直以来罗姑洗非常满意我的这种表达方式。

我们若生若死地快乐着,若生若死地幸福着。

有了罗姑洗,我一生不会走错路。

我放不下红砖村了,有空就往那跑。我开拓的事业,是我的作品,得守护着。

占福一如既往地起早贪黑,尽心尽力。

不管是六条村的村民,还是雇来的工人,见了我都眉开眼笑地打招呼。有人叫我颜镇长,叫我太阳。颜太阳你来了。第一次听到叫我颜太阳时,以为是叫错了我的名字,我说我叫颜植。叫的人笑道,万物生长靠太阳。这话诗意,我心里是喜欢的,倒不是喜欢他们抬高我,这话里,包含着对我的信任。

我和占福穿行于庄稼的田埂上,讨论要注意的问题。我从电脑上学知识,占福也从电脑上学知识,把各自学到的进行交流,统一整合,好好地侍候我们的庄稼,像侍候我们的孩子一样。

我们的庄稼,无论是阴天晴天,见了我们,都拍着手,笑盈盈地欢迎。

在田地里,见了大树叔大树婶,我说你们不要太劳累了,都一把年纪了,累了歇一下。大树婶说你嫌我们老了吗,我们还有气力,还能做几年。

农村的人,有的八十岁了还在田地里劳动。

我对占福说,你爸的背有点弯了。占福认真地看了看说,你不说我真没注意,熟视无睹吧,果然是有点弯了,人为什么会老呢?我说你我也会老的,自然规律。占福说用你教我,一点感慨而已。我说占福,我们斗嘴耍嘴皮几十年,不分你我,我有时想,前世我们就是兄弟了。占福呵呵,周瑜悲伤地感慨,既生瑜何生亮,敌对斗法一辈子,最终还是输给了诸葛亮。我们是既生植又生福,我们斗的不是法是嘴皮,没有输赢,其乐无穷。

的确,人与人,有的一辈子离不开,有的一辈子走不到一块。有人会说天注定这话是迷信,但有些人和事,怎么解释也说不清楚,用天注定最合适。

中午在占福家吃饭。过去,在占福家吃饭,大树婶常常不听阻拦做点好吃的,驻红砖村工作后,大树婶就随意了,一起吃家常便饭,有乜吃乜。

罗姑苏坐在我对面,她看着我说颜植,你又变成白面先生了,你真善变。大树婶说有些人是天生白,怎么也晒不黑的,就算晒黑了,几天不见太阳就又白了。我说罗姑苏,你老盯着我的脸,白面先生白面先生的,我怀疑你不是妒忌,是看上我这张脸,是不是从高中时就看上了,那时你若跟我说,我讨了你做婆娘也说不定,你何必勉强嫁给占福呢。跟占福一家生活久了,以前一些过于玩笑的话不敢当着大树叔说,现在不经意间会流出嘴来。罗姑苏的脸一下子涨红,怒道,你个白面先生,癞蛤蟆想吃天鹅肉!占福呵呵笑喷了饭,大树叔和大树婶也笑了。大树叔说,我见过姐夫和姨仔打情骂俏,不曾见过姨姐与妹夫也来。我说罗姑苏,你说我是癞蛤蟆,姑洗若听了非撕了你嘴不可。罗姑苏正要接话,我的手机响了,我嘘了一声,接电话,毛书记我在红砖村,哦,好的,我等着。占福问,毛书记要来?我说不但毛书记要来,县长也来。县长来镇上检查工作,上午去了其他地方,下午来红砖村。哎哟,大树叔说我从未见过县长呢。大树婶说看你那少见识的,县长也不长个三头六臂,也是个人。大树叔说我是说没见过这么大的官。大树婶说,官大官小官字也就两个口字。嘻嘻,大树叔说比我们多了一个口。罗姑苏望我一眼,笑道,我们面前也坐着多出一个口的人,怪兽。占福又呵呵地喷了饭。大树叔大树婶望着我也笑了。我也跟着笑。

一笑而过,其乐也融融。

下午三点,县长、毛书记等一行驾到。毛书记在我和占福面前做了介绍,他把手伸向一个中年中等身材、国字脸的汉子说:程县长。又伸手介绍我和占福,颜植,副镇长,占福,红砖村村长。程县长先握了握占福的手,后握了握我的手。他盯了我一下。程县长没有说表扬我和占福的话,只点点头。

一行人走在田埂上,鱼贯于庄稼间。我想起一句歌词:走在希望的田野上。毛书记和程县长并排而行,边前行边交谈。毛书记不时地指指庄稼比画一下。庄稼地里干活的人一个一个直起腰,望着我们一行人。还有人手搭在眉上望,他们心里肯定清楚,是上头来了人。我跟在县长的背后,他有着厚实的肩背,不知怎么我却像看到一朵阴影落在上面,不如我父亲的背影和大树叔的背影干净利索。我内心一凛。

一行人高高低低地、蜿蜒地走着。

穿行迂回差不多一个小时才出了庄稼地。

在田头,人们围成一个圈。县长作了简短的讲话,他说庄稼这么个种法值得肯定,是敢于开拓创新的结果。程县长转脸对毛书记说,给有条件的村庄推广推广,不一定要照葫芦画葫芦,要结合实际。

程县长要离开时跟一行人一一握手,握我的手时停了下去,小声说颜植,调你上县政府怎么样? 我怔了怔,说有点突然,容我想想。程县长说想好了跟我说。程县长说的话虽然声小,但所有人都听到了。

许多眼睛看着我。

毛书记送程书记上车,回到他车旁向我招手,我是不打算跟他回镇子的,我想回家看看父母。我碎步快走到了毛书记车边。毛书记说上车。我就上了车。

坐稳车开。毛书记问,你听不听县长的? 我支吾一下,说太突然了,真的要认真想想。毛书记说，县长是慧眼识珠，不过我真舍不得你走。我说知道书记对我的培养，没齿难忘。毛书记说不是这个说法，县长想调你到他身边，你若想去就去，我舍不舍得是另一回事。我一时答不上话。毛书记说没听明白？我说明白。其实我真有点听不明白。毛书记说你是个实干的人，无论到哪里都能干出动静来。我依然答不上话来，装作静听教诲。

傍晚与罗姑洗、颜可吃晚饭时，我有点走神，心里想着下午的事，或者说想着县长和毛书记的话。我还没权衡去或留，我的心思还处于混乱状态。罗姑洗说颜植，你回来一直魂不附体的，咋回事？我说没事。罗姑洗说我才不相信，你一定有事。神情的不对是骗不了人的，相濡以沫的夫妻更是瞒不了。我说我现在心有些乱，等平静些跟你说。

吃过晚饭，我对罗姑洗说，趁天还亮着陪我出去走走。

不像平常出门遛遛街，我带着罗姑洗从镇政府向庄稼地走去。罗姑洗用怀疑的目光看我，说你真着魔了吧，去看庄稼，这么多年来你还没看够。我说街上喧闹，庄稼地安静。

我们走在田埂上，仿佛回到红砖村的庄稼地，我心安下来。罗姑洗也不着急了，等着我开口说话。我说今天下午县长去了红砖村。哦，罗姑洗说，批评你了还是表扬你了？我说县长离开时握着我的手说，颜植，调你上县政府怎么样。罗姑洗一时没出声，我想她也是怔住了。好一会儿，罗姑洗说你怎么回答？我说能回答吗，太突然了。罗姑洗说你总得回答啊。我说容我想想。罗姑洗又好一会儿才说，也只能这么回答。又说所以你一直在想这个问题，心乱。我说换你心乱不？罗姑洗说没那么难选择吧，想去就去不想去就不去。我说你想我去还是不想我去？罗姑洗说我不左右你，你决定。我说你说说你的意见。罗姑洗说，不说假话说真话，无论是出于生活还是前途考虑，去县城比在镇子强。我说这点我的想法跟你一样，不一样的是你是单纯地想，我所处的境地不得不复杂地去想，头就大了。程县长说调我上去，是跟在他身边的，毛书记说的话似乎是顺着程县长的话，却又似乎模棱两可。程县长是看上了我，第一次见面就要我跟他，看上去是有重量的，跟上他，就像人们说的，我将成为他的心腹，一个县里核心人物之一的心腹，在谁看来都是前途无量。毛书记的模棱两可，可能有两层意思。一是他也看重我，任我们镇书记不久就提拔了我，这分量也是够重的。我若这么快离开他是不是有点有了新人忘旧人的忘恩负义？二是提醒我跟在县长身边未必是好事，伴君如伴虎是一方面，另一方面，县长与书记如果不是一条心，钩心斗角，县长身边的红人可能会成为第一个牺牲品，又是一个方面。你说我头能不大吗？罗姑洗说，听你说的我不敢深想头也大，怪不得你左右为难。不过你是不是多虑了，或者毛书记是舍不得你走，但他是一个有心胸的人，你的前途重于他的不舍得，再说了你成为县长身边的红人，你如果不是一个忘恩负义的人，对他只有好处没有坏处。至于县长与书记，一定要顾虑他们的钩心斗角吗？就算钩心斗角，县长也不一定会输给书记，这种事有先例吧。

我看着罗姑洗，好似第一次认识她，有点陌生，这个与我同床共枕的女人，在我心中一直是个单纯没有心机的女人，刚刚一番话，令我另眼看待。不过十多年来我与她一路走来，以我对她的认知，她的确在"官"字上有迷恋的坏毛病，有一点一心想做官太太的期望，这是不是一个很大的弱点呢？以前我就想过这个问题，觉得女人嘛，有这种心思也正常不过。可说实在的，过了，我心里有点不舒服。不过，我很爱她，不是有句话吗，金无足赤，人无完人，我也就不过于计较她。再说，她除了这点不好，其他方面我是心满意足的。人都不是完人，我也一样，比如，遇事总是纠结，纠结不果断，会错失良机。

第二天，我回家看父母，一方面我有些日子没回家看他们了，另一方面，也想征求他们的意见。但当我面对父母时，就剩下看望没有征求了。特别是母亲，我第一次觉得她和罗姑洗是一类人，只不过她比罗姑洗更甚，看"官"看得更重。我要是征求意见，她必定死心塌地要我跟县长走。近几年母亲的身子一日不如一日，她得了哮喘病，四方寻医治疗，效果不理想，人也就衰老了许多，看上去比与她同龄的老了十岁。过去，我是计较她常常露出对父亲的不满而不满，但随着我的年长、她的病痛、她的衰老,我开始心疼她。

家里的庄稼地,承包给了别人。我多次提过接他们到镇子跟我们一起住,母亲硬是不肯,她说你那两房一厅的房子怎么住?她又说大半辈子在农村,习惯了。

我迈出家门时,做出了决定,不上县城了,两个弟弟在省城,就我在父母身边,我要尽一份做子女的孝,像王子良一样。

父母在,不远行,虽然县城也不算远,但从方便角度上说,比起镇子,还是有距离的。

我要离开镇政府调上县城跟县长的消息在全镇传播开来。镇干部见了我都脸挂高兴恭喜我,有的人装出的高兴,似乎是自己要上县城了。我看得出,装模作样里深藏着妒忌。我不会放在心上,人心不古,这个是要懂的,要不,活得会累。

所长给我打电话,占禄给我打电话,王子良给我打电话,还有其他战友、朋友给我打电话,请我喝酒。不管他们出于什么目的,我都接了,人都有圈子,像自己用的一只破桶,有短板,但既然是自己的,还得用来装水。

我有一星期多没去红砖村,有点记挂了,周末打算去一趟。占福来电话,问我现在在县政府还是镇政府。我说你管在哪,你个傻福,这么多天也不联系我。占福说你现在是谁?怕你听不出我是谁,哪敢打扰哪。操!我说了句粗话,是你来见我还是我去见你?占福说这么说你还在镇子啊。我说就算我上县城也没这么快吧,你个傻福。占福说我去拜见你。

不但占福来了,罗姑苏也来了。罗姑洗朝颜可的房间喊,颜可你出来,你大姨大姨夫来看你了。颜可出来叫了声大姨大姨夫,就又回房间去了。罗姑洗说这孩子不懂礼貌。罗姑苏说都一样,怎么教也听不进去,现在的孩子弄不明白。占福说现在出了一个新名词,叫作代沟。罗姑苏又说弄不明白。

四个人坐定。罗姑苏定定地看着我。我说罗姑苏你识看面相,还是我好看?罗姑苏说,我怎么看你都是白面先生,怎么会是青云直上呢?我说我行了狗屎运。占福呵呵。与占福或罗姑苏说话,习惯正话反说。占福呵呵完,说颜植你去还是不去? 我说不去。占福说,你说的是正话还是反话? 我认真说真不去。占福说为乜不去? 这些天我和姑苏在议论你的事,觉得无论从你及你的家庭角度,还是从我们家庭角度考虑,你都应该去。我说怎么与你们家庭有关? 占福说我们是亲戚呀,朝廷有人做官好办事。我说这不是占福想说的话。我拿眼去看罗姑苏。罗姑苏说你看我做乜,我没你好看,你脸白。又说,我妹妹姑洗好看,你看她。大家都笑了。占福说我说的是一家亲戚都想说的话,包括你父母、我父母和你我的岳父岳母,你信不信? 要不你一一去问。占福说的是现实,如果召开一个家庭包括亲戚会议,采取投票方式,大致会一致通过。他们都会说那句老话:人往高处走,水往低处流。但于我,可用一句诗来说:横看成岭侧成峰,远近高低各不同。人生之路变幻莫测,谁又说得清呢? 你今天是某人身边的红人,某一天可能是臭狗屎。这世间的事,无论是古是今,见多了。

话我不能说出来,怕说不透。若真能说透了,他们会觉得这个世界太没意思了。

我问,你们知道王子良是因何回来吗? 他们都知道王子良的事,没人接话。我说我佩服王子良,百善孝为先,我两个弟弟远在千山之外,我不能远走高飞,得留下来尽孝。罗姑苏说接他们上县城嘛。我说,若他们肯跟我上县城我就不说上面的话了。

我拿父母说事,只是给他们出的一道题,令他们不好回答,我的根本理由是那句诗。他们可以不用明白。大家脸上有些无趣,包括我自己。

周一早上班,我去了毛书记的办公室。我说书记,我不上县政府。毛书记盯着我,脸上没表情,好一会儿才说,你怎么想的? 我说不想就是,理由嘛说哪条都不充分,再说程县长也只是用征求的口吻,不是命令式的。毛书记脸上露了点笑容,说颜植啊,你得说一条理由给我,我好在程县长面前帮你说上一句。我说我母亲哮喘病比较严重,我三兄弟就我在她身边,她又不肯离开村子跟我生活。毛书记说真的假的? 我说是真的。毛书记说好。

在本土,有一句话,六月番薯八月芋。与红砖村合作的几条村子种的番薯将要收成了。番薯大约有百亩,种的不是传统的白心薯,是另外两种,一种是纯红心,一种是紫心。无论是红心还是紫心,论每亩产量都比白心薯少些,但种白心薯的年代是为了填饱肚子,不讲口感讲数量,饿不着肚子就行,好不好吃是其次。现在不同了,温饱已不是问题,吃的讲究个香爽、享受。享受是要讲价格的。红心薯既甜又粉加香口,紫心薯既粉又甜加香口,听起来不是一样嘛,对,差不多,但入口感觉有分别的,一个先甜后粉,一个是先粉后甜,就这么点差别,明白了吧。

收成要提前一个月做好推销工作,或者更早。靠拉去市场自个卖肯定不行,得找人收购。就在电脑上发布信息,动员各村人找渠道,要保证百亩番薯能销出去。

我多次跑到县城、市里找渠道。

我成了推销员。罗姑洗不理解,说你一个副镇长往外跑推销,不常见不说,面子上也说不过去。我说我就是卖面子去的,我的面子值钱。罗姑洗连连眨眼,不认识我似的。我说我的面子大,懂了吧?哦,罗姑洗说,你这样费心思,占福他们懂吗?我说群众的眼睛是雪亮的。罗姑洗笑了,说看你一脸的严肃。

一切按计划走,顺顺利利。

番薯一垄一垄。挖番薯三人负责一垄,一人挖二人捡成堆及从藤上摘下番薯,气力大的挖,气力小的捡、摘。挖番薯的多数是男人,也有女人,像罗姑苏身子壮实有气力的。而捡、摘的多是女人。跟着我挖番薯的是一老一少的妇女、姑娘。妇女五十多了,姑娘二十出头,有着一双大大的眼睛。她是邻村的,姓方,刚刚大学毕业,还没找到工作。

挖番薯不但讲究气力,也讲究技术,要照准地下番薯的底部,一锄下去提起,气力特别大的加技术高的一锄一棵番薯,气力小点、技术差点的要下两锄,甚至三锄。我有时一锄有时两锄一棵番薯。方姑娘找话跟我说,我也乐意跟她说话。俗话说男女搭配干活不累,这个不累就是在说话上。方姑娘话多些,我话少些,我花大气力,要有喘息的时间。方姑娘是农学院毕业,她说在学校的一些有趣的事或没趣的事。我说现在的学生在校大多谈恋爱,方姑娘谈过了没有?方姑娘说怎么说呢,说算嘛也不算,不算嘛似乎也算。我说怎么讲?方姑娘说是他追的我,我不确定自己是否喜欢他,他约我,有时我赴约有时找理由不赴约,两年下来,他回北方老家,我回村子。回来后我没怎么想他,才明白自己不喜欢他,就没给他的来信回复。他也明白了,没有再来信。我说你得尽快找份工作,要不书白读了。方姑娘说我倒不在乎,只是父母追得紧,可工作不好找,过去国家包分配工作,到了我们要自己找,社会变化真是大。我说改革开放嘛,不断地改革,一些东西就改掉了。方姑娘说我们真是背。我说面包会有的,牛奶也会有的,相信你会找到一份理想的工作。方姑娘说理想是远大的,现实是残酷的,我有点灰心。我说要有信心,有信心才有希望才有机会,你一定能的。方姑娘说谢你的吉言。

我挖累了,站直腰歇歇。方姑娘扑闪着大眼睛看我,说累了就歇歇。你是镇长,指挥指挥就行了,却亲自挥锄出力,像你这样的人少见。我说我是农民的儿子,干点农活很自然的事。方姑娘说镇长是有心人也是用心的、难得的好人。我说你不要赞我,我会骄傲的。方姑娘说你值得骄傲,我也为你骄傲。

一天天下来,方姑娘跟我一天天地说着话。中年妇女话少,偶尔插一两句。

大约一个月时间,百亩番薯六十多万斤全卖出去了。除去成本、人工,每斤能赚一元多,统共赚了近七十万。分了钱,家家户户那个高兴。

分钱那天,占福让人在田头架了几口大锅煮薯吃,到场的吃个嘴红紫绿,那个热闹,那个高兴,没法形容。当然,我也在场。村民们吃饱了,吃撑了,几个人将也吃饱吃撑的我往天上抛,抛过我去抛占福。我想起运动员拿了冠军齐力抛教练,心里那个爽!我又想起原始人类,劳动是游戏,游戏是劳动。如果你也这么想,是不是不亦乐乎?

转眼秋天到了,该收获辣椒、番薯和淮山了。

收成辣椒简单些,花的气力也不大,摘下来往北运菜站送就行了,而挖番薯和淮山又得花气力,还得用技术。掘番薯用的是锄头,挖淮山用铲子。掘番薯,挥锄,锄下,一气呵成。淮山用铲挖,是韧劲慢力。

跟在我身边当助手的还是那中年妇女和方姑娘。我问方姑娘,工作有着落没有?方姑娘说没有,急也急不来。又说颜镇长,你是当领导的,路子多,能不能帮帮我?我说一我不是领导,是一个跑腿的,二是我一直蜗居在农村,识得的人本事都不大,路子也就不多。现在的大学生都留在大城市找工打,你怎么没留下?方姑娘说留了,累死累活的,拿的工资不够租房子,混不下去。我知道这是实话。方姑娘试探着问,镇政府要人吗?我说镇政府编制单位,没编制招不了人。方姑娘说杂工也可以。我说你要求这么低啊。方姑娘说,我听说你进镇政府时也是打杂的。我说是的,但当时与现在不一样,那时还没定编,转正容易些。方姑娘说,说不定哪天有机会呢。我见她那么执意,说如果你真那么在意我可以问问书记。方姑娘说我先谢谢了。我说你先不要谢,十有八九不成。方姑娘说你肯帮忙问问就得谢谢。

我还真向毛书记提了方姑娘。我说方姑娘是农学院毕业的,镇政府需要农业方面的人才。毛书记说,你说得对,现在的大学生都往城市跑,回乡镇的大多数本事都不大,更缺少农业方面的人才,只是没编制,来做杂工也不对口。我说对不对口是分工问题罢了,书记一句话就对口了。毛书记说也是,那就招她。

我跟方姑娘说书毛书记同意招你了。方姑娘那个高兴,半晌说不出话来。谢谢两个字出口时,眼里有了泪。我说要谢谢毛书记。方姑娘说毛书记得谢,你也得谢。我见方姑娘那样高兴,我也高兴,我高兴是因为我第一次帮别人找一份工作。

有一天放晚工上田埂时,方姑娘落在后面,与我并排的那中年妇女对我说,方姑娘喜欢你呢。我说你嘴碎了。她说我怎么嘴碎呢,方姑娘在我面前老颜镇长颜镇长的提你,一个女的老将一个男的挂在嘴边,不是喜欢才怪呢。我心一颤,她说得不无道理。我说方姑娘是感激我帮她。她说你说得也是。

　　推销淮山像番薯的套路一样,一段的奔波劳碌,也按时推销完毕,一笔可观的收入落入家家户户的囊中。

　　占福照本宣科来一次田头淮山大餐。番薯大餐毛书记没来,知道后责怪了我,淮山大餐毛书记来了,吃饱撑的,将吃饱撑了的毛书记抛到天上。毛书记仰天大笑。

　　私下里毛书记对我说那真是一个爽。

　　收获了辣椒、淮山,紧接着收甘蔗。这一年甘蔗价格是跌价年,村民们没做吃饱了撑的事。

　　收完甘蔗,方姑娘到了镇政府工作,负责农业资料收集整理。

　　来年开春,调整了种植计划,减少了淮山的亩数,虽然年前的淮山也推销出去了,但不算顺顺顺利利,推销是完成了,但过程有点阻滞,有十多吨差点没出路。经过大家谋算,同意减种淮山,改种甘蔗。甘蔗连续两年价格起不来,第三年应该有反弹。波动的价格,抓好了是可以抓住的。

　　春暖花开的周六,我和罗姑洗带上颜可,回家看姑洗的父母、我的岳父岳母、颜可的外公外婆;周日回家看我父母、姑洗的家公家婆、颜可的爷爷奶奶。我妈边咳嗽边说,我才听说,去年县长让你去县政府,你却不去,也不跟我说,你还当我是你妈啊。我笑着说,妈,要是我去年去了县政府,今年你得担忧了。母亲说我担忧乜?担忧你的大好前程?我说妈,那个县长被"双规"了。母亲说乜叫双规?我说就是犯了错误被纪委调查。哦,母亲边咳嗽边哦哦。能喘气时拍着胸口说,好在好在。罗姑洗只盯着我没问,以为我用这话骗母亲吧。

　　回镇子的路上,罗姑洗说,颜植,你跟妈说县长被"双规"?传出去你要不要命了?我说很快就会传开了。罗姑洗说真的呀?口气吃惊。我说我能乱说吗？敢乱说吗？罗姑洗说我的天！

颜可骑车行在前面，没听到我和罗姑洗的对话。

罗姑洗问，你当初是知道些还是有预感？有些话是说不开的，我说仨都不知道也没预感。罗姑洗说好在好在。我笑道，你怎么像妈一样。罗姑洗说你不要笑话我，我心在跳呢。我学占福，呵呵，罗姑洗拍我背一掌，笑你个头，大头。

周一，程县长被"双规"的消息在镇政府传开了。

一传开，所长打电话约我吃饭，王子良打电话约我吃饭，占禄打电话约我吃饭，别的战友、朋友打电话约我吃饭，我都推掉了。程县长被"双规"了，我到处应约吃饭，要是也传开了，那我成什么人了？一帮没脑子的人。

所长约不成我，在电话里对我说颜镇长，你真是料事如神，走一步看百步，孙悟空火眼金睛。我们是兄弟是吧，你得助助我。我看不起他就是他的八面玲珑般的滑头。我说我不是什么孙悟空，我只是一个乡村的干部，和一般农民差别不大，只不过头上戴一顶副镇长的帽子罢了。所长说我知道镇长谦虚，谦虚的人才藏着宏才大略。这个人，真没法说。我说我有点紧要事，再说。所长说得闲出来好好喝一杯。我没回答，挂了电话。

后来，王子良也问我不上县政府的事，是不是事前知道些什么。我说王子良你什么都好，常常多此一问不好。王子良笑道，好奇心嘛。我说一般好奇心不是毛病，好奇心太过就是毛病了。王子良笑道，以后注意不犯毛病。

占福管的六条村顺着路子走，我不用花更多的精力去盯了，只需做副镇长该做的工作。我驻红砖村时真不像一个全面负责全镇农业的副镇长，像一个驻村的工作队队长。

我下去各管区了解一些情况，有时要记录材料，就带方姑娘下去。

时间不长，我听到了一些风言风语。

罗姑洗也听到了。一天晚饭后，罗姑洗说我们出去走走。我知道她是有话要问。出了镇政府大院门，我伸手要拉罗姑洗的手，她不让我拉，她领着我向镇政府背后的庄稼地走去。

我突然觉得好笑,镇政府背后的庄稼地,竟成了我重大事情的谈话场所。

我和罗姑洗站在庄稼地的田埂上,站在晚春初夏的暖风里,站在晚霞的余光中。有一刻钟,我们没有言语,我们仿佛是庄稼地里的两棵庄稼。

我等着罗姑洗先说话。罗姑洗终于说话了,问道,方婵是不是你帮着说话弄进镇政府的?我说是的。罗姑洗说为什么?我说她大学毕业找不到工作,叫我帮她问问毛书记能不能让她进镇政府,我就带个话,毛书记觉得可以,就进来了。罗姑洗说,我听到的没那么简单。我说有些事非常简单,你一多想就不简单了,为乜传出我和方姑娘怎么样怎么样?罗姑洗你有没有想过,毛书记未来之前我的处境如何,来了之后又如何?罗姑洗说,你是想说有人妒忌你造谣生事?我说可不可能?罗姑洗说可能,但俗话说无风不起浪。我说俗话也说树欲静而风不止,请你相信我,我是清白的。罗姑洗说你清白,方婵清白吗?我说罗姑洗,你脑子进水了吗?我是清白的,方婵能不清白?罗姑洗想了想说,反正我心里不舒服。我说我心里就舒服?换过来说,要是有人说罗姑洗跟某个男人如何如何,我心里也会不舒服。我想你没有如何如何,你听了风传,你心里舒服?罗姑洗说你的话让我头大。我把罗姑洗抱在怀里,说姑洗,你要相信我,相信我就是相信你自己。罗姑洗的身子有些微颤,我理解,女人最忌的是自己的男人在外面有女人,而一个深深爱自己男人的女人更是。我说姑洗,我们的爱情不惊天动地,但天地不能动摇我们的爱情。罗姑洗将脸埋在我怀里,哭泣。我静静地抱着罗姑洗,等听不到她的泣声,才轻轻拍拍她的背,说好了,我们再这么站下去要变成两棵,不,一棵庄稼了。罗姑洗抬起脸看我时,我看到一张梨花带雨的脸。我说回家。

往回走的时候,罗姑洗问,方婵是不是喜欢你?我说你还往坑里跳啊,她喜欢不喜欢我是她的事,我管不了她,我只知道这世界上除了罗姑洗这个女人是我喜欢的、我爱的,再没有别的女人了。罗姑洗说,你就知道我好哄。我说姑洗,不是哄是真心话。罗姑洗说我信,又说,如果方婵真的喜欢你,缠住你呢?我说这个世界上啊,能缠得住我的女人,只有一个叫作罗姑洗的女人。又说罗姑洗你再说下去我就烦了。罗姑洗不再说话,小姑娘般将头靠在我肩上。

回到家里,拉亮客厅的灯,我一把抱上罗姑洗往卧房里去。罗姑洗挣扎着叫道,干吗干吗,还未冲凉呢……

毛书记也听到了有关我和方婵的事,我等着他问我,他没问我,问了跟我们下乡的司机。司机跟我说了。我没问司机怎么回答毛书记,他既然跟我说了,回答毛书记的问话应该也是实话实说。实话实说我就没话可问没话可说了。

后来我下乡,不再带方婵。

有一天上午,方婵进了我的办公室,不自然地说镇长,你恼我了吗?我说没有,你不要多想。方婵说可你似乎不理睬我。我说,这么说吧,我知道你喜欢我,但我们不可能。你喜欢我,我怎么恼你呢? 只是风言风语对你我都不好,我们保持一定的距离,你好我好,是不是? 明白不明白?方婵说明白明白。我说好了,好好工作,你的工作是做得不错的,毛书记私下还表扬你呢。方婵笑笑说,是吗,我一定好好工作。

人生的道路上总会遇上沟沟坎坎,但认真走路的人能轻松迈过去。

镇党委、政府召开班子会议,参会人员十一人。首先由邓镇长作前一年的工作总结报告,接着副书记、副镇长、党委委员分别汇报了所分管的工作所取得的成效、经验和不足,最后毛书记作了讲话。毛书记是脱稿讲,他从不足讲起,讲到董副书记挂点的罗湾管区时口吻比较严厉,说作为一个副书记,挂点一个管区工作不但没进展,反而弄得一团糟。

所有人都知道,镇党委、政府去年做出决策,以占福他们那几条村的模式,再推出一个示范点来,而董副书记挂的管区就是重点村。但不仅没推出示范点来,还像毛书记说的,几条村在如何合作上意见统一不起来、闹出矛盾来,差点没引起村与村的械斗。原因在于有两个村在历史遗留两亩土地的归属权上各执己见,纷争不下,到了持械相对的局面。两亩地因为归属权问题,一直搁置,哪个村都没人敢种植,董副书记想借这次搞示范点以调解的方式解决,没想到两个村寸土必争,吵翻了天,不但示范点推进不了,还闹出了难以收拾的局面。占福那六条村的成功经验没有得到推广。

毛书记很不满意,话说得一点情面都不给。董副书记垂着眼皮,面无表情。

毛书记还批评了一名副镇长,说的是去年八月的一场风力不大的台风,副镇长以为台风级别不高,大意了,一条渔船出海捕鱼差点葬于大海。

批评后,毛书记表扬了几位工作做得好的,说到我时,不说红砖村那六条村的事。他说了这么一段话:我们在座的都是领导班子成员,其中有人心思不正,颜植与方婵的谣言就是这名成员点的火,居心何在? 颜植的工作出成绩,你跟不上,你不争口气与他竞争也就算了,暗地里服输也就算了,拿人家煽风点火,缺不缺德? 我调查过了,他们两人什么事都没有。如果说还有人说他们有事,请拿出证据来,拿上台面来!

我没想到毛书记会拿谣言的事在领导班子会上说,我想其他人也没想到。毛书记不是这种风格的人啊,是他心里有气一时说过头了吧。弄得我脸都红了。

好多双眼睛在偷偷地寻找,谁是点火者。

最后,毛书记作了下一阶段的工作部署。

晚饭后,我内心突然袭来一阵无聊,浸漫着我不知所措。我知道情绪失控的源头,谣言止于智者,这句话未必能解释得清楚,无论是我对罗姑洗的解释还是毛书记的另类解释。之后扰袭是顺理成章的,这种顺理成章是有重量的,不该我来承担而又不得不承担。

我对罗姑洗说,晚上我有点事要办,可能晚点才回来。没等她回答我已开门出去。

　　我走出镇政府大门,在门口茫然了一刻钟,决定不了何去何从。镇子上似乎没处可去。找一个人倾吐?那是最愚蠢的,哪怕倾听者是你的知音,说不清道不明白的,结果会是陷在情绪里出不来。找个地方一个人待一晚上,或许是最佳的办法,可是,好似镇子没有这么一个地方。很无奈地迈开脚步,先走着再说。走着走着,看见罗姑洗所任教的中心小学,一下子豁然开朗。并不是回忆起我与罗姑洗曾经在学校的蜗居生活,我穿过这段生活,再穿过墟市市场,到达了镇子最古老的地方。是的,我好长时间不到这片老房屋来了,仿佛已经过了一个世纪。忙于生活忙于工作,就会荒疏一些东西。

　　走进古巷子,天色已黑下来,巷子亮起零星昏暗的灯光,明亮的灯光早就随历史的时光搬走了,搬到王子良、占禄们的所在之处。

　　好安静。

　　漫步于古巷子,竟然半晌不见有人走动,探头才能偶尔看到古屋子的人影。这不妨我的到来,虽然不能好好地翻开这本古书的某一页,接触一下也有久违的愉悦。

　　倏地,有乐器的吱吱哑哑声响起,一支响两支来,继而三支四支……都到齐了。接着有嗓子吁呵声。

　　古巷子来一晚粤曲是从哪个年代开始的呢?是不可以计算出来的。

　　我跟着声响而去,我将到未到时已有人唱起第一曲:

　　情花开,开灿烂,情义誓永无限,夜莺歌声美曼,吐露热爱弥漫。

　　情花娇,鸟语醉,春色充满世间,同相亲,永不分离,我俩爱不变幻。

　　情花开,开灿烂……

　　我轻步踏着曲唱,穿过从老屋泄漏的昏黄的灯光徐徐到了现场。我立于屋檐的阴影下,一肩靠于墙上。这小小戏台是前世留给今生的。我想,一代代的,这戏台有过多少人站于其上?眼前是十个八个乐手坐于一侧,一男一女一高一低立于中央,一接一搭唱《情花开》。

　　台下不足十个听曲者。

　　唱罢《情花开》,前奏响的是《花开蝶满枝》,出场的是占福和罗姑苏。

我错愕。占福和罗姑苏？我产生幻觉了吗？我好长一段时间不听占福唱一曲了，与他几乎日夜与共一年多，大不了听他吟一两句，我以为他忘记了呢。

"花开蝶满枝，依稀有春意，我爱花娇艳，心盼花解意，一心向你有情义专心意。我欲向花一试，鲜花抱艳时，晓我的心中意，还是诈架依不理。费心机，旦夕亲近你，你美态千般媚，歌声钟了意……"我走神了，罗姑苏何时也会唱了呢？

一曲唱罢，占福与罗姑苏收拾行装，向台上台下告一声拜拜，罗姑苏坐上占福的摩托车，哒哒哒目中无它地离开。我想招呼一声，却没出得声来。

我再静听几曲也离开。

我以徘徊的方式离开。

后来我问占福，何以不顾一天下来的劳累，赶赴小小的戏台唱上一曲？你的行为我何以不知？罗姑苏何时也学会了呢，不曾听她哼一句半句。占福来个标志性的呵呵，说颜副镇长又不是曲迷，何以懂得我们的瘾？又何必让你知？罗姑苏耳濡目染，即便唱不好也会马马虎虎来一段的。我说我在你家过夜不曾见你们出过门啊。占福说我们若出门就不懂事了，再说留夜哪有没事商量的？我们有瘾也得先正事后过瘾是不是？

原来他们按他们的活法去活。

我不及占福。

我似乎也是按自己的活法去活，但掺杂着身不由己，一个副镇长的职位，诸事得小心翼翼，陷入流言蜚语，却不能做到身正不怕影斜，拒方婵于千里，不是雷池也不敢越半步，毛书记的辟谣，有此地无银三百两之意，自己却不能张嘴说出半句话。就算一辈子不再跟方婵说哪怕半句话，谣言的痕迹将永远成为一个烙印。罗姑洗相信是相信了，就算不耿耿于怀，也是抹不去记忆的。毛书记的保证让别人用目光去寻找那谣言的出处，谁又是认真的呢，颜植这个人水深着呢，连自己也会朝这方面想。自己也明白可以心安理得，却是做不到，真不及占福活得干干净净。哪怕占福按我的伎俩共同骗了罗姑苏，那也是一种善意的谎言，一掠而过便相安无事。

本不是一个庸人自扰的人,还是自扰了。

回到家里,罗姑洗问,事情办好了? 我出去办事了吗,我一时竟想不起出门时说过的话。罗姑洗追问,问你呢。哦,我说办好了。

第二天,我买了一瓶酒一包花生米,骑车去红砖村,我在庄稼地找到占福,拿着酒和花生将占福拉进甘蔗地,面对面席地而坐。占福说,颜植你发乜神经呢? 我说陪我喝酒。占福眨眨眼,说我明白了,你这人就是担不住事。我盯着占福,你也听说了? 占福说好事不出门,坏事传千里,我呸,说错话。占福说完呵呵。我喝一口酒,将瓶递给占福,占福也喝一口。我什么都不想说了,以罗姑苏的性格,见了我,是要说一句"你这个白面先生"的。她却没有,看来占福和她是作个议论的,结果不置一词。

我说占福,还是你活得滋润。占福说嘁,人人都有一本难念的经。你屁股坐在东,我屁股坐在西,面对的方向自然不同,看到的人和事自然也就不同。商场如战场,官场何尝不是,你是做不到十全十美的,你想做到别人也不会让你做到。

酒没喝几口,我站起身出了蔗地,占福跟在背后。

我不及占福,那又如何? 生活得继续下去。

我和占福给甘蔗下肥,占福提着肥料一勺一勺放在甘蔗根部,我跟着掩上土。我给占福打下手,又如何?

我和占福站在田头,放眼望去,在不远处,有一个姑娘,看上去眼生。占福说这姑娘和方婵一样,是上过大学的,一时找不到工作,回来到地里来。活着的不容易,谁都得面对。

我说今年的庄稼长势喜人,就不知道收成时价格会有何波动。占福说跟踪着呢,古巴的甘蔗遇天灾,蔗糖会起价,淮山本地就多种了,会跌价,不确定的是辣椒,现在说不好。我说我们种的淮山是食用淮山,个条大,量重,风行一时的品种,明年会是地价,甚至分文不值。占福说我也注意到了,恐怕就今年也是一个失算。我说明年可不可以考虑改种药用淮山? 占福说也有这个想法,只是得有技术上的支撑。我说有一次和方婵说到药用淮山,她就说,今年就应该种了,她懂技术。明年若作计划,让她来指导。占福说那太好了，又说你不怕谣言再起？我说她来我不来那不就行了。占福说你是统帅，打仗没统帅不成。我说我不是你才是，我让谣言嫁接到你身上，让罗姑苏急去。呵呵，占福说我一个黑不溜秋的农民才入不了大眼睛姑娘的法眼呢。我说还记得吗，小时候我说你是白鼻福，可现在怎么看都没踪影了。呵呵，占福说，哪个男人不白鼻？但混账的事还能把持得住的。

将近正午的时候，我跟占福说我回了。占福说那瓶酒还在地里呢。中午我俩只喝了两杯。

我骑上车说声拜拜，用力踩了两脚，车要飞翔起来。

罗姑苏在另一块地，朝我的背影喊，你个白面先生，我有话跟你说，你逃乜跑呀！我头也不回喊道，有话跟占福说，你老人家放过我！罗姑苏喊，你才是老人家呢！

我回到家，开门入屋第一眼看见了方婵，她背对着门，正跟罗姑洗说话。我定在门口，愣住动不了，方婵竟然上家来与罗姑洗说话。罗姑洗望着我笑。方婵转过头，也笑，自然，一点也不异样。我说方姑娘。方姑娘说你回来了。说完站起来，说我走了。我说你坐，不妨碍的。方婵说顾着与嫂子说话，耽误嫂子做饭了。方婵边说边往门口走，与我擦身而过时大大的眼睛看了我一眼，我看到清澈的一潭水，了无杂尘。

方婵出了门，回头向罗姑洗挥挥手，罗姑洗也挥挥手。

我心里一揪，我不及占福，也不及方婵。

我明知故问，罗姑洗，方婵来做乜？罗姑洗说来说你和她的事。她坦然说她爱上了你，不是一见钟情的那种，是待久了慢慢地上了心的。她说是被你的人格魅力所征服。这话令我羞愧，人格魅力，方婵只看到我表面，没看到我脆弱的内心。罗姑洗说，她说她从你的眼里已经看出你心中没有她，都说心有灵犀一点通，你的心里没有灵犀，她虽然悲伤，却也能理解。她说爱情是讲究缘分的。我从她的一尘不染的眼里相信了她说的话是真的。多么直率坦荡的一个姑娘，大心脏，能装大事情。我不及她。我不及她，我心中的话，罗姑洗也说了出来。这么看来，真真的，我与罗姑洗是同一颗心。我说你年轻时也是大心脏。罗姑洗脸有愠恼,说你嫌我大心脏变小了。我说我的心脏也变小了,小心眼了。罗姑洗说话不中听,但我们是得思考思考,一路走来,走得太小心了,小心翼翼的,心也就渐渐地小了。

吃过晚饭,我跟罗姑洗说,我带你去一个地方。罗姑洗问去哪,我说去了就知道了。

出了镇政府大门,我们朝中心小学方向走去,到学校附近,罗姑洗说去我们学校?我说不要说话,跟我走。

从学校边过去,到了墟市场,过了墟市场到了古巷子。哦,罗姑洗说来这里干什么?我说记不记得当年我们住学校时,晚饭后我们常常在巷子里散步?罗姑洗说哪能不记得,我们在霞光里散步,可眼前有点黑灯瞎火的。我说很快你会看到别有洞天。

有乐曲声传来,粤曲晚唱已开始。哦,罗寻洗说,来听粤曲?我说对。罗姑洗说大街上也有人唱粤曲啊。我说东西各不同,大街上的表演者想的是表演给人看,这古巷子唱曲的人,是陶醉于传统里、自我里。

我们到了那晚我站立处停了下来。罗姑洗说干吗不到前面去听?我说这里也可以听。罗姑洗眺望小小的戏台和台下不多的听众,我说有意思吧?罗姑洗说真有点意思。

听完两曲,占福和罗姑苏登台。罗姑洗惊叹,天!扯扯我的手问,你怎么发现的?我说偶然。罗姑洗正要说话,我说听听你姐唱。我们就静静听曲。一曲终了,我说你听过你姐唱粤曲吗?罗姑洗说我真不知道我姐会唱粤曲,奇怪。我说你姐从中学就迷上了占福,这么多年耳濡目染,学会了也不奇怪。

像那晚一样,占福和罗姑苏唱完就收拾行装骑上摩托离开。他们经过我们身边时,我掩了罗姑洗的嘴。占福和罗姑苏依然没发现我们。罗姑洗说他们就唱一曲?我说对,明天他们还得早起上地呢。罗姑洗又说,天,不可思议!

我们往回走,罗姑洗说这个占福,对待生活真是拿捏有度。我说你姐是个什么性格的人你也知道,她的那份要强,在占福面前不知不觉间,慢慢地俯首称臣。罗姑洗说这话有点难听。我说也叫作人格魅力? 占福就是例子。罗姑洗说我承认姐夫有许多优点,但不至于像你说的那样了不起。

占福打电话给我,说明天上午又来一次番薯大餐,你可不能缺席。

收成番薯已有些日子,我忙于其他工作,间隔去了二三次。番薯的产量和价格与上一年差不多,不用担心。

我跟毛书记说,红砖村明天上午又来番薯大餐,您去不去? 毛书记说去,我想番薯的味道了,现在就有流口水的感觉。

接近中午时分,我和毛书记几个到了红砖村田头。下得车来,我们看见几大锅头还盖着盖,锅上冒出的雾气带着香气扑鼻而来。我抽抽鼻子。毛书记也抽抽鼻子,说今天好好大饱口福。

占福见了我们,从薯地过来,一身汗水站在我们面前,叫了一声毛书记。毛书记伸手要握手,占福张张手,两手是泥,缩手到背后,傻笑。毛书记也就收手了,说占福,你太低调也不好,你得做一个榜样,不但带动你们六条村富裕起来,还得带领全镇其他村庄富裕起来。毛书记的意思是让占福到台面上去讲讲他的事迹。占福说我何德何能,我能守住一亩三分地就不错了。毛书记说,你得将你的经验交出来,让别村的人学学。占福说,毛书记你也知道,有一句话叫八仙过海,各显神通,八仙都是靠自己本事过的海,如果另外七个仙都学一个仙的法术,恐怕过不了海,您不是有在别的村庄推广我们几条村的经验吗,可没成功,是吧。所以,毛书记,不是我低调,是我能守住自己脚下的土地,而开辟不了别人的疆域。毛书记定神想了想,说你的话不无道理,但你的思路是值得学习的。占福说我只是一个兵,您是将,思考问题、指挥打仗是您的职责。毛书记用右手食指点点占福,拿你没办法。占福傻笑。

在揭锅的时候,有人叫了一声,向东一指。所有人都望向东方:从田地东边的公路上往这边走来十个年轻人,六男四女。

十个年轻人,或背、或手提轻装迎面而来,显然是奔我们来的。

他们高高低低地走来,在阳光下,像踏着一波轻快的五颜六色的海浪而来。

毛书记问我,发生了什么事? 我没立即回答毛书记。在看到他们那瞬间开始,我的脑子快速转动,若猜测不错的话,他们是来见占福的。

我对毛书记说,他们是来看占福的。毛书记说,看占福? 我说是一场大戏,你等着看吧。毛书记云里雾里,说他们是来演出的? 我来不及接话,他们已到了我们跟前。

十名年轻男女站在我们面前,全是学生模样。一个男生上前一步问,哪个是占福叔叔? 毛书记和我从人群里找占福,群众转着脸找占福。占福躲在人群里,像躲着来寻仇的仇家。

占福无可遁形,站到大家面前,面对十名年轻男女。占福说你们来干什么,千途万道的。

显然,占福清楚他们是谁。我都清楚他们是谁了,占福自然清楚。

十名男女将占福围住了,来一个团抱。他们颤着叫叔叔或叫爸爸。竟有叫爸爸的! 爸爸是不轻易叫的。

除了我和罗姑苏,在场所有人都愕然,甚至屏住了呼吸,眼睛都变大了。占福跟我说过,他已告诉罗姑苏资助贫困学生上学的事。罗姑洗此时被突然出现的场景深深打动了,眼里一下子灌满了泪水,接着泪流满面。我眼里也灌满了泪水。我看到毛书记眼里也有泪水,我看到还有一些人眼里也有泪水,虽然他们还不知道具体发生了什么事。但他们听到了十名年轻男女中有人叫占福爸爸,明白发生的事非同小可。

这个团抱持续了许久,像过了一个世纪。

当这个团抱打开时,我先鼓了掌,跟着掌声雷动,响彻田野,飘上了天空又落到地上,又飘上了天空又落到地上,经久不息。

我们看到十名年轻男女全流了泪,我们听到十名年轻男女中有人哭出了声。我们见到有男的哭得豪放、女的哭得梨花带雨。

这个场景持续到揭开锅盖、锅上直冒上天的气消失,薯香渐散才结束。占福一手拉住一个男的一手拉住一个女的、身后跟着没被拉着的走向大锅前。占福拿上番薯一一分给他们。他们捧在手里一时舍不得吃。占福大声说都来吃薯!

我们慢慢地向大锅挪过去,不像上次那样哄抢般热闹。

这场薯宴吃得安静,却不失淋漓尽致。没有人急于知道占福与年轻男女故事的开头、过程和结尾。饱餐一顿后再说,反正这个动人的故事必定是跑不了的,它已经写成了篇章,慢慢地去阅读也不迟。好的篇章狼吞虎咽比不上细细地品味。

吃过薯宴,占福和罗姑苏带着十名年轻男女回家。我们没有跟过去。

有的人回自己的家去,有的人留下收拾余下的一些琐事。我坐上毛书记的车回镇子。毛书记说颜植,说说来龙去脉。我就说了。毛书记说十多年了,这个占福。钱财物不说,这个思想、精神,平常人是没有的。我说占福从小到大,总是做出出人意料的事,而且一旦做了,九头牛也拉不回来。当然,我说的所做的事,是他认为值得做的事。比如,当兵回来之后,他认定脚下的土地,头上的那片天是他最为适合的,无论别人怎么说,他都没有丝毫动摇,坚持守土如疆。我们农村人把占福这种性格的人叫作硬颈牛。硬颈牛分两种,一种是撞到南墙不回头的固执到死不悔改而又不肯认错、永远不开窍的人,一种就是像占福,在善于思考中坚持,一旦事情是正确的必定坚持到底,任何人也改变不了他。毛书记说我知道,十多年前,报纸上大力宣传发动有意愿的人士对贫困地区贫困学生自主对接资助,当时不少人做出了行动,但据我了解,都是一些事业有成的人在行动,像占福这类农村的不曾听说过。十多年前,占福还不算富裕吧,也仅仅是温饱略有剩余吧,但他竟然做出了行动,而且,许多人是一对一,他是一对十。是怎样的想法让他这样做呢?我说我也问过他,他说想做就做呗,想法多了就做不了。毛书记,你不知道,开始两年,占福的爱人罗姑苏发现了占福花的钱不知去向,两人闹得不可收拾,占福找我想办法,我们合谋做了一件荒唐事才让他爱人不再闹。毛书记问,荒唐事?我就将骗罗姑苏算命的事说了。毛书记说这事真是荒唐,不妥。我说当时我和占福绞尽脑汁,没办法。毛书记说,直接说了不就得了。我跟占福也这么说,可他认定不行,死不肯说。毛书记说,今天我看到的,占福的爱人已经知道了。对,我说我还不知道他爱人怎么就接受了,可能是渐进的过程吧。毛书记说,都不重要了,这个占福。

第二天,我吃过早饭,就急着去红砖村,我怕去迟了那十名男女学生离开了,我得去了解一下他们的情况,比如他们的生活、读书情况。我明白他们是抱着感恩之情而来,但这份感恩有多深以及他们与占福十多年来的故事,我还是想了解些的。占福这个人,一些事总是只让我略知一二,藏着掖着,半掩琵琶半遮面,有时想想真不爽。

我到了占福的家,院子里是大太阳。占福和学生们围坐在客厅里。他们见我进来,占福站了起来,学生们跟着站了起来。占福做了介绍,学生们都朝我笑。十个学生,我一下子记不全他们的姓名,甚至连姓也有漏记的。

占福说我就知道你要来,我跟他们昨天下午聊,晚上聊,早晨聊,有点累了,正好你来了,你问吧。我说你怎么知道我要问?占福说你不问你一大早赶来做也?呵呵。我说你个傻子。

其实,我只想知道学生们一些大概情况,要是每人都说这十年间的故事,可以编一本书。

我不用正式的口吻提问,而是与他们聊天,聊着聊着故事自然也就出来了。

姓巫的一个女生,她家在贵州的一个山沟沟里苗族的村上,村子穷,她家更穷,她母亲有一次上山砍柴时跌下山来,跌瘫了,躺在床上不能下地做工了。她是家中老大,脚下有两个弟弟,书读到四年级时,她父亲说女孩子,能算个数、能写自己的名字就可以了,让她回家帮手。其实,父亲是无奈,他知道她学习成绩好,是舍不得她失学的。她被列为贫困助学对象,与占福对接上了,她父亲也就没强求她回来。她现在读师范,二年级了,说毕业要回家乡教书,因为她们家乡较偏远,有的教师不愿去,去了的也有离开的,没法安心教书……

一个姓许的湖南男生,家也在偏远山区贫困村庄,他父亲离家去外面打工,在城市又有了一个家,回来跟母亲离了婚,之后再没回来过,丢下他和一弟一妹。他也是上了四年学,见母亲一人艰辛,自己要辍学回来,他母亲哭着骂着不让回,上面领导知道后,将他列入助学名单,他才继续读书。现在读农学院,说将来毕业也回家乡去,像占叔一样为农村脱贫致富贡献力量……

一个姓林的男生,村子倒不偏僻,也不算太穷,他是自幼父母双亡,吃百家饭长大,乡亲们凑钱供他上学,他读到五年级,自己回来,想自己也能劳动了,能自己养活自己,不想再欠乡亲们的,乡亲们不答应,硬让他继续上学,他硬是不肯,辍学了两年。多亏了占福,才让他像巫和许一样,又读上书了。现在就读广东工学院,说将来回家乡开工厂,家乡已经有人开工厂了……

一个个说下来,各有各的不同,相同的就是两个字:家穷。

我说你们怎么能一起来看占叔呢? 一男生说,是他从省负责助学的部门查到了占叔,同时查到占叔资助的所有同学,他花了两年时间才联系齐所有人,这个暑假,通过沟通,大家统一了意见就约定同时来了。

我说你们想过没有,你们还在用钱的时候,来一趟是要花不少钱的。一个女生说,我们都是一边读书一边找工的……

我和学生们聊了一个上午。

一直没见大树叔大树婶。我问出出进进的罗姑苏,罗姑苏说出去放牛了。

罗姑苏在厅里摆上了饭桌,大树叔大树婶回来了。我笑着说你俩是狗鼻子,闻着饭香了? 这么准时。大树叔呵呵笑,说两条老狗。大树婶说我才不是狗呢,又跟我说,你又来我家蹭饭。

学生们听不懂广东话,用笑脸来表示听懂了。

吃饭的时候,我对罗姑苏说,占福告诉你助学的事时,你不闹啊。罗姑苏说，哪是他告诉我的，是我发现的。罗姑苏指指学生们，他们中有人给占福写信了，那么多来信，我不奇怪啊？我偷看了信，就知道怎么回事了。当初你们要是告诉我，我会闹吗？我说你同样会闹的，心疼钱。罗姑苏说我是心疼钱，我这人就是抠门，可知道后没闹。我说那是生米煮成熟饭了，你闹也没用。罗姑苏说，白面先生你小看我了，我也是明事理的人。我说还好吧。吧！罗姑苏说听你那口气，看死我了呗。我说我认输。罗姑苏说口是心非！

大树婶说，斗嘴能顶饭呐，吃饭吃饭。

一边吃饭一边聊，一时说广东话，一时说普通话。

吃过中午饭，学生们要离开了。没有车，我、占福、罗姑苏送他们去镇子上搭车，学生们不让，我们坚持，闹哄哄地上了路。送了半路，我让占福和罗姑苏回去。占福说好吧，你得照顾好他们。我说你出了几多钱，我送几里路，便宜我了。占福呵呵，说颜植你真不像一个镇长，像一个耍嘴皮专家。

学生们又一一与占福拥抱，抱出一泡泡泪水。

学生们依依不舍地挥手告别，又令我眼湿了。

一路上，我与学生们边走边聊。我说你们中有人叫占福爸爸，怎么个想法？一名女生说，没有他就没有我们的今天，说他是我们的再生父母不为过。又说颜镇长，占福爸爸长得像我亲爸爸，脾性也像，呵呵，他是这么笑的，我爸平时笑也是呵呵，呵呵。

这话说得大家都笑了。

我们快到镇子的时候，一辆小车迎面而来，是毛书记的车，到了我们跟前停下。毛书记下了车，说这就走？学生们昨天是见过毛书记的，几乎是齐声叫了一声毛书记。我说书记，来得还不迟，再迟就见不上他们一面了。毛书记让司机开车回去，他跟我们一起步行。

毛书记问这个问那个，他也要在学生们离开前问些他要问的问题。可他这么个问法，能问出什么名堂？

我偷偷笑，毛书记见了说，你个颜植，你来见他们也不跟我说一声。

我说我听说你有会要开。毛书记说开会算个毛,我以为他们明天才走呢。要是面对的是占福,我会说上一句官僚主义,但毛书记平时挺严肃的,我只能笑笑。

我和毛书记将学生们送到车站,等车时毛书记还在问这问那。一会儿车来,学生们上了车,我和毛书记目送客车离开,直到看不见。

我们回镇政府的路上,毛书记说找个时间,你好好跟我说说占福与学生们的故事。我说我一定好好汇报。毛书记说汇报个毛,我听说你挺会耍嘴皮的,在我面前不要耍嘴皮。

我笑笑。

回到镇政府,毛书记说,到我办公室,现在你就跟我说说。我说好的。看来这件事让毛书记感触不浅。

到了毛书记办公室,他给我倒了水。

我详详细细将事情的前前后后说了,又将上午与学生们的聊天说了。毛书记静了一会,说这事我们没做到位,应该叫记者来,现场采访,来一次大报道。你个颜植,你就没想到?我说也有想过,但占福会不高兴。毛书记有点恼,说你管他高兴不高兴,这个占福!

下班回到家里,罗姑洗也忙问我学生们的情况。昨晚我将学生来看占福的事对罗姑洗说了,罗姑洗也是错愕半晌,感慨多多。早上我说要去红砖村时,罗姑洗说可惜可惜,我有课,要不跟你一齐去多好。

学生来看占福这件事,虽然没有新闻报道,但还是传播开了,轰动了全镇,传到了县里。听说县委书记批评毛书记,说他只顾埋头拉车不看路。

毛书记叫来了记者去采访占福,从占福那里没问出多少有价值的话,来采访我,我不得不将我所知的全告诉了记者。

市报上大篇幅报道了这件事。

占福看了,打电话骂了我一顿。我一声不吭地听占福骂。

这个占福,真拿他没办法。有话道,雁过留声,你占福能做到没人认识你吗,能做到没人知道你吗?除非你占福什么也不做。

我跟罗姑洗说占福骂我的事。罗姑洗说姐夫真是个怪人，几多人希望扬名立万呢，可他总想着藏着掖着，想的乜呀。我说他是人怕出名猪怕壮，猪肥了会被宰，什么脑子。

占福骂我，而占禄埋怨占福，说他出这个风头做乜，累死累活，赚来的也是血汗钱，逞乜能装乜大头。土豪啊。

看看，占福和占禄，一个妈生的，性格相差十万八千里。

新年伊始，占福召集了几个村的村长，讨论新一年的庄稼种植，自然叫上了我。我在电话里置气地说，我不去，我是一个猪头。占福骂我的那一顿，电话里说了许多次猪头。占福呵呵，这不是颜植吧，颜植是一个胸怀阔大的人，是一个肚里能撑船的人。我说你少说不中听的，你这个硬颈牛。占福说少耍嘴皮，说完挂了电话。哎哟，这个占福还敢嘚瑟了。

春节期间，我和罗姑洗带着颜可像往年一样回家看了父母，去看了岳父岳母，不去见占福，就是不到占福家。占福带着罗姑苏和儿女跑到我家来，进门呵呵、呵呵笑了几次。他是为在电话里骂我表示歉意，我甩脸给他看。占福也不说话，就呵呵。罗姑苏说颜植，你计较一头硬颈牛，你也是头硬颈牛了。我说至于骂我祖宗十八代吗？罗姑苏说，我也说了他，说颜植不说别人也会说，若想人不知，除非己莫为。罗姑洗说姐，那是一句贬义的话。罗姑苏说褒贬一个道理，占福也想通了。我笑道，罗姑苏什么时候变得懂道理了，难得啊。罗姑苏叹了一句，跟一头硬颈牛一起生活，我都活得没脾性了，我若是也硬颈，那不得天天吵架？我想想，倒也是，罗姑苏曾经是一个何等泼辣的女人，生活经年累月的磨砺，她的棱角被磨得不再那么尖利了。这个占福，从不改变自己，于无形中改变了别人。

我还是去了红砖村，置气归置气，事情归事情。一年之计在于春，是得好好谋划的。

　　几个人围坐,煮茶论事。最后决定减少番薯的种植,考虑的是不少村庄见有利可图,可能会跟风种番薯,二是一年两年三年的,人们新鲜感会变淡,销量会下滑。一致同意种药用淮山,且大面积种,就是用上一年种番薯和食用淮山的地来种。这是上一年已酝酿好了的,广西有一个地方上一年种药用淮山,市场上非常畅销抢手,我们这一带没人种。

　　回到镇政府,下午上班我向毛书记作了汇报,提出让方婵做技术指导。毛书记问方婵行?我说是方婵主动请缨的,说这是她在农学院学的专业课程之一。毛书记说没想到我们收了一个农业专家。我说她还是一个临时工呢。毛书记说这个不是问题,她做好了我们争取让她转为正式干部。

　　方婵接到任务就去了红砖村。事先她的父亲不知道,见她到了地里,以为她被镇政府弃用,说方婵你真不争气,颜镇长争取的工作,你不好好珍惜,丢了你怎么有脸见颜镇长?当初方婵到镇政府做临时工,她父亲是非常高兴的,知道是我出的力,几次请我到他家吃一顿饭,我都没去,他就提了一只鸡到我家表示谢意。在田地里劳作遇上我时常常说谢谢。农民简单而朴实,一点事就当恩来永远放在心里。方婵跟她父亲说,我不是被开除的,也不是不想干了,是镇政府派我来的。她父亲说派你来?方婵说我在学校学过种淮山,让我来当技术指导。她父亲说,原来是这样,你也不跟我说。方婵说现在不是说了吗,早说迟说一个样。她父亲高兴了,说我女儿有本事。又说是不是做好了能成为国家干部?方婵说这个谁敢保证?不过,机会比在镇里收收拾拾大。她父亲说那就好。

　　若没有紧要事,方婵不用回镇政府,她属驻村人员了,白天到田里,晚上回家住。

　　方婵驻村,我就少去了。毕竟,我和她有那么一段传言,她不顾忌我顾忌,经常去说不定哪天又谣言四起。

　　占福打来电话问我,颜植你怎么回事?神龙见首不见尾的。我说我不能成为你们村的一员吧,我是管全镇农业的,这么些年,只顾跑你们村,我突然发觉我失职了。占福说你扯淡,我没听说过书记镇长说你失职,我知道你是托词,你这人表面看光明磊落,实质是瞻前顾后,有话说心中没鬼心自安,难道你心中真有鬼?我说占福,有鬼不有鬼另说,还是少听闲话的好,我跟你说心里话,我是在考虑我的前途。占福沉默了好一会儿才说,你这么说可以理解,换了我可能也会瞻前顾后,但我习惯常常见到你了,你不来有的事做起来心中没有底。我说你打电话来不就行了。占福说能与见面商量相比吗,见面能争个脸红耳赤,分出胜负。我说平时有事多跟几位村长商量。占福说你也知道,现在的村长哪个有头脑的,比如我们村原来的村长占红,他都种不好自己的那几亩地。现在是有点脑子的都要跑外面去了,剩下的就只是懂得出苦力。占福说的确实是目前农村的状况,所以改革开放十多年之后,农民的温饱问题是解决了,但步伐确实有点跟不上了,甚至停滞不前。这与农村缺少有文化的人有着极大的关系。所以农村的改革、推行某种经营方式什么的,步履维艰,有行动却不见成效,比如副书记想学红砖村的经验,最终以失败结束。我说这样吧,真有重要事情,你来电话,我去,或者你来找我。占福说为了你的前途,也只能这样了。

占福来找我,说方婵对种淮山的要求非常高,她那一套弄得我头都大了。品种的选择,土壤的选择、改良,挖沟的深浅、整畦、灌溉,把山药沟挖出的土分层捣碎,捡除砖头石块,然后回填;沟畦做好后,应该先蹚平后灌水,水下渗后,才可栽种;种下后浇水、排水、施肥、中耕除草、防治病虫等等一套一套的。我想啊,我们也是种过淮山的,有那么讲究吗,不是也能有好收成吗?我说我们种的是食用淮山,食用淮山比较好种,跟种番薯差不多,没那么讲究技术含量,跟着别人的套路就可以了。这药用淮山自然得讲究,要不,又怎么让方婵这个农学院毕业、又懂得山药如何种的人去做你们的技术指导呢?你头大也罢头小也罢,你得听她的。占福呵呵,说看来我们农民就是农民,科学这东西真离我们远些。我们以前对科学种田的理解停留在变着花样种就科学了,说到底还是不懂科学。我说,所以大学设的专业就多如牛毛了。

说完种淮山的事,占福说到另一个问题,他说我有一个想法,不知成熟不成熟,我们这几条村子,这几年下来,家家户户应该都有点积蓄了,我想着手把几条村的住房规划好,统一建设,村与村铺上水泥路,弄个社会主义新农村来。我盯着占福看,这个占福可以啊,这个想法有前瞻性。他们几条村庄这几年确实收入比别的村强,但看上去和别的村庄没什么两样,村场乱不说,还脏,哪像个致了富的村庄?我从没想过这个问题,占福抢先想到了。我说好你个占福,行路不低头,能看着远方,未来的农村就应该和你想的一样。但这事一时急不来,你这么想有的人不一定能接受,他们把钱看得重,有房子住就行,钱存着心里乐呢。观念上会跟不上你的。占福说你说的我也想过,所以只是一个规划,观念嘛慢慢灌输,一年不行两年、两年不行三年,总有一天那些人会明白的。人活在这个世上,活得舒坦,让人看着羡慕,哪个不幸福?我说我想到你设想出来的村庄我就幸福。

红砖村我还是要去的,一个月去一次或两次,毕竟几条村的超前发展也有我出过的力,成败我要关心的。

这天,我去了那一片庄稼地,大家正在忙碌。第一个发现我来的是方婵,她说颜镇长,你有一个月没来了吧?我笑笑,刚好一个月没来。方婵是随口一说,还是真记着日子?占福听见声音抬头看我,呵呵,说镇长大驾光临。我说占福,你词穷了,乜大驾光临,我是开着车来的。前年,我也买了辆摩托车,镇政府官多车少,一般下乡自行解决。镇里的车辆安排由镇长定,而镇长当我是毛书记的人,派给我用车的时候不多。

方婵日晒雨淋,脸蛋黑得像占福,那双大眼睛显得更清澈明亮。她面对我笑起来时眼睛小了些,似乎在收藏一些东西。而我,也只能给她一个和善的笑。

我说方婵,镇政府派你来,是做技术指导工作的,你可以不用跟他们一样出力流汗。方婵说,像我们这样农村长大的女孩子,从小做庄稼活,做惯了,到了地里见活就干,闲着反而心慌。再说了,你过去不也是一到田里就找活干吗?我说我也是农村出来的,男人气力大些,干活不累。方婵说你不要小看女人,女人更吃苦耐劳。我说你说得也是,但还是要注意自己的身体,不要太劳累了,你累倒了,谁来做指导?方婵说颜镇长放心,我不会累倒,我动嘴多过动手,不累。我说,这山药真的要那么讲究?方婵说,不讲究任它生长,产量上不去。

我不能与方婵说得太久,有些人已经用眼瞄我们了。我叫道,占福占福,边叫边朝占福走去。占福站直腰,迎着过来,到了面前,他说你这么大声叫放响屁吓鬼啊,乜事?我支吾一下。占福呵呵,小声说,又怕人捕风捉影哩,你真是,光天化日之下,怕个鸟啊。我说占福,我是不是好窝囊?占福呵呵,说对,比窝囊更甚!

我和占福并肩站着,放眼四望庄稼地,我心中宽敞舒畅,感慨道,占福,劳动者也是幸福的。占福说幸福地劳动才是幸福的。我说我们是不是在作诗?然后我们都笑了。

罗姑苏从另一块田过来,说颜植,你一不见太阳就又成白面先生了。我说罗姑苏,你一定要一辈子这么称呼我吗?罗姑苏说对,一辈子。谁叫你脸白呢?我对占福说,罗姑苏嫌你脸黑呢,你晚上替我好好收拾她。占福呵呵,罗姑苏听出意思来,脸有点红,说狗嘴里吐不出象牙。

我没见到大树叔大树婶,问两位老人家呢?罗姑苏说我妈有点不舒服,一齐在家里歇着。我说婶子怎么了?罗姑苏说,早上起来说头有点晕,问她要不要去看医生,她说不用。

我和罗姑苏又斗了几句嘴。我说我回村去看看婶子。说完就离开,罗姑苏在后面说白面先生,你越来越学会偷懒了,四体不勤。我不理睬罗姑苏,大步向红砖村走去。

进了占福家,见大树叔大树婶坐在龙眼树下,叫了一声婶子,说婶子哪不舒服?大树婶说,早上有点头晕,现在没事了。我说年纪大了要注意身体,千万别累着。大树婶说累不着,占福和姑苏经常要我们在家歇着呢,哪能呢,现在还能动,去田里做些轻活,当运动运动身子。又说植儿,你不常来了,我念叨你呢,你大树叔说,人家一个大镇长,就管你红砖村一个村子啊。你是不是好忙?我说,说忙不忙,各处乡下走走。大树婶说你是做大事的人,从小我就看出来了。我说我能成乜大事,占福才是做大事的人,造福一方。大树婶笑道,他生的就是劳碌的命,不过,看着他跟乡亲和和气气一起做事,我和你大树叔是开心的。

我们正聊得入神,罗姑苏回来了。我说你也偷懒啊。罗姑苏说我回来做饭,侍候你这位白面先生。我忙说中午我得赶回去,出门时姑洗叮嘱的。罗姑苏说真的假的?我认真说真的。罗姑苏说有乜事吗?我说不知道。罗姑苏说是怕……她瞄了一眼大树叔大树婶,没将话说出来。我明白她的意思,说你这是小看你妹妹。

我在回镇子的路上想,谣言真是可怕,这么长时间了,还留在人们的心中,连罗姑苏也一出口差点要说出来。

回到家里,罗姑洗已做好了一桌好吃的在等我,颜可坐在沙发上望着饭菜咽口水,见我回来就起身坐到饭桌前。我洗完手也坐到饭桌前。

我说今天是什么日子?罗姑洗说你想想。我就想,想不出,望着罗姑洗。罗姑洗说就知道你想不起来,是你第一次去车站接我。我笑道,这么个事你也记在心里,不是,往年也没这个纪念日啊。罗姑洗说,我昨晚做了一个梦,梦见你到车站接我,醒来后,我想怎么做这种梦?突然想起当年车站的事,你说巧不巧,那一天就是今天的日期。我心想,以为她像罗姑苏说的那样小心眼呢。有时候一些事是不能胡思乱想的,差之毫厘谬以千里。

我想对罗姑洗说些甜言蜜语,但颜可是个小伙子了,当着他的面说不出来。罗姑洗看着我的眼神,深情款款,我向她眨眨眼,看一下颜可,她侧脸看一下颜可,又转脸看我,笑了笑。

王子良没按他的设想开个大商场,上下一二三楼什么的,他只是换了个铺面,扩大一倍左右的面积罢了。我忙我的事,一直没问他何以改变了初衷,这天有闲,到了他的百货商场,他带我到一间房间,是他平时休息的场所,也算是办公室吧。煮水泡茶,喝茶。我说你的梦想不是开个大商场吗?怎么梦不成真?缺钱?可以贷款啊,银行我有熟人。王子良说不是钱的问题,我从多方面思考,我们镇毕竟是个小镇子,容不下大商场,你看现在镇子有多少百货店,竞争着呢,打价格战,利润不多。开大商场,会挤垮一些店子,我也不一定是赢家,风险有点大,不做也罢。又说这个行业的未来,竞争会越来越激烈,经营方式会五花八门,至于怎样的五花八门,我想象不出,我想你也想象不出。我在做好准备呢,一旦经营不顺,我另辟蹊径。开春的时候,我抽空去了红砖村,在田里见占福,看了那连成一片的庄稼,感触良多,把几个村子弄到一块,像一个大农场,分片种植,品种超前,这就是科学种田,超前意识。我是守住传统,算是故步自封了。十多年前占福就做了资助学生上学的事,我想都没想过,我不及占福。我说我也不及占福。王子良说,你与我、占福不同,你走的是官道,我们走的是农、商道,我们重点是在钱字上,怎么来钱怎么做,占福花心思开拓,我的心思没打开,有点一条路走到黑的故步自封。我得承认自己是一个落伍者了。我知道占福的成功有你一半功劳,我想,你能不能也给我出出主意?你记得吧,我是要你给我出主意的,你却以隔行如隔山为由拒绝了。我说拒绝两字我不能接受,我真是对经商一窍不通,我们都是从农村出来的,对种庄稼都有一定的体会,占福种庄稼,问我,我自然也有些想法,两人常常争论,一番争论下来,也就得出结论了。你的商业运作,我边都没沾过,我与你争论不起来,我又能说乜呢?王子良说,你可以不与我争论,你可以说出你的思路,你是一名国家干部,对政策的走向、社会变化应该走在我前面。我说现在大家都有电脑了,许多信息上面都有,你可以自己多查查。王子良说我已经关注了,所以才知道自己落伍了。

我和王子良聊得正热,占禄来电话。他有一段日子没给我电话了。占禄问,植哥在哪?我说在王子良铺面。占福说正好,我也想见见子良哥。王子良听出是占禄,说占禄有事?我说应该没乜事,说想见我,也想见你,叫吃饭呗。王子良说请吃饭就是有事。我说我总觉得他做事不让人放心。王子良说做他那行的是要眼观六路,耳听八方,要不做不下去。

我说改革开放,也滋生一些不良的社会现象。王子良说那是自然的,不过这些不良现象总有一日会改变的,要不国将不国家将不家。我说有占福这类人,也就有那个所长那类人。王子良说我是看不惯他嘴脸的,可你好似跟他来往挺密的。我说我从不主动找他,理睬他主要是考虑占禄,占禄的生意没他看着会有麻烦。王子良说也是,去那地方的人流氓烂仔乜都有,有那么一个所长罩着,那些人不敢要横。我说占禄若是换一种生意该多好。王子良说不容易的,我也想换哪,可还想不到适合自己做的。对了,话说回来,你得帮我想想。我笑着说你真要赖到我头上来啊。王子良说谁叫我们是好战友。我说再说吧。王子良说怎么叫再说,一定要的。我说我若也想不出来,你就没出路了? 你是谁啊,是王子良。王子良说你看你,还是不想帮我。我说王子良,我们绕圈子了。王子良要接话,占禄进来了,看看手表说,两位哥哥,也到了吃饭时间了,找地儿吃去。

我和王子良对视而笑。

占禄说,去隔壁新开的大饭店? 我说算了,找个小饭店吧。占禄说植哥,每次你都不肯去好一点的饭店,就不能听我一回。我说饭好不好吃,不是看哪家豪华,是看合不合口味。占禄说好吧。

仨人进了一家小饭店,我点了两样心水菜,占禄让王子良也点,王子良说随意吧,你点就行,我乜都合口味,没镇长大人挑剔。我看了一眼王子良,懒得接他话。

饭菜未上,我说占禄,有事说事。占禄说喝上两杯再说。我说喝醉了说不清楚。占禄说也没啥大事,就是新开的一家洗脚店,抢了我不少生意,我跟所长说了,他推挡我,我明白他也给那家看场了。我说这不好办,人家做生意,哪能去干扰人家,会闹出问题的。占禄说我也明白,但就是觉得不舒服。我说你管他呢,做好你生意就行。占禄说植哥,你跟所长说说行不行? 我说说乜? 占禄默默地喝酒,好一会儿才说算了,不为难植哥,我自己处理。我说占禄,有些事情不能过分,你也好,那个所长也好。占禄说我知道怎么做。

一顿饭没吃喝出滋味。

出来时王子良跟我一起走,说你的担心是对的。我说,要是我的亲弟弟,我让他关门。

占福来找我商量山药的销售事宜,我顿觉时间过得真快。占福说再过一个月要收获了,要未雨绸缪。我说我早已绸缪了,食用淮山与山药不一样,照搬以往的销售方式一定不行,价格会上不去,多数人分不清山药与食用淮山的差别,一个条大一个条小,个头大的看上去肥着呢,个头小的瘦不拉几的,怎么会价格要高得多?我已找了一个经销的人,他负责宣传推广,着重联系全县大大小小的中药店,我们的价格比药店到药材批发市场进货低一两成,这样他们会计算价格,买我们的山药。这样销售量就上去了。占福一脸的高兴,说颜植,你也是个做生意的人才嘛,不做官也能发财。我说当初是我跟你说种山药的,要是销售不出去,你不找我算账?我是早就想好了的。占福说我从网上查到山药可以弄成粉,我们是不是也可以弄?我说弄你个头!那是要有机器的,你拿几十万买机器啊。弄成粉的是专门种植药材的基地,千百亩,甚至几万亩,你那么百十亩,动用机器?再说,弄成粉是要经过检测的,谁能保证合格?占福呵呵,说我跟方婵说时,她没有回答我,拿白眼翻我。科学这东西,还得去好好学学。

说完山药销售的事,我说起了占禄,说出我的忧虑。占福说,我管不了他,从小他就不听我的话,你说说他嘛。我说我也不好说他,我又不是他亲哥,他也不会听。占福叹道,他也这把岁数了,一些事还是想不透。我说是把钱看得过重了,钱可以利人利己,也可以害人害己。占福说我真得认真跟他说说,要不出了事就不好办了。去,现在就去找他。占福说完拉上我的手,扯着我走。

我和占福到了"天天快乐",见了占禄。

占福说一些道理,跟着我也说一些道理。占禄说,我知道你们是怕我乱来。两位哥哥,放心吧,我有分寸的。我说占禄,还是注意点好。占禄说我注意着呢。

我和占福出来,我说占禄没听进去。占福说天要下雨,娘要出嫁,随他去吧,不撞南墙是不回头的。

一周后,占禄被市公安局带走。所长的保护伞没能罩住他,是市局一次突击检查,从"天天快乐"当场捉拿了几对男女,同时带走了占禄。这次突击检查是全市性的,在对乡镇检查前已扫了一遍县级县(市、区),派出所所长有的知道有的不知道,他没有告诉占禄做好提防,不知道是有心还是不知。

近两年这种突击检查是常有的,所长都是提前透露给占禄,所以没出事。近来占禄与所长闹得有点不愉快,新开的一家洗脚、按摩场所,抢了占禄不少客源,占禄找所长谈,要他多关照关照,所长说可以,但有条件。占禄心里不爽,最后两人谈得不欢而散。这也是后来他找我要我出面跟所长说说的原因。

占禄出事,不但占福、罗姑苏来找我,连大树叔大树婶也来了。大树婶见了我就抹泪,泪水不断,连声求我救救占禄。我心里难受,我不知如何去救占禄,我人际关系不广,疏通起来不顺畅,但我又不能拒绝,更不能说些埋怨话,毕竟与两位父母辈这么多年的感情,再说也是亲戚。我说我尽力吧,但也不敢保证百分百能将事情做得完美。大树婶说能出来不坐牢就好。我说这得看占禄的口供,他要是一口咬定不知道那些人在做那些事,事情可能不会那么严重。

我这么说,也是安慰罢了,法律是不讲人情的。

大树婶骂占禄不争气,大树叔跟着骂占禄不争气。两位骂得脸都青了,气都吐不顺。罗姑苏说爸妈,顺顺气,气坏身子的。有颜植帮忙,没什么大事。我看了罗姑苏一眼,没说话。

我上县里找公安局的战友打听清况,他已是法制股股长了。我对他详细说了事情的前前后后。战友说,应该在审讯期间,程序还没走到他手上,得提前见见审讯的有关人员,笔录还是很重要的。如果笔录到了要拘捕的程度,到我这里也不好办。战友让我回去等消息,说颜植你就别掺和这事了。

第二天,占禄被放了回来。他一到镇子就给我电话,请我喝酒。

就我和占禄两人喝。他说了许多感激的话,救命恩人呀再生父母的说个不停。我任由他说,左边耳进右边耳出。他歇下来时,我说占禄,路是自己走的,走错了不要紧,懂得回头就好,以后真的要多多注意,多多思考。占禄说我听植哥的。我说你考虑不考虑换个生意。占禄说我不知道我还能做乜,先继续做吧。我缴完罚款后,按公安局的要求,停业整顿一段时间,给按摩房安上透明玻璃,那些人就不敢胡来了。那个所长,我也不跟他来往了。钱嘛,少赚些,能经营下去就行。我说能想通就好。又说,占禄,你尽快回家去看看你爸你妈,他们可担心你了,天天像热锅里的蚂蚁,度日如年呢。占禄说植哥,谁的心里都装着父母,我妈从小疼我,我再不懂事也明白我愧对他们。我这就回去看看他们。

没多久,所长被免了职。他喊出话来,要弄死占禄。显然,占禄在审问时咬了他一口。我打电话给所长,说占禄若是有损半根汗毛,我找你算账。所长骂了我一句:你也不是人!骂完挂了电话。

仲秋一来,山药的藤、叶就枯黄了,也就到了收成的季节。

收成的过程分两拨人,一拨挖山药,一拨切片。男人挖,女人切片,应该是这么个场景。但也有女人挖山药的。我去时就看到了方婵在男人堆里,像男人一样卖力挖。

山药挖出来后,装车拉走就行,山药也有的一挖出来就装车拉走。但部分山药,经销人要的是干货,就得要多一道工序,切片晒干。

山药片晒满了几条村的晒场。

山药片晒干一批,经销人装车运走一批。

经销人拉走几批后,有一天竟然有几位邻近乡镇开药店的店主开着摩托车来买山药片。占福乐得不行,说真是无利不起早,要卖给他们。我说占福，你没脑子啊。占福说我怎么啦？我指指远处抱着胸站在汽车旁的经销商说，他一定在笑，笑你个傻子。占福说我没听到他笑我傻子，是你笑我傻子，我看你才是傻子，有利可图何以不图？说不定今天来几个，明天来一群。我说你们是跟经销商签了约的，你这是违约。占禄呵呵，说他要的货是多少我们一分都不少。我说对，你能做到，可如果全县所有药店店主都来买货，他的货卖给谁？占福一下子傻了眼，抚了一下乱七八糟的头发。我说合同我是看了的，有一点是你们的药片全委托他销售，不得另卖他人。

占福笑，没有呵出来，说我想得简单了。我说商道里有商道，你们一旦违约，恐怕可以用一句话总结：赔了夫人又折兵。

占福忙向几位药店店主解释，说我们不做零卖，是全包给那人的。占福指指抱着胸站在汽车旁的经销商。几位店主也说了占福没想通时说的那些话。占福没解释，说你们回吧，差不了多少价格是不是。几位店主要跟占福理论，占福忙活不答话，几个人也就没法子。

后来占福对我说，那几位要是生气，不要经销商的货，那经销商岂不是也要损失？我说那不关你们的事，有合同在。再说，那几个人生气是生气，但还是要经销商的货的，因为他的货比药材批发市场的价格要低，谁生气也不跟钱生气。占福说颜植，如果你是个商人一定是个奸商！我笑道，无商不奸嘛。占福呵呵。

经销商请我喝酒。经销商说颜镇长是官场上的人，竟能懂商道，佩服佩服。我借几分醉意说，你是个奸商。经销商说我承认我有几分奸，你又哪里不奸呢？我说我是在防奸商。经销商说我不是说这个，你心里也明白，你们的山药是能与淮山药相比的？这话一出我心里一凛，的确，这个问题我是想过的，产地不同，药的质地不同，山药的本名是叫山药，古代江苏有个地名叫淮阴的地区产的山药，被医界认为是最好的药用山药，山药就加了一个淮字。农作物的质地好坏与地区有着莫大的关系。我们这里种的山药与淮阴产地的山药在药性、用药上肯定有着相当大的差距，不但与淮阴的山药有差距,和别的地方生产的山药也有差距。差距有差距,药性是一样的,只不过用起来药效差点罢了,也是可以用的。当时叫占福他们种山药重点是考虑经济收入,没把山药的药用效果放在首位。

我说自然不能相比较,但还是可以用的。经销商说,说到底,你们考虑的是利益,我考虑的也是利益,都存有一个"奸"字,所以你不能只说我是奸商而你们不是。我哑口无言。经销商说,不说这个了,喝酒。

把话说太开了,我喝下的酒有点苦涩,心里不畅快。我想明年不种山药了,种也不能当药材来种了,就当食用来种,不弄成药片了。经销商看出我的心思,说明年的事明年再考虑,我们做都做了,也不是大错,不要太放在心上。我没有搭话。我能说什么,错在于我们。

我问经销商,你还倒腾些什么?我们也好好地跟跟你的思路。经销商笑道,我能有乜思路,我是跟着别人的思路走的,人家弄乜我看上有钱赚就倒腾乜。我说你这样也是有风险的吧。经销商说做乜无风险?比如我们雷州半岛,全国甘蔗种植重地,但多台风,遇上强台风,甘蔗就会大减产,这不是风险?我说对,我们的种植不断做出改变,一是想尽量避免风险,二是想到什么来钱就种什么。经销商说你们的思路是对的,但也得考虑仔细。我劝你们明年不要大面积种植山药了,我不会做你们的经销商了。我说我知道了,谢谢你,喝酒。经销商笑道,谢谢我这个"奸"?我也笑道,我也是笑我这个"奸"。

这天上午,我拿上一把锹,来到方婵的身边,我们一边干活一边说话,话题扯到山药上来,我将与经销商说话的意思跟方婵说了。方婵说我也考虑得不深,你这么一说,我们的山药片真有点不地道,明年真要做出调整。我说你有没有好的设想?方婵说我只懂农业方面的技术,统筹计划那一套我不懂,那是你这个大镇长的事。我说不是我一个人说了算的,都是集中几条村村干部意见,最后达成统一。方婵说那你们统一,需要我做技术方面的吱我一声,我尽心尽力。

我说方婵,你应该去切片,这磨力工是很费气力的,不要累坏了。方婵说我天生气力大，许多男人比不上我呢，没事。

方婵直起身子擦把汗，望望天，说又一个上午了，颜镇长你也休息休息吧，像你这样经常下地劳作的镇干部不多。我说流点汗对身体有好处，那些不想流汗的人不懂。方婵说不是不懂，是觉得有失身份。

收工的时候，占福来到我身边，然后一起上田埂。我们一边走一边说话。占福脸上满满的喜悦，说今年又是一次大丰收，种田真得来科学。我没有跟占福说我与经销商、方婵的谈话，一年的付出好不容易有成果了，让他高兴高兴，明年的计划明年再说。我说当然得科学，但科学这东西深奥着呢，还得不断学习。占福说你看我们种的山药，不就是科学的结果吗？也是你说的。我说，说不定我理解的是伪科学，是理解错了的。占福说俗话说耳听为虚，眼见为实，这不实实在在的吗？我说并不是好的结果都是科学，有时钻个空子也会有好结果。占福眨眨眼，说颜植，你什么意思？种山药时你说科学，现在又怀疑？我说种植是用了科学的，但我们也钻了空子。占福说你弄得我糊涂了。我说以后再说吧。

占福要拉我到他家吃中午饭，说我爸妈要当面谢你呢。占福说的谢我是占禄的事。我说一家人谢也谢，代我问一声大树叔大树婶好，说完我骑上摩托车走了。

一路上，我在想经销商的话，想得走神，差点把车开到沟里去。我们的山药弄成中药材，真有点过了，中药是用来治病的，药到病除，我们的山药虽然也可药用，但药力不够，配起伍来必定效果不佳，对病人的病情好转会拖延，说轻了是不负责任，说重了是害人、是罪过。

我骑至半路，掉转车回晒山药的晒场。

经销商还没走，正在装车。他见我火急火燎地赶来，睁大眼看着我，说怎么又回来了？我拉他到一边，说我们酒桌一番谈话，我心里疙瘩一直硌得我心慌，我想终止你与他们的合同，停止弄药片。你明白我说什么吗？经销商沉默地看了我好一会儿，说颜镇长，你是个有良心的人，有大爱的人，我呢，说过了，有点奸，但也是良心不泯的，我同意终止合同，但说服占福他们是你的事。我说当然，又说谢谢你。经销商说，颜镇长，你这人心肠太软，做不了商人。走官道,有时也不能心肠太软,哪个做官的会瞻前顾后?不是说不管黑猫白猫捉到鼠就是好猫吗?你做出了成绩,又有谁管你做的路子对与不对?我说兄弟,说是这么说,但还是要求个心安。

装好车,经销商说中午就跟我喝一杯吧。我说好的,正要骑摩托,经销商说锁上摩托上我的车吧,反正你下午还得来。我就锁上摩托上了汽车。

下午,我们回到庄稼地,我让占福叫来几个村的村长,说有紧急事商量。占福用疑虑的目光看了看我,没说什么,就大声叫各村长的名字,说颜镇长有话说,都过来一下。我说叫上方婵。占福就大声叫方婵。

找块空地,我们围一圈。我详详细细说了与经销商撤销合同的事。在我说的过程中,除了方婵,其他人都插了嘴。显然他们不愿意这么做,他们在算账,山药只收成一半,经销商手里那一半切片的山药事前没计划怎么销售,接下来怎么办,要我拿出个方案。这方案我是一时拿不出来。他们就不断地插嘴,吵吵不休。

我有点火,大声说,卖不了的我拉回去自家吃!听了这话,他们才停了嘴。方婵这才说话,说颜镇长说得在理,不能只顾我们自己的得失而损害群众,至于经销商的那一半山药,总有路子销出去的,大家一起想想办法。占福也想通了,说颜镇长本可以不管这事,他是为我们好才发的话,我们合计合计吧,一时想不出,晚上想想,夜里想想。

散开时还有人叨唠着。

晚上回到家里,罗姑洗吃惊地说你怎么啦,一嘴的泡泡?早上出门还好好的。我说急的呗。罗姑洗问急也?我将山药的事一一告诉了罗姑洗,说能不急吗?罗姑洗说这倒是个大难题。

晚上,我在网上搜一通,直到深夜三点多钟。我记下了几个推销山药人的姓名。这几个人是为全市各大酒店提供山药货源的,现在大酒店兴免费送餐前餐后小食或者自助主食。这个事大家都清楚,只是单靠我们县的酒店吸收不了经销商的那份撤约数量。

第二天早上,我给一个姓张的打电话,说了具体情况,他想也没想一口答应。我们约定一个日子见一次面,仔细斟酌一些细节。

我心中的疙瘩一下子解开。

上午,我又去了红砖村,再次召集各村长召开会议。我将我与那姓张的推销情况向大家作了说明。大家觉得可行。有村长说还是颜镇长有办法,跟着有村长接话,说那当然,颜镇长是谁,换你来做镇长试试?还有村长说没有颜镇长就没有我们今天的富裕。我哭笑不得,昨天还跟我吵吵,今天来个歌功颂德。我说你们就没有想出别的办法?他们就笑,说我们的脑子不好使。占福说种食用淮山时我们给县里的酒店送货,也包给那姓张的?我说对,我们自己也可以做,但那不是又增加一笔费用吗?对对对,众口齐说。又来一阵笑声。

经销商的车不来后,姓张的车来了。

经过两个月左右,山药收成完毕,销售完毕。

家家户户分得了数额不小的钱,喜庆得不得了。

占福征求我的意见,问我要不要来一顿山药大餐,我说不搞了吧,没新意。就没有搞。占福说我总觉得心里有点空落,像少做一件什么事。我说你唱一晚粤曲,就不空落了。占福呵呵,说那就来一晚粤曲?我说邀请镇子你的那些曲迷来。占福说一定一定。只是可惜没戏台。我说你说的那些改变村容村貌的规划,条件基本成熟了,要准备实施了。占福说是得与各村长商量了。我说以红砖村为中心,建一个文化广场。占福说那戏台就有了。我学占福呵呵,说你就想着你的戏台。占福说当然,戏台、舞台、讲台等多功能。

占福定下唱粤曲的晚上,给我打电话,要我一定来。我说你也知道我对粤曲不感兴趣,我不去你就不唱了吗?占福说不行,我已经给我的那些曲友说了,颜镇长要来,你若不来,我的面子往哪里放?我说你个傻占福,强按牛喝水啊。

唱粤曲的晚上,我去了。我还带了镇政府搞新闻报道的小孔去,让他弄个新闻上市报纸。

农村的文化生活也得跟上时代步伐。

我向毛书记汇报,毛书记派司机送我和小孔来。到了红砖村村边听到了乐器已奏响,有人在练嗓子。

戏场设在晒场,我们看到戏场已围满了人。看看,几条村都来了不少人。车灯照亮人群时,人们纷纷转脸朝小车看过来。有人带头鼓起了掌,跟着所有人都拍了巴掌。小车停在戏场边,占福傻呵呵地过来接我们。

占福和几位村长硬拉我到戏台,而实际上是平地中央讲话。我拗不过,就讲了几句开场白。

我离开场中央,乐器响起,粤曲晚会正式开始。

大树婶唱头一曲:《卖荔枝》。

大树婶年纪大了,节奏上慢了点,但唱腔还圆润,若不看人只听声,不像个上了年纪的人在唱,而是正当年的人在唱。我心里感叹,了得的唱功。

大树婶唱完,我大声叫好,许多人跟着叫好。

大树婶边离场边抱手说老了老了,唱不动了。我上前去接大树婶,说老乜老,年轻着呢,了不得呢。大树婶说植儿就知道让我开心。我说您开心我也开心呀。大树婶说开心开心,大家开心。

镇子来的上了五位,占福和罗姑苏压后。唱的是《情花开》。

我问大树婶,罗姑苏是什么时候学的,是跟占福学还是跟您学?大树婶说,占福只懂唱不懂教,是跟我学的。我给大树婶竖大拇指。大树婶说,毕竟不是唱曲的料,难教,唱不好。我说不错了,大树叔跟你一辈子,我一句没听他唱过,身边的大树叔呵呵,那声音像极了占福。大树婶说他呀就是个哑巴,话都说不直,哪能唱一句半句。大树叔又呵呵。

两天后,市报纸登了红砖村的粤曲晚会。

几条村子议论了好长一段时间,见了我又歌功颂德一番。

毛书记也高兴,说颜植,你做得好,农村的文化生活是要好好抓一下。

第五章
知天命之路
眼睛依然闪亮

岁月不管你是忙碌还是悠闲,脚步不紧不慢往前走。

一年一岁,晃眼间似的,占福的大儿子占子上了高三,我的儿子颜可也上了高一。

都说岁月不留人,我和占福从"不惑"走向"知天命"。

占福遮遮掩掩二十多年,还是名声在外了。他再怎么不愿意,头上也戴了县、市、省的模范帽子。而我也从镇长换了个官职,副书记。虽然职务是同级,但还是算升了一级,副镇长是不能一步当上镇长的,而副书记离镇长仅半步了,甚至有的直接当上了书记。

亲戚间,也就占福和我得到认可。占禄也是有了钱的,但他的生意没有进一步拓展,看不到更大的空间。我的两个弟弟读的是名校,吃上了公家饭,职务也比我高一两级,但在省城只能算是个职员,算不上官。占福的三弟也和我两个弟弟一样。如果说有人能压我和占福一头,就是罗姑苏、罗姑洗的大哥,他已是一家不大不小企业的老板了,据说身家过亿了,但他的财富掌管在他二婚的妻子手里,他对家里、亲戚没有过帮助。大家一直在计较他和第一个妻子离婚。罗姑洗的父亲、我的岳父说了一句话:抛家弃子是为不孝。所以他最有钱,家人亲戚间也是多数人看不起他。就我来说,不认为他有什么错,离婚已是最为平常的事,没有对与错,婚姻这事谁能说得清楚?

又一个新年到来,热热闹闹的到了正月十五。过了正月十五,年就算过去了。一年之计在于春,各自要开始谋划新的一年该如何了。

正月十六,我到了红砖村,占福召集几位村长到家里来,讨论新一年庄稼种植。争论最大的是山药种多种少的问题。我的意见是少种,因为许多村子见我们可观的收益,必定跟风,市场会饱和。我们在销售方面差点出了问题,再按上一年的亩数种植,恐怕销售不出去。有村长说我们有了销售渠道,不怕其他村竞争,销售不出去的是他们不是我们。争了半天,最后通过表决决定少种,且减少一半。空出的地种什么,又是一番争论。有村长说种香蕉,有村长说种一片荔枝,理由是近几年无论是种香蕉还是种荔枝的都发了财。这个思路多数村长赞成,占福也觉得可以。我坚决反对。我是管农业的,平日工作,除了到红砖村,其他村子也是要跑的,谁谁谁种香蕉、种荔枝发了财我一清二楚,不像传说的那样。我们地处沿海,若是种香蕉有赌运气的成分,风险有两个,一是价格的涨跌会影响收入,二是一旦来强台风,会血本无归。这样的例证有不少,某个人种香蕉一年收入几十万,第二年遇上了强台风,所有香蕉都折腰而断了,一根香蕉都没有,所有投入全打了"风漂",赔上了上一年赚的钱,也就是白忙了两年,一分钱都没赚到。而种荔枝,也会受到价格涨跌的影响,重要的是周期过长,一旦收入不好,会影响几年。有村长拿种荔枝与种甘蔗比,是不能比的,雷州半岛是甘蔗种植基地,糖厂林立,承接功能齐全,不必担忧产不能销,而荔枝则两广都大面积种植,价格波动较大。我们几个村子抱团种植,需要一个稳字。大家望着我,等我说下去。我说你们不要看我,我只负责打击你们提出的可行性建议,如果建议可行的我再说我的意见。占福说颜植,我发觉你自从当上书记后不够果断了,过去你点子挺多的,眼前这不行那也不行。几位村长拿眼看我,他们的想法显然和占福的一样。我说我真是心中没数,近来我是老想你们种也更好呢,没想出个子丑寅卯,有点绞尽脑汁了。

一个上午没有论出个建议。

下午接着开会讨论。半个小时过去,大家沉默不语,我以为又浪费一个正午。我说大家发言啊。就有人说话,扯来扯去像扯皮。我心里有点火,说扯皮也罢扯骨也罢,不扯又怎么有建议呢?大家静了好一会儿,又扯。扯着扯着,一个村长说,我出嫁的女儿昨天回来看我,带了一袋火龙果,挺好吃的。这话触动了我,火龙果,这个果种本不是我们本地的传统果类,近年来已有人种植了,我也从网上查阅过,觉得离我们的种植有些远,就没太放于心上,眼前有人说到它,是不是可以考虑?大家扯闲扯得有些热闹,我打断道,大家听我说,就都停下望着我。我说刚才陈村长说到火龙果,可不可以考虑?大家你看我我看你,这话题来得有些突然,一时有点蒙。静了一会儿,有人说有句俗话叫做熟不做生,我们对火龙果一点都不懂。有人点头。我说我们当初种辣椒时也是不熟识的,你们说小时候见过有人种辣椒吗?没人喜欢吃辣椒就没人种,但外地人吃,我们就种了。火龙果以前我们见都没见过,现在有人种植了,不但外地人吃,我们也吃。目前我们本地也就是少量种植,我们几条村是否可以试种试种?占福说如果真种,价格的波动也要考虑的。我说对,所以是试种,不会影响我们种植的大局。技术上还是让方婵来作指导。占福说不知她懂不懂。我说不懂再找人。大家议论一番,统一了意见:种。

作了决议,院子已见霞光了。

我说明天上午继续开会。村长们用询问的目光看我,事情不是定下了吗,还开会? 我说是另一个议题。村长们你看我我看你。我说散了,明天上午见。

第二天,村长们按时到场。

我直接切入话题,说社会主义新农村已经讲了多年了,你们几条村庄也名声在外,但村容村貌不怎么样,得好好规划规划了。占福你红砖村带个头,旧房子该拆的拆,建新的。我们农村人,辛辛苦苦的为了乜事? 人活一辈子图的什么? 生活好了穿个新衣住个新房子享受享受。钱烂在银行里,存折烂在口袋里开心啊,人要脸树要皮,电灯泡子要玻璃,一辈子活出个体面来、有意义来。各村规划要整齐有序。有条件的建个文化广场,设施齐备,篮球场、戏台什么的,像城里人一样偷个闲也有去处……我说了一大番话。完了占福跟着我的思路也说了一番。有两个村长说是大好事,说我们要活得比城市好。有两个表情为难,说有村民思想守旧,把钱看得重,工作不好做。我说不好做也得做,一定要做到通。哪个村做不到的,自动脱离合作种植。你们也知道,你们邻村有的村子想加入合作呢,因为考虑条件不成熟,没有答应他们。你们有人想退出的,那就让别的村进来合作。我知道我的话有点狠有点硬,但农村工作有时是要软硬兼施。这话一出,就没人出声了,静了下。我不能让他们任何一个想法有反复,一鼓作气,说表个态,同意的举手。占福第一个举手,跟着一个一个举了手。我说都举了手了,不得有反悔,回去做工作,遇上茅坑石又臭又硬的告诉我,我来做工作。占福鼓掌,其他村长也鼓掌,虽然掌声有点稀拉,也算是给我面子了。

有一村长问,这建文化广场的钱哪来? 我说凡是要建文化广场的,政府出大部分资金,你们形成预算报告,我来跑钱。这村长笑着拍掌,其他村长也跟着拍,比第一次响了许多。

我向毛书记汇报红砖村和那几条村的新农村规划情况。毛书记说颜植,我跟你说几多次了,你挂这个点,从农民致富方面说你是走在了前面,但从全方位新农村建设方面你落后了。这个规划早两年我就跟你说了,可迟迟不见你行动,你是与这些农民打交道多了,沾了他们的习性,只顾物质不顾精神,一条腿走路,为什么你在仕途上走得慢?我是向上面说了你有多出色的,但你挂的那几条村口袋里是有钱了,但衣服穿得破破烂烂的,我这个比方你能听明白?我点点头。毛书记说,有一次县委书记经过那条叫黄村的,知道是与红砖村合作的村子,就停车步行进村去,与秘书、司机边说边入村,他看到的是垃圾满巷,就皱了眉。书记一个不小心,踩到一堆牛粪上,恶心得不得了,就退出村了。这事我一直不知道,是早十天上县里开会,秘书跟我说的。书记出村时跟秘书说,这个颜植只懂埋头拉车,不懂抬头看路,可惜了。

毛书记说得对,我这些年只想着如何让那几条村富裕起来,其他事想得少。

毛书记说人无完人,颜植,你是有能力的,但一条腿走路是走不过两条腿的。你是一名政府管理干部,说好听点是领导干部,你的江湖义气重,妨碍你的官场路子走得不顺畅。政绩政绩,你得懂得分开来,政是政治,绩是成绩,你有绩没政,那是不行的。

我说我懂了。毛书记说你懂得迟了点。毛书记停了停,说我也懂得迟了点。我给你透露一下,我准备上县里去了,任政协副主席。我在北岭镇任书记年头也不少了,有点累了,是真累,上县里任个闲职也心安。船到码头车到站吧,可以休息了,没有什么不好。

我听出毛书记的灰心,我的心也灰了起来。

毛书记的一番话让我想了好长时间。

也罢,仕途不仕途的,我本不看得太重。不过说实话,我真是只懂埋头拉车,不懂抬头看路。我一直以为,官是靠关系或花钱才能得到的,我天性讨厌那一套,就想做好工作,为农民做事就行了,让几条村子富起来就行了,现在想,仅仅富起来是不行的,物质与精神缺一就不算富起来。有一条村比红砖那几条村要富许多,但村里有不少年轻人赌博,这算是富起来了吗?毛书记说我懂得迟了点,这话太中肯了。

回到家里,罗姑洗神情神秘地小声说,听说毛书记要回县上任职了,你听说了吗？我说听说了。罗姑洗说任乜职？副县长还是副书记？我有点不耐烦，说你一个妇人家，管人家乜闲事。罗姑洗说乜叫闲事，毛书记与你的关系不错，任乜职关系到你的前途。我说你还是那么在意做官太太啊。罗姑洗瞪眼看我，说你吃火药了啊，我不过随便问问，你至于吗？我说你是随意问问吗？我的气没下来。罗姑洗眼睛一下红了，有了泪花。我心一下软下来，抱了抱她，说有你陪在我身边，这一辈子我知足了。罗姑洗让我一抱，也动了情，说官不官的我们不在乎，你说得对，我们一辈子在一起知足了。

方婵那次做山药种植技术指导回镇后，没多久转了正式干部，很快跟一个镇干部结了婚，一年后生了孩子。

毛书记上任后，方婵和她爱人带着孩子常常来我家坐坐。显然，是她爱人的意思，想攀攀我这个副书记的关系，日后好进步进步。我能跟他们说什么呢，我自己都进步不了，想背靠我这棵树，可我这棵树枝叶不茂盛又何以给他们遮阴？

一晚，他们又来家里。我说起红砖村要种火龙果的事，说想找个人做技术指导，问方婵能不能帮找个懂这方面的人。我本是想直接问方婵懂不懂种植火龙果，可否做技术指导，但看她要带孩子，就拐了一个弯问话。方婵说我懂啊，还找什么人。我说你在农学院时，火龙果在我们国家还未成气候吧？方婵说，已经有了，学院就开了这门课。我说你孩子还小，得照顾，还是再找个人吧。方婵的爱人说你让方婵去，照顾孩子的事我来处理。

血气方刚的年轻人，总对前途充满希望。

我说方婵，既然你主动请缨，我跟纪书记要人。新来的书记姓纪。又说方婵，这次做指导，不用像上次那样天天住在村里，要指导时，占福报告给你。方婵笑道，颜书记越来越会做领导了，懂得体恤人。我说人之常情嘛,换了别人也会考虑的。

方婵说种火龙果是颜书记的主意吧？我说不是,是大家商议的结果。我将商议的过程说了。方婵笑道,颜书记了不得,能从扯闲中捕捉到瞬间即逝的细节。我说也不知道可行不可行,毕竟是个陌生的品种。方婵说不但没问题,而且是个好的选择。又问多少亩？我说出一个数字。方婵说太少了,可以多种些的。我说也就这么多地,试着种吧。方婵说那只能这样了,明年一定要多种。

我请示了纪书记。纪书记已了解我在种植方面的管理能力,爽快地答应了。我跟方婵说了。方婵说过两天就下去。我说不急。方婵说,我先办个班,所有村长和一些年轻人参加,打有准备之仗。我说方婵你成熟了,有自己的想法。方婵说谢谢颜书记夸奖。

方婵讲课的地点是占福家里。我也去听课。我坐在村长和十多个年轻人中,心生感触,不是方婵的讲课,而是毛书记的那番话。几条村已名声在外,可一堂课却是在一个村民家里开讲,真是顾脸不顾臀了。新农村真得尽快建设起来。

方婵为了讲课做足了准备,讲起来一气呵成。

方婵讲完课,接着提些意见,说火龙果属好果类,在我们粤西地区,已陆续有人种植,但还没有全面铺开,我们现在开始也算是抢在前面。就算是全面铺开了,市场也很广阔,容纳量大,价格就算降1元,利润仍可观。现在我们的亩数太少,明年应该扩大,甚至可当一个大产业基地来做,预计未来十年处于经营旺期。

方婵的课讲得像背书,我都记不过来,多数人听得云山雾水,雷州俗语:鸭听雷。占福倒是能听出子丑来。

占福问,每亩110条柱是乜材料？方婵说最好是水泥柱,耐用。占福说那成本不低,得划算划算。方婵说这是个问题,但别人种植能有收益,我们应该也可以。占福问你有没有做过预算,每亩得要花多少钱？方婵说这方面是我的一个盲点。转脸向我,颜书记有没有划算过？我说我也没有预算过,也像你想的一样,别人做得来我们也做得来。我告诉大家一个消息,上面有相关文件,像你们几条村的合作形式,成立个合作社,政策上会有倾斜。有村长问乜意思?我说就是给钱,比如,我们火龙果要是真弄成种植基地,那上级会拨一些款支持。村长问有多少?我说现在说不清楚,得细细看文件,还得向县相关部门了解了解,包括找找关系。占福说是这样的话,我们可以放开手脚大干了。

大家再次议论纷纷。村长们目光投向我,似乎我是一根定海神针。占福说颜植,你多说两句。我说一两句能说清楚?占福说你表个态。我说表乜态,方婵说的再找时间研究研究,应该大有可为。有人说刚才方姐的课没听懂。我说慢慢消化,我也没全听懂,种植时听方婵的指导应该可以吧?大家眼望着方婵。方婵让双双眼睛淹得有些慌乱,没有了刚才讲课时的淡定从容、自信。我想走近她拍拍她的肩,给她鼓励,但最终没有。我想船到桥头自然直,没有做不了的事。

大家又继续议论,一时忘了时间,到下午两点钟才散了。

春耕按计划火火热热干走来。种植火龙果花了好大的劲,四方奔跑才购上苗,八方奔波才拉来水泥柱。整个过程有点乱了套,像打了一场无准备之仗,但还是顶了下来,抢在春暖花未全开时种下了火龙果。所有人都吃足了苦却少有人叫苦。

春耕完,马不停蹄进入新农村建设。

红砖村的新农村建设难度不大,与其他几个村相比较,红砖村最富裕,地多人少,人均年收入远远超过其他村,甚至超过了一倍,陆续都建了新楼房,欠的只是文化设施建设、村场场地的整理等事宜。

占福召开了几次全村会议,都没形成统一意见。最为抵触的是占红。自从他的村长被占福代替后,他明里不与占福有言语,暗中还是存小心眼。他的抵触理由是建设文化广场,红砖村人口不多,摊派给每户的钱不少,承受不起。其他户听他这么说,也觉得有道理,也就犹疑。

占福向我叹气,说小农意识,把钱看得太重,一分钱有牛车辘般大。我说我给你们弄一部分钱。占福没听明白,说你那点工资,能给多少,就是给也不要。我笑笑说，我是说给你们弄，弄，懂吗？占福眨眨眼说，弄？怎么弄？我说新农村建设也是有政策倾斜的，建文化广场，上级给一部分，村集资一部分。占福说你个颜植，早不说！弄得我白白花了十担八担口水。我说这下工作能做下来了吧。占福呵呵，说你就会整蛊我。

红砖村的文化广场建在村口，面对那三口打砖挖泥留下的水塘。水塘四季有水，清清澈澈，如三面镜子，立于塘边，可将人的面目照得一清二楚，一人成两人。曾经有人想承包养鱼，占福不让。

本是人工挖掘的坑塘，年岁长了，看上去像自然天成了。

晚霞下，我和占福坐在水塘边。我们披着晚霞，倒影浸在清澈的水里，在岸上在水里对话。我们回忆童年的一些事，感叹岁月流逝之快。我们两鬓已隐约见白发。

我说占福，大半辈子了，你守这么好的三塘，却不曾下去过，是不是有遗憾？占福呵呵，唱一句香港流行曲：命里有时终须有，命里无时莫强求。像各人有各人的志向、各人有各人的脾性一样，世界才复杂而又精彩。男欢女爱，因色而在一起，因情而在一起，东西各不同。我也呵呵，说占福也能说出这般哲理来，没想到。占福呵呵，说你不要忘记了，各人头上一片天，这话哲理更深是不是？我说是啊，这话连宿命都包涵进去了。我常常想，人啊，得与失，多数时候不是自己能左右的。占福说颜植，不知对不对，我有时从你一些情绪里，嗅到你有点不得志的味道。我笑道，记得吗，小时候我叫你白鼻福，你这话让我知道你还有一只狗鼻子。占福说你呀，也可以了，官至副书记，说不定哪一天一不留神当上了书记呢。我叹道，这个梦就不做了，俗话说人有自知之明，我清楚自己是个什么人，几斤几两。我差点没将毛书记临走时对我说的话说出口，最终还是忍住了。在占福的面前，也只有在占福的面前我说话才可以任性。几十年过来，我们虽然性格不同，却形同一人。

晚霞偷偷地离开了，天渐渐地暗下来。我们听到罗姑苏的叫喊声，她是催我们吃晚饭，但我们没立即起身，继续我们的扯闲。

我说占福，你除了白鼻和喜欢唱粤曲还有乜爱好？占福呵呵，说你好似除了白鼻没乜爱好。我说我连鼻也不白。占福说你还不白鼻？我姨仔未长成你就想得到她了。我说那是我和罗姑洗前世今生约定的，我们是一见钟情。占福说你算了吧，那时我姨仔还懵懂着呢，懂什么情。我说有一句成语叫作情窦初开，原来你的书白读了。占福呵呵，说那也不算一见钟情，叫作、叫作懵懂钟情。

我们大笑。

罗姑苏听见笑声寻来了。她说也不怕水鬼将你们拖进水里吃了啊，天都黑尽了还不知回去，你们不肚饿，一家人饿着肚子等着呢。我和占福站起来跟罗姑苏走。占福说饿了吃呗，等我们做乜。罗姑苏说你们跑到这水塘边干乜？占福说我和颜植商量建文化广场的事。罗姑苏说在家里就不能商量？占福说女人就是头发长见识少，这叫实地规划。

我想笑，没笑出来。原本，我和占福来到水塘边，是想讨论一下文化广场建起来后，如何布局水塘周边的园林景色的，话题一扯，扯到十万八千里去了。

罗姑苏问我，颜植，你真能从上面要到钱？我说你听见过我吹牛吗？喊！罗姑苏说，你乜时候说过正经话？谁知道你哪句真哪句假。我说占福，你站在真理一边说一句。占福说，我真理地说，颜植颜副书记多数时候油嘴滑舌，但落到实事上没半句假话。我说好占福，女人如衣服，兄弟如手足，为真理敢说话。罗姑苏说你个白面先生，说话不气人你会死啊。我哈哈，占福呵呵。

罗姑苏说颜植，说个正经话，能要多少？我想说不与你说，但还是说了一个数。罗姑苏哗的一声，说那么多呀。我说本事吧。罗姑苏说白面先生有时做事的确有本事。我说是有了好政策我才有本事。罗姑苏说夸你一句也不行，屁股长尾巴了。我说我不要你夸，你口臭。罗姑苏说我明白，姑洗口香，让她夸你。

我吃过晚饭赶回镇子。大月亮的晚上，我走月亮也走。

一个天上，一个地下，成两行诗。

回到家里，方婵和她爱人坐在沙发上，与罗姑洗说话。见我回来，站起来打招呼。我说坐坐坐。他们就坐了。

我坐下,方婵问合作社的事。我说近来我在跑文化广场的事,合作社的事还未来得及跑。方婵说文化广场的事落实了?我说应该没问题。方婵说那合作社的事也得跑跑了。方婵的爱人对方婵说,你是多嘴了,颜书记自然会跑的。方婵不好意思地笑笑。

又扯些别的,方婵夫妇说声不打扰,就离开了。

罗姑洗口气有点不满地说,他们老往我们家跑,乜意思?我说不是方婵的意思,是他爱人,这人心性高,想早日往上提,想在我这棵树下乘乘凉。罗姑洗说你算哪棵树?我说对,但他小树大树都去靠,八面玲珑。罗姑洗那不得累死?我说那不一定,有的人天生的性格,不觉得累,反而是乐趣。这种人在官场上混多数能混出名堂来,当然,也有将自己混进泥坑里的,比如跟错了人。罗姑洗说乜叫跟错了人?我说,比如死跟顶头上司,上司犯事了,就得跟着倒霉。罗姑洗说官场太复杂,不明白。我说不明白的好,太明白了会苦恼。罗姑洗问,你苦恼不苦恼?我说要认真的话就苦恼,难得糊涂就不苦恼。罗姑洗说那就难得糊涂。我说你说的啊,到时不要见别人升上去了,你又嘀咕。罗姑洗说以后不嘀咕了。

纪书记是组织部副部长提拔下来的,有人说是空降。所谓空降是指未曾在基层工作过,在党委政府部门任职的人下基层部门任一把手。其实纪书记也曾在乡镇待过,只不过时间不长,也就两三年吧,年纪轻轻的就上了组织部,一干就十多年,许多人不知道或忘记了。纪书记毕竟离开基层时间长了,对乡镇工作有些陌生,来了一段日子,不见有下乡的动静。镇里的人都在猜纪书记是个什么样的人。我也在猜测。按照惯例,新官上任是要烧三把火的,却不见纪书记有什么稍大一点的动作,他只是召开这个会议那个会议,听分管领导汇报汇报,有闲到各办公室走动走动。

两个月后的一天早上，纪书记打电话给我，叫我跟他下乡。我正在去红砖村的路上，就说我快到红砖村了。纪书记说你回来，我等你。我想说要不你也来看看红砖村，没说出口。我应了一句好的，掉转车头赶回镇子。

纪书记的小车在镇政府大门口等着。

我锁好摩托车，小跑到小车边时，纪书记已坐上了车，我急忙上了车。天气凉爽，我却出了一身汗。

纪书记说你赶那么早，有急事？我说没有，早去路上人少，可以静心看看风景。纪书记笑道，你别幽默，就算是好风景，你看了这么多年也看腻了。我笑笑。有没有急事我不知道，是占福昨晚来电话让我早点去，应该是有急事，但刚才在掉转车头时我给占福打电话，说今天去不了红砖村，纪书记要我跟他下乡。占福静了一下，说那你忙你的吧。这般答复，看来也没有太急的事。我问纪书记我们去哪。纪书记说去红枫管区。

接下来天天下乡，直到走完全镇所有管区。到每个管区，都下二至三条村子，调研调研。我以为纪书记会去红砖村的，却没去。我对纪书记说红砖村值得一走。纪书记没答话，司机代他答了，说纪书记就任镇书记后下的第一个村就是红砖村。我说是吗，没听占福说起过。司机说纪书记是微服私访。纪书记说言过其实了，红砖村名声在外，早知道了，我是好奇去看一下的。占福是见了我的，以为我是个商人，在我面前极力推荐他的产品。我笑道，这个占福，有时傻了吧唧的。纪书记也笑，说看上去，占福是长了一副傻相，但脑子鬼精鬼精。

走完所有管区回来第二天早上，纪书记叫我到他办公室。我们来一次长谈，或者说是纪书记让我说了一番长话。

纪书记不是要我向他汇报全镇的情况，而是要我谈谈对目前中国农村经济整体发展的看法。我说这么大的题目，我说不来，也没想过。纪书记说你在乡镇这么多年，也分管农业多年，应该有体会、有看法。我说自然会有，但我不曾梳理过，再说目前的状况，中央掌握着。纪书记说这个你我都清楚，中央每一个五年规划都对农村做出重点规划，但我觉得落实起来没有到实处，我是想你这个在基层最深处工作了几十年的干部，体会也最深。我说书记您让我梳理一下。纪书记说给你撒泡尿的时间。说完出门去了。

大约十分钟,纪书记回来了,笑道我撒完尿又屙了一堆屎。我笑了,说纪书记原来是个幽默的人。纪书记说幽默吗,我不觉得。好了,你可以开始了。又说你要不要也去撒泡屎尿?我笑道,不用,我肾好着呢。纪书记说,我听人说颜书记耍嘴皮子无人能敌。我说,纪书记不说我真不知道我在大家的心中是这么个形象。纪书记说好了,再耍下去我就确定你是个耍嘴皮子的人了。

我说从改革开放到现在,农村的改革之路走得并不顺畅。早期是最为成功的,农民在很短时间内解决了吃饱肚子的问题,随着我国经济的飞速发展,农村向前的脚步渐渐地落在后面,虽然中央不断地出政策助力农村的发展,但由于农民人口多、分布面广、所处的地域不同,土地的肥沃与贫瘠、平原与山沟等情况不同,政策难以平衡,就出现了发展起来有快有慢的局面,有的地方甚至停滞不前,有不少人陷入了贫困。所以,中央的"三农"政策力度不可谓不大,但要落到实处还是障碍不小,奔小康的路上跟不上城市,就按着人往高处走水往低处流的观念,一窝蜂往城市去打工。提出向"城镇化"转变之后,更多的人涌向了城市,农村人口大转移。农业机械化跟不上,地多人少的耕种问题较为严重。许多农村还成了空巢老人、留守儿童之地。像我的村子,年轻的都出去打工了,近四百号人口的村子,目前住在村里的也就二三十人。土地倒是没丢荒,年头种下甘蔗,年尾回来收成。期间不管不理,任由自然生长,能有好收成?这一系列问题一时难以解决……

纪书记说,我来到北岭镇后,思考了许多问题,和你走了一遍全镇管区、村庄,看了一些现象一些事情,的确如你所说。像占福他们的合作社,按理是个典型,怎么别的村庄学不来?这其中的复杂性就是个瓶颈,需要我们乡镇干部想法子打破。像我们这样离城市较远的乡镇,重点还是种、养,你有几十年的农村经验,应该有总体设想,也应该大胆去开拓。你不能只顾一个小小的合作社。

我说也曾做过总体规划,镇班子也实施推行过,但困难相当大,常常是半途而废,就放之任之了。困难解决不了,有主观原因,也有客观原因。

纪书记说,你说说客观原因。

我说比如我们县是全国甘蔗种植基地,我们还被命名为"中国第一甜县",但糖价的波动极大影响种植户的收入,像占福他们的合作社,如果全种植甘蔗,糖价的波幅,一年的差别是六百万左右,如果有一年少收六百万,那成本都收不回,就将前一年的收入填进一部分去,扯个平均数,收入就稀薄了。一旦遇上强台风,又遇上糖价跌,这个数就没法算了。比如我们的土地最宜种香蕉,价格波动不说,如果也来台风,哪怕不是强台风,中等,收成也会大打折扣。人才方面,一个村子,有一定文化的人,绝大多数往外跑。村中没几个文化过硬的,又怎能跟得上科学种田的步子、种出好庄稼来?靠传统的观念,不懂变通,岂有不原地踏步的?占福与他们不同,一直活学活用,先前从书本上学,现在从电脑上学,是个用脑种庄稼的人,只有这类人才不会被不断变化的社会淘汰,才跟得上时代步伐。眼前我们全镇子又有几个占福?占福他们的典型别的村学不了,和文化素质有较大关系。"三农"政策落实不透彻,人才是关键。我们镇政府干部方婵是农学院毕业的,当年占福也遇到了瓶颈,她的出现就能轻松突破,这就是活生生的事例。不说农村人才如何,如果基层镇政府多几个像方婵的干部,农村许多问题会更容易得到解决。

我说得有点口渴,连喝了几口茶。

听说方婵是你帮着招入镇政府的,纪书记借我喘口气的空当说。我望着纪书记。纪书记摆摆手,说没别的意思,你不要多想。我来的时间不长,说不上慧眼识珠,但我欣赏方婵,一个女人家家,常跑乡下,不是敬业的人做不到,她是可以担担子的人,人尽其才嘛。哦,打岔了,你继续说。

我说,党中央在不断出政策加大农村改革力度,作为第一线的乡镇政府责无旁贷,我们面对现实问题是要想方设法去解决,从实际出发扭转被动局面。像占福他们的典型村庄,要加大支持力度,让他们更富裕更美丽,成为有目共睹的不倒旗帜。这面旗帜我们要高高举起来,让全镇所有村庄都能看到,那就能起到唤醒的作用。一个沉睡的村庄与一个觉醒的村庄是完全不同的,沉睡的,问题始终存在,觉醒的就会慢慢地去解决问题。一个富裕的村庄不但留得住人,还能招来人。像占福他们几条村子,过去也有人往外跑,近几年几乎都回来了,而雇用二十多个人是签有合同的,制度完善,经营起来也就顺畅。占福他们的合作模式,别的村庄不一定要生搬硬套,要因地制宜,灵活规划。像山塘村的董奇,村子成空村后,他放弃了跟别人打工,回来承包了全村所有的土地,雇工经营种和养,几年下来,干得有声有色……总之吧,有了好政策,农村是大有可为的。我没有准备,东一句西一句,条理不分明,我抓时间弄个报告给您。纪书记说也好。

纪书记看了看手机,说哟,都快一点钟了,你家里的也不叫你回去吃午饭。我说她以为我在红砖村呢。纪书记笑道对,你在红砖村。走,陪我吃饭堂去。我说我还是回家吃,饭堂又不做我的饭。纪书记说也是,两人吃一份是垫不了肚子的,咱们出去吃,餐餐吃饭堂吃腻人。又说还是你们有老婆在身边的好。

像纪书记这类从县里下来任职的,爱人不会跟着调下来。

我找一家干净的小饭店,店老板认识我不认识纪书记,只跟我打招呼,带我和纪书记进了一间大房间。我说没小房间?店老板说,颜书记光临是赏面,宽大些我心安。

我问纪书记吃什么,纪书记说半边白切鸡,一个青菜,够不够?我说您说了算。

店老板出去后,纪书记说,你也学会拍马屁了?我笑道,这也算啊?纪书记笑道,不算不算。

我和纪书记边吃聊。纪书记说颜植,你混得不怎么样。我望着纪书记眨眨眼。纪书记说我这人直白,你应该坐在正职的位置上。我说我管不了应该这两个字,一个人的性格是天生的,不是说吗,性格决定命运。纪书记说是,也不是。

从饭店出来,纪书记说回去眯一下,下午跟我去红砖村。我说好的,我正想跟您说我下午去一下红砖村呢,占福好多天没给我电话了,昨晚他叫我去,还不知道是何事呢。

回家我没眯着,想着和纪书记一上午的谈话,从没在一任书记面前一次性说那么多话。很明显,纪书记是看重我的,"应该坐在正职上",让我想了许多,说真的,在官场上混,谁说自己不想做正职,那就虚伪了。但不是想做正职就能做,因素多着呢。性格决定命运。纪书记说的"是,也不是",用心想是哲理。

下午和纪书记来到红砖村田头,占福见了朝我们走来,到了跟前,向纪书记伸出手,纪书记伸手握了握。占福说老板,你上次来闪一眼就离开了,这次来是要好好看看我们这些庄稼的吧。纪书记说对的,好好看看。占福说,看上的可以初步定下来,临收成时签个合同。占福一声老板,我还以为他知道纪书记是书记。不知从何时起,也不知是谁的杰作,称自己的顶头上司为老板,而且流行得很。占福说出与纪书记签合同,我才知他不认识纪书记。我掩嘴而笑,说你个占福,有眼不识泰山,这老板不是那老板,是我们镇纪书记。占福哎哟一声,说我真是瞎了眼,颜植常常带老板来,我还以为呢。纪书记说,好事嘛,见人就推销自己的产品,一心想着出路。占福呵呵,说王婆卖瓜,不得不自卖自夸。纪书记说比喻不恰当,却是那个意思。我说纪书记不知道,我与占福,经常用用词不当来斗嘴取乐。习惯了,所以从他的嘴里说出的话常常不是话了。占福呵呵,说你颜植也比我好不到哪里去。

我们边说边走着。纪书记问,占福,这几十年过来,你有没有失败过?占福说哪有不失败的,有一年我种了十多亩辣椒,价格跌得可怜,我一只椒都没摘,全烂在地里。纪书记说怎么也有个价呀,卖一分是一分嘛。占福说算起来不够工钱,不能赔上工钱啊。纪书记想想,说是这么个理。

有人叫占福,他说声纪书记我去看看。纪书记说你忙你的。

我和纪书记到了火龙果地段,见了方婵,她正在认真绑枝,没注意我们。我叫了声方婵,她才停下手,直起身来,见是我和纪书记,说哎哟,是两位大书记来了。纪书记说,方婵,你把自己当农民了,有点不务正业了。

方婵笑笑,说来也来了,嘴上说的也说了,总不能闲着吧,干点活儿,当活动活动身子。纪书记说你看你,十足一个农村婆娘。方婵说本来么,我就是个农村婆娘。纪书记说方婵,你要有思想准备,我准备给你压担子。方婵一副愕然的表情,张着嘴看着纪书记不断地眨眼,光天化日之下,纪书记何以说出这般话来,按组织纪律是不可以的。纪书记似乎明白方婵的反应,说你张乜大嘴,你以为我信口开河哪,管组织的颜副书记也在呢,我跟他商量过的。我说方婵,纪书记看上了你的责任心和能力,人尽其才嘛,若你没能力,让你担你也担不起。方婵有点羞赧,说谢谢领导的信任。纪书记说以后就不单单只顾红砖村了,全镇的农业技术方面你负总责。方婵说我不是乜都懂啊。纪书记说哪个乜都懂?神仙也有不懂的。

几天后,方婵被任命为农办主任。

一天晚上我在街上走,看见小月在街边摆摊,几个盆盆罐罐装着莲子银耳、薏米、淮山等糖水粥,还有一个篮子装着鸡蛋。两张长矮桌子拼凑成长条,桌子四周摆着十余张矮凳子。我一眼就看出是小月,却以为是看错了。小月正低着头侍弄她的盆盆罐罐,我眨了不下十下眼,觉得似小月又不似小月。昏黄的灯光令我两眼越看越昏黄。我试着叫声小月却没叫出来。我突然觉得自己好笑,怎么会是小月呢,小月这个时候应该坐在"天天快乐"的某间屋里做她的老板娘。我是老眼昏花了。我正想离开,小月抬起头来看见了我,叫了声植哥。我像在梦中突然被人叫醒一样,一时还蒙着。小月说植哥你坐下吃一碗糖水。我坐了下来,看着小月。小月微微地笑了一下,说植哥,很意外是吧。我说我看着是你,却不相信是你,想叫又不敢叫。你怎么……小月忧虑地说,"天天快乐"关门了。

我愣住了。好长一段日子没见占禄了,他也没给我打过电话。平时我没事是不给占禄打电话的,他不给我打,我也不想他。"天天快乐",慢慢地天天不快乐我是略有所知的,以为只是生意不怎么好罢了,维持下去应该不是问题,想不到到了关门的地步。不过想想做不下去也不太意外,社会在不断变化,原来一上街随处能见到成群结队的外来妹子,近两年渐渐少了,甚至在街上走上一晚也见不到一个。"广东遍地黄金"的时代过去了,那些来淘金的陆续回家乡去了。香港般的花花世界也随之消失。卡拉OK、按摩等行业日渐萧条。人们的娱乐生活并不因为那些现象的淡去而失色,反而丰富多彩起来。镇子建起了文化广场、体育馆等场所后,居民们意识到身体、精神保养的重要性,打羽毛球、乒乓球,学太极拳,健身等等风行起来。当然,卡拉OK、洗脚也是有的,但还是少了。经营不善自然做不下去。

我对小月说,开不下去关了就关了呗。不过,你们做了那么多年应该有积蓄啊,换个营生不就得了吗?小月招待了一个客人,有闲了才说,你那兄弟占禄天生就不是一个人,赌性成癖,钱输光了,连车也输了,要不是我死死守住房契,家都没得回。一下子有股火往我头上冒,大声说了一句:这个占禄!

小月的眼睛已灌满泪,泪水哗哗啦啦的像下雨般落下。

第二天中午,我打电话给占禄,约他到一家饭店吃饭。占禄明白我找他的目的,支吾着想推辞。我知道他是觉得没脸见我,我说你今天不见我,明天我继续约你,一天不见天天约。占禄说好吧。

我先到,占禄后到。他进房间时低着头。

我带着怒气说占禄,你抬起头来!占禄怯怯地抬起头。我真想朝他的脸挥出一拳。要是他是我亲弟弟,我一定给他一拳。

我给占禄倒一杯茶,他有点慌乱地接了。

我尽量压住火气,说占禄,几十岁的人了,你想想,为人子、为人夫、为人父,你都做了些乜?占禄低垂着眼,说植哥,我错了,我后悔。我说你守不住你的营生,有主观原因也有客观原因,可你拿身家性命去赌,你脑子里想的乜?占禄说我想赌赌运气,赢一笔就收手。我说结果呢?你见过有靠赌赢得钱财的吗?十赌九输你不知道啊。噢,你以为你是那个一啊,庄家才是一！占禄无语，低着头。我说接下来你想过怎么办了没有？占禄说我乜都不会做。我说小月摆街边摊，你会不会？占禄说我丢不起那个脸。噢，我说，你曾经是个大老板，丢不起脸是不？小月呢，她就不丢脸？占禄又无语。我说占禄，日子得过下去，你不能让小月一人担起一个家。你若是不找事做，别人看不起你不说，小月也看不起你，你的孩子也看不起你。

占禄慢慢抬起头，看着我说，植哥，你帮我想想办法，我做乜好。我说这个我帮不了，只有你自己才知道自己适合做乜，鞋子要多大只有脚知道。你想好了告诉我，我可以给你些意见。占禄说，我哥有今天全靠你帮，可你……这话带有埋怨。我说占禄，你还是不在自己身上找原因。你哥占福是有自己思想、主见的人，我们从小玩到大，读书是同学、当兵是战友，后来又是亲戚，几十年来走得近，不离不弃，了解彼此的脾性，就像俗话说的两人好得穿一条裤子。他认定的路符合党的政策，而我也是最基层的执行者，我们俩走在一条相同的路上，有些想法自然不谋而合。所以说不上我帮他多少，从某个角度说是他帮了我。你能听明白吗？占禄说，我从事的行业也没脱离政策吧。我说问题是你没找准政策的脉络，你得承认，你掺杂了偏道。占禄再陷入无语。

我从饭店出来，看看手表，还没到上班时间，拐了一道，去见王子良。

王子良坐在柜台里合眼休息。我敲敲柜台玻璃。王子良睁开眼就问你要乜？见是我，笑道，书记大驾光临，失礼了。我说你倒是心定神闲。王子良说中午客人少，有他们看住就行了，难得偷得半闭眼。我看看两名店员，也有点无精打采。我说生意不好？王子良说还可以吧，但我感觉到越来越不好做，得思变思变了。我又看看手表，说我得上班了，找时间再聊。王子良说官升一级，更忙了。我拜拜一声离开。什么官升一级，副镇长副书记同一级，不过会议座位牌倒是往中间挪一挪。在一般人眼里是官升一级了。王子良在背后叫，下班我们喝一杯，要不又不知乜时能见到你。我说若没事就这么定了。

　　下班后，我有点事耽搁了，到饭店时酒菜已经上了，王子良和另外三位战友坐等着。一个战友说书记就是忙。我摆摆手，说开喝。王子良斟上茅台酒。我说有茅台呀。王子良说我收藏了十多年了，你官升一级也不请我们喝一顿，我只好忍疼了。我说升乜官，只不过是挪个位置。王子良说还是不同的，你不要以为我们乜都不懂。我说不中用的话少扯，举杯。大家就举杯。

　　战友在一起，话题总是从当年当兵说起，都喜欢说自己如何如何，延伸下来说现在，说现在就少说自己了，说战友的事。说谁又发财了谁又升官了，说谁生了两个女儿谁生了三个儿子，说谁被列入贫困户……

　　说完战友说社会现象，说社会现象多说坏现象，就有一些牢骚。

　　话扯到占福身上。王子良说我佩服占福，死守脚下一片地也能富裕起来。我们都是农村出来的，做农的苦大家都清楚，占福真是吃得苦中苦方为人上人。这话那两位战友不中听，一个说，我也吃苦了却没有富起来，占福有今天谁不知道是有颜植的帮助？我说你们还是不明白，占福有今天不是靠我或者谁的帮助，他是懂得借政策顺势而行，而好多人跟不上，说句丑话，你们两个做农的就是跟不上。他们两个争着争着，说颜植，你也给我们向上弄些钱来，我们也会富裕。我说在我没给占福弄钱之前，你们跟得上政策么？没有吧？守住田地不去思考如何种植，随大流，听天由命，不原地踏步才怪。你们说给你们向上面弄钱，拿乜去弄？占福弄出规模，符合政策上的倾斜，就能争取到扶持。改革开放初期就有"让一部分人先富起来"，目的是让先富起来的人带动其他人也富起来。一个战友说也不见带动我富起来，再说中国还有不少贫困户呢。我说对，社会的发展总是不平衡的，国家有扶贫政策，相当一部分贫困户脱了贫。说到占福，红砖村先富起来，带动了几条村富起来，这个你们是看得着的。现在红砖村几条村准备成立合作社，也是跟着政策走的，又走在前面。如果我们镇有许多红砖村，是不是可以带动更多的村富起来？我们再看远一些，一些人做了老板，公司就会招好多人，这不是一种带动吗？王子良开个百货商店，招了几个人，也是一种带动。王子良笑道，颜植你真会讲，连我也给说上了。我说，我说的难道不是真的？王子良说倒也是。既然说到了我，我已有了危机感，我想有所改变，却还找不到方向，脑子茫然。我说你有了危机感是好事，有了危机感就会想方设法去寻找新的机会，茫然是暂时的，总会有一天云开见日。没有危机感，抱残守旧，永远落后，甚至陷入贫穷。一个战友说喝酒喝酒，你是给我们上政治课。我不生气，只有无奈，不开窍的人总存在着，身边的战友也不例外。

王子良说颜植，今天这顿酒，一呢是为你升官而喝，二是我真心希望你给我点拨点拨。社会变化很快，我有点跟不上，你高瞻远瞩，得给我指个方向。

我苦笑，这个王子良，毛病是喜欢给人戴高帽。

我说你王子良也是个聪明人，要不你也不会有今天，你干的这行，我真有点不熟，不过有些信息你是要关注的，比如社会可能进入"互联网"时代，我现在也说不清楚那是乜样子的时代，但可能对你这个行业会有大的冲击。王子良说怎么个冲击？我说比如形成网上买卖，也就是通过网络购物，如果兴起来了，你将失去部分客源。王子良想了一会儿，说茅塞顿开，敬你一杯。就都干了一杯。我说王子良，经常上上电脑，信息多得很。王子良说牢记颜书记的话。

又来了，王子良如果改掉喜欢给人戴高帽的毛病，是一个很不错的王子良。

酒喝尽，将散时我说要不要找个时间撮占福一顿？王子良三个齐声说好啊。有一个接着说，占福是个出名的吝啬鬼，可能也就给你这个书记的面子。我说不让他出镇子来，我们到他家去，他总不会不给一顿酒吧。王子良说我赞成，我一直没去过他家呢，另两个战友说我们是占福建楼房时去过，之后再没到过。我说迟不如早，明天我有事去红砖村，我们几个，再有，通知我们镇的战友，能去的都去，当一次聚会。一个战友说这个主意好，放占福一次血。我说王子良负责通知。王子良说遵命。

我的目的不是去撮占福一顿，而是让一些思想守旧的战友看看占福是如何务农的。

我给占福打电话,说战友到他家聚会的事。占福说颜植你神经病啊,我正忙得焦头烂额呢。我说我都通知所有战友了,你看着办吧。占福说你这是逼良为娼!我哈哈大笑,说占福你理屈词穷。占福呵呵,说你才理屈词穷呢。

我和占福,这种常常用用词不当调侃的怪腔调怕是一生一世改不了。

十多位战友齐聚占福家已近十点钟。难得一聚,见了面自然老脸开花。说老脸也不为过,特别是在农村劳作的战友,长年累月日晒雨淋,远看脸上是皱纹,近看是沟壑。战友们在占福的家院子里站着,有椅子也不坐。站着比坐着更亲切些、热闹些、活气些。

占福傻呵呵地笑着。大树叔大树婶笑着,罗姑苏也笑着。

战友们稍稍安静下来,我不忘此次安排的目的,说大家都知道占福种地种出名堂,我们去看看他的地是长草的还是长树的,如何?

去去去,战友们吵闹着拥着涌出了门。

出了村,就有战友哗出声来了。成片的甘蔗林、成片的辣椒园、成片的番薯地还有成片的、立水泥柱的火龙果园……远远看去像一幅布景画。可以当庄稼地去看,也可以当到了一处风景区。

无论是当庄稼地或是风景区,都赏心悦目,看了不得不哗出声来。

战友们议论纷纷。

庄稼地里劳作的人们,直起腰朝我们看来,他们肯定以为又是上级部门来参观了。对的,是我安排的参观,但不是上级部门或别的单位,而是我和占福的战友。

占福靠着我走,说我就知道你又搞花花肠子。我说借你的基地触动一些战友。占福说还基地,恐怖分子基地啊。我说好啊,让他们也参加你的组织,一起恐怖起来。

来到立柱的火龙果地段,有战友问,水泥柱也能长出庄稼来?懂的战友笑道,没吃过猪肉还没见过猪跑呀,是种火龙果。有战友问占福,火龙果有得搞?占福说你问颜植,是他强迫我种的。有几位战友就挨近了我,问种火龙果的事。我就边走边跟他们粗略地说如何如何。

　　战友们在庄稼地溜了近个把钟，才回占福家。走得有点累了，都找椅子坐下。战友们继续议论在庄稼地的感受。有战友说，颜植，这不是过去生产队吗？我说有句话说合久必分，分久必合，没有什么不可以的，只种庄稼种出钱来，生产队也罢，个人承包也罢，形式上并不重要。再说你看上去像过去的生产队，但有好大的差别。生产队是大锅饭，平均你一碗我一碗，现在的农村合作社是按每户地多地少、资金投入、出工劳力、包括雇用劳力等等合理分配收益利润……有战友说这么烦琐啊。我说听起来烦琐，计算起来并不烦琐。有战友说我们邻近几条村也曾想这么做，最终不了了之。我说不奇怪，意见不统一做不成。有战友说颜植，我明白了，你这次拉我们聚会，目的是要我们来看看占福是怎么种地的，但我们这些战友的村不像占福的村呀，看了也是白看。王子良看明白了，替我说出意思来，他说颜植是要告诉我们，自己的村庄搞不了占福的模式，但可以跟着占福种植庄稼的种类，比如火龙果，我们传统果种里是没有的，别的地方种出效益来了，而销售方面还有空间，可以抢先种。王子良说得不太清楚，却说出意思来了。有战友说倒是个思路，我也考虑考虑。有战友开玩笑说，占福种乜我们也种乜，学习他不成功便成仁。战友们又都笑了。我说大家听我说，不是一定要占福种乜，你们也跟着种乜，而是给大家一个思路，去捕捉种植的机会，短期有短期的思路，中长期有中长期的思路。有战友说我们没有这个脑子啊。我说我们战友可以弄一个乜会，不是战友会的那种，而是在如何种庄稼和种植种类方面，定时聚集，相互沟通，讨论、分享信息等等的小团体。

　　战友们又议论纷纷，都说好主意。我说既然大家都觉得可以，那每年春节后固定集中一次，商讨种植的事，其他时间要集中的再通知。占福为牵头人。占福说颜植，你给我戴高帽。有战友说占福，你不要推辞，非你莫属。

　　罗姑苏弄了两台饭菜，战友们只坐一张台，说战友不分离。罗姑苏怎么劝也劝不成两张，只好将家人坐的那张台的部分菜叠加在战友的台上。

　　喝酒吃饭，直到太阳西落半天。

其他战友离开了,我留了下来。我跟占福说占禄的事。占福面无表情。我说你知道了? 占福点点头,我和姑苏知道了,父母还未知道,你不要跟他们说。我说你不找他谈谈吗? 占福摇摇头,说没有用,他不听我的。我说他情绪很低落,这样下去不是办法,累了小月,也影响孩子。占福叹道,听天由命吧。我说要是不管,这个家会散的。占福话中有了气,说散就散,随他自生自灭。我给小月一笔钱,让她重开个理发店,做回她的老本行。她是个好女人,会带好孩子的。

大树婶问占福,占禄好长时间没回来了,打电话给他他说忙,忙乜呀? 占福说我哪知道他忙乜。大树婶问罗姑苏,你知道吗? 罗姑苏答我也不知,得闲他自会回来看您的,您别惦记。大树婶说有半年没回来了吧。大树叔说你是老糊涂了,哪有半年,就一两个月吧。大树婶坚定地说有半年了,是你老糊涂了。大树叔说好好好,我老糊涂了。

大树叔没记准确,大树婶也没记准确,占禄有三个月左右没回过红砖村的家了,有一个月没回镇子那个家了,他东躲西藏的,躲赌债去了。我和占禄那次谈话后,他觉得颜面全无,心生再赌一次,赢一把用来开个乜小店也好的念头,结果是被追债。追债人找不到占禄找了小月,小月没钱,就问她要房产证。小月说不在她手上。其实小月早有准备,将房产证拿回娘家了。追债人就抄了占禄的家,抄个两手空空。

社会上这类人哪肯罢休? 就追到占福家来。来了十个八个人,凶神恶煞闯入占福家。占福、罗姑苏在地里,大树叔大树婶在家。两老人懵懂地看着这伙人,还客气地问你们找谁? 一个手臂上有文身的矮胖汉子说,你们是占禄的父母吧。两老点点头。矮胖汉子大声叫道,占禄欠我们的钱,躲藏见不着,来找你们要钱。两老对眼看看,又回看矮胖汉子,不明白。矮胖汉子说,占禄欠我们的赌债。大树叔大声说不可能,而大树婶突然昏了过去。矮胖汉子一伙人见了先是怔了怔,后慌忙逃之夭夭。大树叔恐慌地大声呼喊着大树婶的名字。他的呼喊声叫来了一个上了岁数的婶子。婶子碎步来到占福家,见状忙碎着步往村外走,找到了占福,将大树婶的状况与占福说了。占福一句不问,起步往家里飞奔,罗姑苏见了也跟着奔跑起来。

回到家里,占福一句话不说,将大树婶抱上摩托车,罗姑苏立即也上了摩托,坐在大树婶背后抱住。

到了镇子医院,经过医生的一阵抢救,大树婶慢慢醒了过来。这时大树叔也到了。占福问他爸是乜情况。大树叔话说不连贯了。占福听懂了,仰头两眼失神地望着天,一言不发。眼里慢慢地灌满了泪水。

医生跟占福说,你母亲是中风,镇子医院条件不足,尽快送县医院。占福说能不能直接送市医院?医生说也可以。占福说就这么定了。

众人七手八脚将大树婶挪上救护车,占福、罗姑苏跟一个医生也上了救护车。

罗姑苏给我打了电话。我叫上司机开车一路追去。

我到了市医院,大树婶在急救室里已清醒过来,医生允许我们进病房看望大树婶,她两眼茫然望着我们,似乎一个都不认识。占福颤着声说,妈,我是福儿。罗姑苏哭着说,妈,我是姑苏。我装作平静地说,婶子,我是植儿。

大树婶仍然两眼茫然。

我问医生什么情况。医生说不打紧,轻度脑出血。

我问占福,婶子有高血压?占福说我不知道,近几年常常听她说头晕。我说你也太大意了。占福脸上挂泪,说我该死!

大树婶从急救室转到住院部时,大树叔来了。他是怎么来的,我没问,占福、罗姑苏也没问。

我给占禄打电话,关机。给小月打电话,告诉她大树婶的情况,说尽快找到占禄。小月在电话里哭了。

大树婶住院，得有人陪房，大家都认定该是罗姑苏，除了大树叔，所有眼睛都投向她。罗姑苏也觉得应该是自己，媳妇陪婆婆最合适。但大树叔不让，说你们都回吧，我留下。占福说爸，你哪能熬夜呢？大树叔说你是说我老了不中用了？占福说你不老，但……占福一时找不到言辞。大树叔不满地说，你想要说的就是我老了，我是老了，骨头还硬着呢。我说大树叔……大树叔说谁也不要开口，你们回去。大家你看我我看你，个个眼里都露着无奈。占福说爸您先陪着，有事给我打电话。大树叔没搭腔，他在看大树婶。大树婶也在看着她，脸上竟然有了笑容。看来，大树婶也希望大树叔留下陪她。

第三天，占禄来到市医院，一进大树婶的病房，双膝跪在床前，泪流满脸。大树叔要抽占禄大嘴巴，大树婶说话有点模糊，老家伙，你不要生气，伤着自己。又模糊着对占禄说，占禄呀，你得生生性性了。占禄说妈，我听您的，你不能有事。大树婶模糊着说我没事，不是好好的吗？

世上的事真说不清楚，占福和占禄，从小到大，一个听话一个不听话，但大树婶疼爱的是占禄，事事偏袒他。占禄落到今天这般地步，她看着他时，眼里没半点责怪。按大树叔说的，大树婶是前世欠占禄的。

人真的有前世吗？

占禄到我家来。占禄是从来不到我家的，有事一个电话约我出去。我让占禄坐，等他说话，他长时间不开口。我说占禄，有话就说，占禄说我妈是让我害成这样的。我说事情都发生了，多说也无用。你看你妈一点不怪你，你明白她的心思吗？占禄说我妈从小疼我，疼到骨子里去了，她没有别的心思，就是一个疼字，无论我活得是人是鬼她都疼爱我。我突然觉得占禄说得对，大树婶对占禄的溺爱，到了无人性的地步，这样说她有点过分，但用别的说法又说不出来。或许，占禄的话里，带有不满，意思是若不是他妈一贯的溺爱或者说偏袒，他也许不会落到今天的境地。

我说占禄，占福说他出点钱让小月重新开个理发店，你有乜想法。占禄怔了一会儿,说也好,这样小月重操她的手艺。我说你有更好的打算吗?占禄说我乜都不会,想了好长时间,想回去跟我哥做农活。我怔怔地看着占禄,以为听错了。这个占禄,自小不屑务农才往外跑的,听不得任何人一句话,听不入任何人一句话,活到年近半百,才低下头颅承认自己的不对。看来母亲的中风事件对他触动很大,或者说打击很大,彻底触及他的灵魂最深处去了。人非草木,孰能无情?人总有痛处,没有人知道在哪里,自己也不知道在哪里,最终有一日被挖到了才知道。

我说占禄,干农事是苦累的事,你得想好了,到时又退缩会让人看不起的。占禄说就算做牛做马也甘愿了,要不这一辈子对不住母亲了。我说那就回吧。占禄说颜哥,你得跟我哥说说,我怕他不要我。我说这个不用说,你哥你不了解我了解,他是心胸博大的人,再说你们是亲兄弟,血浓于水,又怎么会计较你呢?占禄说亲兄弟,大半辈子了,说上十句话有九句较劲,都是我的不讲理。

我跟占福说了占禄要回村的事。占福说他再不回来,真的不是人了。又说颜植,那帮追债人必定不肯放过占禄的,也不知道输了多少钱。我说这事你放心,开赌场是非法的,他们不追债,我也是不会放过他们的,现在是文明社会了,是不容这类吸血虫祸害社会的。占福说对,社会的不安定,都是这类人在作恶,得狠狠打击打击。

我不找派出所,自作主张让人摸到矮胖汉子的窝点。这么做似乎有点不妥,但我是这么想的,有的执法人员,暗中吃矮胖汉子这类人的保护费,弄不好给矮胖汉子通风报信,让他跑路了。或许是我多心了,多心就多心吧。

摸清矮胖汉子的赌场,我打电话给在公安局的战友,将矮胖汉子和占禄的事说了说。战友说上面对黄赌毒是坚决要打击的,这事你放心,我来处理。

矮胖汉子的赌场被县公安局一锅端了,拘留了十余人,罚了一笔大款。矮胖汉子出来后问所长,所长说你惹了镇政府那个颜副书记。矮胖汉子说我哪敢惹他？所长说占禄是他亲戚，你是不是带人到他父母家要钱，差点闹出人命来？矮胖汉子说不是没死人吗？这个姓颜的，我跟他没完！所长说你是想拿鸡蛋去撞石头啊，俗话说民不与官斗，你认倒霉吧。矮胖汉子气得破口大骂。

占禄要请我喝酒，我说你有钱吗？有钱先顾顾家里的饭碗。占禄对我千谢万谢，要给我下跪。我说占禄你要是下跪，以后我就不认识你了，想好以后怎么做人吧。占禄说颜哥放心，我再不懂事我就是一堆狗屎了。

占禄回到了红砖村，小月也想跟着回来。考虑到两孩子在镇子读书，没回。占福给小月开理发店的钱，小月接受了，写了借条。占福不肯收，小月说哥，你若不收，我不要你的钱。占福也就收了。

占禄连锄头、铁锹都不会用，只能做些挑挑扛扛的事。他一回来，几条村的村民是有议论的，几十年来他不曾沾庄稼地一尘一土，可他回来是要分一杯羹的，这杯羹虽然九牛一毛，但也占些份额。议论归议论，占禄是红砖村的人，户口没迁出，回来是占理的，议论过后也就认了。

我们几家亲戚，大大小小的几乎都去探过大树婶，每次去都有人劝换换大树叔，怕他累病了。无论怎么劝，大树叔不理睬，而大树婶也不帮我们说话，意思很明显，她是想大树叔陪在身边。按理，大树叔的辛苦她是会心疼的，或许她的神志不大清醒吧。

几十年来，我不曾见过大树叔大树婶红过脸拌过嘴。大树婶本就是个脾性善良的人，大树叔说话做事一贯迁就着，两人活得像一个人了。什么是恩爱夫妻，两人活成一个人，分不清你我就是恩爱了。

世上这样的夫妻又有几多？

半个月后，大树婶出院回家。

大树婶留下了病根，两条腿走路不平衡，左高右低，说话速度明显慢了，有时还听不大清楚。大树婶这个病根接下来多年折磨着她，折腾着他们一家人。

占禄不主动与别的人交谈，就算他安静地待在大树婶身边，也少说话。他只是静静地看着大树婶，眼中是深情掺杂着悔意。占禄待在大树婶身边时，她也安安静静的，脸上挂着笑意。按常理，一个母亲，有这么一个不争气的儿子，是很怄气的事，大树婶却一直以来不怄气，且宠着爱着。所有人都不能理解，我也不能理解，可能大树婶也不能理解。人与人，今生前世，说不清道不明，只能这样理解。

占禄每天吃过晚饭回镇子家。临走时拥抱一下大树婶。大树婶脸上的笑意就深了些。

占禄没有直接回到镇子的家，家里这个时刻没有人，小月打理好家务去理发店，而两个儿子上自修课去了。

到了理发店，占禄洗过手，给小月打下手，帮客人洗洗头什么的。占禄在干活的时候，常常想起他年轻时从省城回到镇子，到理发店来理发，认识了小月。当年他第一眼见小月时怦然心动，自己对自己说，这个女人这辈子是自己的了。两人的恋爱没有轰轰烈烈，甚至细节也不精彩，想起来却也回味无穷，起码在占禄的心里是这样。每一个人想起自己的恋爱，都觉得是世界上最精彩的。占禄想到自己曾经的春风得意和走投无路，心里五味杂陈。他太想让小月过上富太太生活了，当他的财富日渐往下沉的时候，想着的只是怎样死死地撑住，眼见撑不住时就有了歪念，走上不该走的路。

世上没有后悔药，占禄想，这辈子累及了小月，就这么样了，下辈子一定给小月做牛做马。

晚上十点半左右，小月不管有没有客人，定时关店门回家。

占禄和小月回家的时候，正是镇子晚上人流最密集的时候，悠闲的、匆忙的，各有各的去处和归途。占禄和小月穿行于人流中，偶尔你问我答或我问你答一两句。小月是每晚都要问问家婆大树婶的。占禄经常用一句话回答，还是那样。最初小月问这话时占禄是不开心的，好似小月在揭他的伤疤，母亲的今天是因他而起的。问了几次后也就不那么敏感了，小月的问话仅仅是关心母亲，占禄静下心来能听得懂。

占禄和小月回到家里，两个孩子一般都到家了。小月还得忙些家务事，占禄则看电视，看是在看，却总是心不在焉。过去，他是蹲在"天天快乐"的，迎来送往，一晚说快不快说慢不慢也就过去了，或者，让小月守场，他出去应酬，吃饭喝酒。那样的日子一去不复返了。坐不住的占禄待在家里有种活受罪的感觉，但他也明白自己已回不到从前了，也不能回到从前了。受罪不受罪的，得慢慢习惯。想成为另一个占禄，是要有脱胎换骨的决心的。

两个孩子回家吃过晚饭后，轮着洗澡，完了回房间，厅里就占禄一个人，有时不觉间眯了过去，因为累还是无聊，说不清楚。

小月忙完家务去洗澡，洗完出来占禄去洗，完了也就近午夜了。两人不用出声，先后跟着回房间。之前，占禄隔三岔五的是要小月的，小月就算累了不那么想也任着他来。在男女方面，占禄不是个乱来的人。这点小月是看得很重的，在占禄赌输身家时，她父母劝她离婚，她没放在心里。自从占禄回红砖村务农，他要小月就要得少了。或者是累的，或者是没心情。小月也不主动，她心情倒是有，只是累。人一累身子一沾床一分几十秒的就睡过去了。

占禄起得早，等不及吃小月做的早餐，出门在街边买点吃的草草吃了，往红砖村赶。

占禄慢慢地习惯了这种活法。

我和占福、罗姑苏在院子里吃晚饭。大树叔大树婶天黑前已吃过，在屋里歇下了。仲夏天的晚上有点湿热，身上黏黏的。占福上身光裸着，月光下若晃着眼看像个黑影，我差点没喷饭。三人默默无声，碗筷瓢盆的撞击声、咀嚼吞咽声显得有点悦耳，若是有好的心情，听上去像一首好听的曲子。

一餐晚饭下来竟然没说一句话。

罗姑苏收拾碗筷瓢盆，我进屋看看大树叔大树婶。面对大树婶我说些吉利的话。她微笑着望着我，那眼神像以往一样柔情。占福在外面叫我，我就出来了，等着他说话。占福说，去看看火龙果。我说发乜神经？快九点了我得回去了。占福说你听我的，现在去看你会惊喜，或者是惊讶。我说你别故弄玄虚，刚才吃饭时我看你像一个影子，但还是知道是你占福。占福抬头望天空，说这么好的大月夜，不去看看太可惜了。从占福的口吻里我听出，可能真有玄虚。我说去去去，我就不相信能看到聊斋故事来。

我俩踏着月光往村外走，往火龙果地头去，远远的，我两眼已放直了，惊讶了。连绵火龙果地闪着点点白光。我加快了脚步，占福也快步跟上，说吃惊了吧。占福说完，我俩已站在火龙果地头。

原来是火龙果在开花！

火龙果开花已有些日子了，我所看见过的是白天的花朵，一点都不好看，有时我甚至想，世上没有比火龙果的花更难看的了：蔫不拉几的一点生气都没有。可眼前，真像闯入聊斋故事里去了。连绵的白色花瓣一朵一朵渐次绽放，且能听到声响。真娇艳极了。放眼望去，似乎天上所有的仙女都下凡了，在大地上翩翩起舞！我一时醉入梦里，不知身在何处。

稍稍醒来，清香扑鼻，沁人心脾。

有生以来不曾如此沉醉于这般如梦的境界里。

占福说痴了吧呆了吧。我抓把月光放于头上，两手像搓衣服一样搓了几下，让自己梦回大地，说好你个占福，火龙果的花开得这般灿烂早不跟我说。占福呵呵，说我以为世上没有你没见过、你不知道的事，原来也不过如此。我说开花了，快结果了吧。占福大笑，你不是真痴了吧，你是知道的。我笑了，我还没完全从刚才的境况里走出来。对的，我知道，在书本里看过的。火龙果从初夏到次年初春都是开花挂果期。

我感慨道，世间上的事和物，就像人一样，各有自己的脾性，形形色色。这火龙果夜里开花，太阳一出来就凋谢，如同昙花一现。夜里的灿烂,白天的枯萎,真是有点遗憾,遮遮掩掩开给谁看呢?占福呵呵,说你又自顾想一边去了,火龙果开花不是要招人看的,是授粉。我笑道,明白了,像人做爱一样,晚上来白天也可以来啊。占福呵呵道,说到授粉就想到做爱,还说我白鼻,你比我白鼻一千倍。

在火龙果田埂上流连忘返。罗姑洗打来电话,问这么晚了你在做乜,让人担心。我笑道,我在看火龙果做爱。罗姑洗静了一下,说神经病! 还不快回来。我看了一下表,哟,快十一点了,说我马上回,你等着我。罗姑洗又说一句神经病。占福呵呵,颜植你快回吧,回去授粉,呵呵。

回镇子的路上,我想起当时开会讨论引进品种时,人多嘴杂各说各的。我说联系了一个火龙果经销商,说了种火龙果的事,他大包大揽说他可以搞到种苗,我在会上说了。方婵问颜书记,这个经销商弄的是什么品种? 我说我也不是很清楚。方婵说那不行,一定要搞清楚,目前火龙果种类较多,品种的选择得慎重,如果种植的是传统品种,得花人工辅助授粉,大大增加了成本,不划算,一定要能够自授花粉的。哦,我说,我以为有种苗就可以了,你这么一说还真得认真对待。我收回刚才的话,种苗的事,方婵你做主。

方婵跑上省城找农业厅,通过这条渠道买回种苗。目前占福他们的火龙果品种是从台湾引进的,这种大红火龙果能够自授花粉,节省了大量成本,从挂果到成熟的时间比普通火龙果稍长,但品质要好得多,是红心肉质,比白心的更清甜。传统的火龙果一定要人工授粉,这台湾引进的,花蕊(雌蕊)比传统的短得多,开花过程中花蕊跟花芯已经完成授粉了。

什么叫专业技术人才,方婵就是。

方婵对这品种做了其他介绍,说火龙果鲜果价格随季节变化比较大,一般规律为夏季价格便宜,冬季及早春价格较高。而火龙果鲜果正常产期为6月至12月,8月至10月火龙果鲜果产销期过于集中,是造成其价格偏低的主要因素。因此,减少该时段果实产量,增加其他季节产量从而满足市场需求,成了必须解决的问题。而传统种植的火龙果植株在冬季基本上不会再进行花芽分化,目前世界上火龙果种植技术较为先进的地区是台湾,其最常用、最有效的火龙果产期调节的方法主要是仿太阳光的夜间催花补光技术。黄色灯光模拟的是中午的阳光,紫光模拟的是傍晚的阳光,黄光利于催花,紫光利于催花和催长枝条。一般新种的地块用紫光补光,种了一段时间后用黄光。目前我们没有催花补光技术,但从省农科得到有关资料,我们雷州半岛阳光充足,可以部分弥补技术的不足,若条件成熟,我们也可以安装荧光灯催花。

什么叫专业技术人才,方婵就是。

我知道,方婵说的这些是从书本或资料上看来的。但方婵是用了心的,她说这些是要让大家知道如何种好火龙果,算是科普吧!

目前的大学生毕业后都留在城里找工打,就算打工的工资低到不敢说出口,租房子、吃饭都成问题的,宁愿向家里要钱,也不愿回乡镇考公务员,一是觉得上了大学,别人不回来自己回来太没脸,二是客观上乡镇招考公务员的名额不多,要想考上也不容易。这造成了乡镇招考公务员时选择的空间不大,因此参加考试的人不多,专业人员就更少,招上的多数不对口,像方婵的爱人就是,本来镇政府要招的是畜牧专业,他学的却是化工,入了镇政府,也就只占了一个不合适的岗位,工作起来以应付过日子,就没心思放在本职工作上,脑子生出歪念头,想靠钻营、攀附往上爬,哪里能做好工作。

我回到家里已是十二点了,罗姑洗还真在厅里看电视,等着我。罗姑洗看我的眼神有些不满。我也不说话,进洗澡间简单洗一下,出来无声拥着罗姑洗回卧房。躺下后我跟她说火龙果开花的事,说到授粉,说到占福说的话,我就翻身骑到她身上。罗姑洗故作抵抗,却配合着。完了说,你刚才说的火龙果开花,听得我心里痒痒,找个时间你带我去看看,我也没见过火龙果开花呢。我笑着说,授粉是无形的,看不到。罗姑洗捏了一下我的鼻子,说你个白鼻佬!

我瞬间睡过去了。真有点累了。

岁月不饶人,我也有点老了。

第二天上班,我找方婵,想问她一些问题,她办公室的人说她早早下乡去了。自从方婵当了农办主任,她忙得常常好多天不见身影。这个女人是个干事业的人。

我去纪书记的办公室,向他汇报一些工作上的事,完后说昨晚看火龙果开花的心情。纪书记说我也没见过火龙果开花,今晚我们一起去看看,看看是不是像你说的那般神奇。我说或许你的感受与我的不同,如果看了没有我说的那份美妙,你不要失望。纪书记说,我也是一个浪漫主义者。我说看不出。纪书记说,我说一个我的故事,你看浪漫不浪漫,我大学毕业后分配在龙门镇工作,有一天在小街上与一个女孩迎面而行,她一身的白衣,飘飘然而来,如仙女一般。百十米远时我的心就狂跳起来,我的心从来没如此狂跳过。当我的心将要蹦出来时,已与她擦肩而过。其实我没看清她的面目,她像一袭白花随风而来,不容我细看便飘过去了。我才醒过来伸出手想抓住。我转过身来,她背影已离我百十步。我急着碎步跟上去。尾随她到了龙门镇医院,她进去了,我站在门口直到看不见她,又在门口徘徊好一会儿,才离开。后来几天,有空我就来到医院门口等她出现。是第六天的傍晚,她出来了。老颜,你猜我做了什么?我说你给她献了花?纪书记说我想世上没人能猜得着,我拿我的大学毕业证、镇政府的工作证给她看。她惊愕地睁大了眼睛。我对她说你别太意外,我是来告诉你我是谁。她慢慢从惊愕中醒来,看了看我的证书,抬起头看我,问你是乜意思?我说我是一见钟情,爱上你了。纪书记刹住了话,再开口时说,她就是我现在的妻子。我笑道,果真浪漫!纪书记问,你呢?怎么追到嫂子的?我说我们也算是一见钟情,到结婚花了好多年,浪漫也算浪漫吧,但属于普通的浪漫,没法与书记的比。

我们随着话题聊了一阵爱情。

纪书记接了一个电话,我只听他唔、哦、好的应着,听不出内容。接完电话,纪书记说,刚才一个朋友,要在镇上买套房子,问我能不能跟房产老板说说,价格上让点利。老颜,我来的时间短,有些情况不太了解,这几年是不是有许多外镇人来我们北岭镇买房子?我说是的,我们镇民风淳朴,不像别的地方有黑社会帮派什么的,少有打架斗殴之类的事,交通上也便利,一些稍富裕的人家,城里的房子买不起,选择我们镇置房子,方便老人养老、孩子读书。哦,纪书记说这是大好事,中央提出乡镇城市化,缩小城乡差别,我们镇要借势走在全县前列。目前的问题是住宅地紧缺,造成房价比别的乡镇高些。纪书记说,我们争取多些指标,让更多人到镇子上来买房。人多生意旺,镇财政收入也就能上台阶。

我们就这个话题展开说,过了下班时间才收住。纪书记看看表说,老颜你得陪我去吃午饭,就去上次那家小饭店。我说好的。

小店老板又带我们进那间大房间。

我们边吃边闲聊。聊着聊着,纪书记话题一转,说老颜,你真不想往上挪挪,到某个镇坐坐镇长的位置?我说按理,不想往上挪一级让人听了有点假,我呀,真实情况是真走不开,父母老了,母亲老病治不好,得有个做儿子的在身边。前几天和老婆回趟家,征询两位老人家,在镇子给他们买套房子,照顾起来方便。他们嘀咕了半天,不太想出来。我老婆说了一箩一筐才说服他们。我和老婆也商量了,在镇子给她父母也买套房,让他们到镇子住。纪书记盯住我的眼睛,好一会才说,也罢,百善孝为先,按你的意愿走吧。说句心里话,我还舍不得你离开北岭镇呢。我说书记看得起我,我一定担好自己的担子,助书记一臂之力。纪书记说有你这老帅,我欣喜。我笑道,书记再夸奖,我就不好意思了。纪书记说算不得夸奖,你做事合我的脾性。

周日清早,我和罗姑洗去看岳父岳母。近几年岳母老了许多,但她的眼神不老,她常常定定地看着我半晌不离。我也定定地看着她。她喜欢这么看着我,我也喜欢这么看着她。她看我的眼神太像罗姑洗了。如果说罗姑洗哪一点最像她母亲,那就是眼神。那份像,是从眼神开始的,延伸到容貌。

我想,我和罗姑洗到老的时候,罗姑洗每天用这样的眼神看我,我会好幸福好幸福。

我们从闲谈说到要在镇子买房,第一个反对的是罗姑洗的大嫂。这个被抛弃的女人一直不肯离开罗家,她死死地守住她的儿女,守住公公婆婆。她恨原夫,却一心一意孝顺公公婆婆和抚养儿女。岳父岳母已视她为己出,为女儿。

大嫂反对的理由是家里有她,还有二弟。她说你们照顾好亲家父母就不容易了,再添加两位老人,负担太重。罗姑洗说大嫂,你的话不算数,由爸妈的态度来决定。岳父岳母站到大嫂一边。罗姑洗无奈,话也就说不出一箩一筐了。

和罗姑洗回镇子的路上,我说了一个真实的笑话。我说十年前,镇子里有许多外来妹的时候,战友喝个半醉时问我,你摸过几个人的奶子。我说四个。他们问哪四个。我说我的母亲,我的老婆,我的儿子,还有我自己。罗姑洗笑道,一点都不好笑,我看你还有话。我说懂我者罗姑洗。我接着说我真是三生有幸,有四个女人爱我。罗姑洗说你终于从实招了。我说一个是你,另三个是我母亲、你母亲还有大树婶。罗姑洗又笑,颜植,许多人说你油嘴滑舌,今天我才真正明白。我说他们没水平,当幽默为油嘴滑舌。罗姑洗抱住我的腰,头贴在我背上,说你少说了一个女人吧,方婵。我说那是不算的。罗姑洗说,怎么不算?她是真爱你的。我说爱我的人我也爱她才算数。

罗姑洗用力紧紧抱住我。

我说姑洗,我不想再往上挪一级,你想过没有?

那天我与纪书记的谈话,回家后就跟她说了,说了理由。她有点急,说那是最后的机会,有困难克服克服。我没有接话,罗姑洗还是那个罗姑洗,心中那个念头一见火星就要烧起来。人啊,有些毛病一辈子说改也改不了。

罗姑洗说这几天我想了想,不去也罢,现在的主官不好当,弄不好犯错误,再说这把年岁了,也别太劳累。我也想了我几十年下来,乜职位也没有,普通老师一干到底。我说你也不普通,副高职称教师,级别比我还高。罗姑洗说谁知道你一个教师是乜职称?怕别人不知道的,自己说出来?说出来的,也就是为自己摆摆面子罢了。不像当官的,别人叫上一声里子面子都有光彩。我说你乜都好，就是面子上放不下。罗姑洗说就你面子放不下，我放不下自己，是吧。我说倒也是，那从今以后，你也把我的面子放下来。罗姑洗笑道，你都不要面子了，我放不下也得放下。

我想到大树叔大树婶，说大树叔大树婶，除了红砖村和邻村的人，谁认得他们，可他们那份恩爱，着实令我感动。大树婶中风后，大树叔真是分秒不离了。什么叫执子之手与子偕老？这就是。罗姑洗也感叹，说是啊，我若也会有那么一天，你会像大树叔对待大树婶那样对我吗？我说，呸，说乜呢你？罗姑洗说人来世间走一趟，是要经历生老病死的。我说不与你讨论这个话题。罗姑洗笑道，你怕死呀？我说当然，有罗姑洗在我身边，不想死。罗姑洗又抱紧了我，将脸贴在我背上。

王子良约我吃晚饭。

与王子良好些日子没见面了，倒也有点想他了。不知道他的百货商场经营有没有点改变。

我下班后直接去了王子良订好的饭店房间。王子良已经先我到了。我说想死我了，王子良笑道：学得一点都不像。我说鹦鹉学舌。王子良又笑道：你的毛病一辈子不改啊。我说是毛病吗？王子良说好好好，是幽默，请请请坐坐坐。我坐下，说叫上几个战友嘛，好长时间没聚聚了。王子良说改日吧，今晚我有事独自请求你给我定主意。我定定看着王子良一脸的严谨样，说想改行？王子良伸出大拇指，颜植就是颜植。我说颜植也不过是个屁。王子良学占福呵呵，说颜植是个屁，那王子良连屁都不是了。我说少来，说你的大事。王子良说先点菜吧。我说怕你急得憋气不好受。王子良不接话，叫道：服务员，点菜！

点过菜，王子良说你说。我说怎么是我说，是你说。王子良拍脑壳，说对对对，我跟不上你的话，让你弄糊涂了，是这样，我决定投资建楼房做房地产。

出乎意料。我说你是怎么想的？王子良说大城市小城市的房价都在涨，近两年有不少外镇人跑来我们镇买房，房价也在涨，是不是可以做？我想了想，说是不是迟了点？王子良说迟是迟了点，但现在不是提乡镇城市化吗，我想未来几年供求应该没问题。我说，你说得有道理，但做房地产需要大笔资金，你有多少？王子良说光拿自己的资金当然远远不够，我问过做房地产的人，都说要向银行贷款，我怕我弄不来，找你，就是借你的嘴帮我向银行说说话。还有注册公司方面也不熟，得你指点。我说我种番薯可以，注册什么的也不熟。王子良说注册我找人问明白，贷款真得你帮忙说说。我说你是铁了心了？不怕有风险？王子良说做生意哪有没风险的，经营百货也有风险，说不定哪天就关门。我说，话在理，但风险有大小。王子良说我觉得风险不大，起码接下来几年没问题。我也有这种感觉，但没说出来。

半个多月跑下来，王子良注册了公司。选地竞标又找上了我，我有点烦，却又推搪不得。王子良意识到我的不乐意，跟我说你的功劳我记住，俗话说好人做到底，吃屎吃到泥，你能帮我就帮到底吧。我没在意王子良说的话，烦归烦，该帮时还是帮他。

镇土地规划、建设由镇党委作决策，管理归镇长、国土所。老肖是所长。王子良先找老肖，两人本不熟识，王子良就拿我说事，老肖就认他做兄弟了。事前老肖没跟我说王子良，王子良竞得一块好地后才跟我说。老肖对我说颜书记，你战友王子良够义气。说得我满头雾水。我说你们怎么成朋友了？老肖说你不知道啊，我以为是你让他来找我的。我严肃地跟老肖说我没有。老肖连连眨眼，眼球又骨碌碌地转了几下，哦，没有没有。我明白是怎么回事，心里有气，却没说什么。

我找王子良，很不满地对他说，你事先也不跟我说一声，拿我当牌子，示给老肖看，我一直以来以为你是个直肠子的人，你乜时候学出弯弯来了，肠痉挛啊。王子良说，我觉得你直接跟老肖说不太好，转一个弯对你没影响。我生气地说，我成幕后者了，幕后者更卑鄙。你是要把我卖了啊！王子良见我恼火，小声说在商言商，有些事很无奈，不那么做做不来。我说什么在商言商，真是无商不奸！王子良说做了也做了，你别生气，伤着身子。我说是你伤着我了！

与王子良的谈话，我一直黑着脸。

几天后，晚上躺在床上，罗姑洗跟我说，王子良送来十万元，我不肯收，他硬留了下来。我猛地坐了起来，大声说，罗姑洗，你原来是这样的人！罗姑洗也坐了起来，说你吼乜吼，我要是想收下可以瞒着你不说，说出来是为乜你不明白？

我理了理心情，罗姑洗说得对，我不应该不分青红皂白一听就吼。我拥着罗姑洗躺下，说姑洗，是我不对，怎么可以那样对你呢？罗姑洗说，几十年了，你不曾大声跟我说话。罗姑洗声音有点哽咽。我说委屈你了。罗姑洗说你是什么人我还不知道？有事自然跟你说的。我用力抱住罗姑洗，说我的好姑洗。罗姑洗软软的让我抱着。

我说你明天就送还给王子良。罗姑洗说他若不肯呢？我说你就掷到他脚下。罗姑洗说那不就撕破脸皮了？我说我就要跟他撕破脸皮，他若不来这一手，我还认他。

第二天罗姑洗送完钱回来，说我还真得往王子良脚下一掷才能了事呢。我说干得好。罗姑洗说以后见了面会难堪的。我说我们不难堪，难堪的是他。罗姑洗说颜植你好绝情。我说做人要有底线。

我和占福漫步于田埂上，看火龙果挂的第一批果。我正在畅想收获的火热场面，占福不合时宜地说，颜植，你与王子良怎么回事，闹得断了交情？我看一眼占福，他一副傻笑相。我说他叫你做说客吧？占福说他跟我说了你们之间的事。我说他说透了吗？如果说透了你说我该不该跟他断交？占福说人人都有本难念的经，现在风气都这样，他那样做是错了，骂他一顿、揍他一顿也不为过，弄到断交什么的，传出去不好听，好歹一场战友。呵呵，我说挂我的名去骗人传出去就好听？收他十万元也正常？

占福说,刚刚说他是错了,你掷钱回给他也是对的,但撕破脸皮有点过吧。以后战友聚会什么的怎么面对?我说大不了有他没我有我没他。占福,你再说下去我也跟你断交!占福举起双手,说好好好,我不说了。

我和占福默默走完一条田埂,转到另一条时,占福问,给父母的房买了没有?我说给钱了,年底接房。占福说欠不欠钱啊,你和姑洗那点工资。颜可明年上大学了,也是要等着钱用的。我说我不用出钱,两个弟弟各出一半。占福说,可以呀你两个弟弟。我说的确,他们明白事理,我自己是不肯要他们钱的。他们说他们千里迢迢的,一年说不定回来不了一趟,父母要人照顾,这叫作他们出钱我出力。占福说若论起出钱出力,我选择出钱。我明白占福的话,自从大树婶中风后,占福忙完田地里的回家得陪在父母身边,他的粤曲瘾也得忍住不出门,不像过去那样跑到古巷子去唱上一曲。

我和占福从扯父母扯到我们自己。我说真是人生苦短,想起来仿佛是昨天,我们一起上学一起放学,斗嘴、打闹,今天我们也老了。孩子要出门上大学去了,大学毕业留在城里,一年说不定见不上一面。占福说是啊,人要是不长大多好,无忧无虑无牵挂。不过颜植,我们还不算老,按现在的说法是中年呢,许多事等着去做呢,火龙果基地要弄大,文化广场要建设得漂漂亮亮。你呢还得往上挪一级。

我没将纪书记与我的谈话说出来,这件事没人知道,要不会传得路人皆知了。我不想跟占福说这个问题。

我说去看文化广场。占福说好的。

我们往回走,我见了占禄,他和其他劳作的人没有差别,在专心做着分内的事。我的出现,大家已习以为常,经过身边的打个招呼,远一点的也就望上一眼算是招呼了。

我说占禄倒也安分。占福说他呀,人到中年才懂事,他要是早懂事,会有自己的事业,他脑子鬼点子多,毛病就是好高骛远,这种性格的人人生路是注定不好走的。

我们到了文化广场,工程已到了收尾阶段。十个八个工人在忙活,认得我的招呼一声,不认得的看一眼继续忙自己的。

占福说落成时我要邀我那帮曲友唱上三天三夜。我说占福,有一点我一直不太明白,你们唱粤曲反反复复唱就那么固定的腔调,几十年下来不腻吗?唱歌常唱常新,多来劲。占福呵呵,说一个有酒瘾的人,你说天天有酒喝是多么快乐的事,怎么会腻呢?我说那倒也是。

我说,想起小时候看大树婶她们的戏班子唱戏,一场戏一个故事,觉得比你们单单唱粤曲意义更大。占福说是啊,我也曾想过成立一个戏班子,但一场戏要反复排练才有模有样,现在人人都在忙,不容易拉起来。

我说走,去看看大树叔大树婶。

大树叔大树婶见了我眉眼展开了笑意。大树婶一如既往地深情望着我。她真的一直视我为己出。我有时想,若她和我是同一辈人,她会不会当我是她的一个情人?这个想法有点荒唐,但也是一首很美的幻想曲。我说了几句问候话,又说了几句安慰话,就要离开。大树婶嘀咕了句含糊不清的话,是舍不得我离开的意思。我说要回去看看我爸妈,有一段日子没回去了。大树婶点点头。

我回到家里已日至中天,父母正在吃饭。母亲嗔怪道,回来也不先打个电话,好多弄两个菜。母亲的嗔怪几十年了。天下的母亲啊,总是用嗔怪来表达对儿子的爱。

母亲有哮喘病,我多次劝她去省城医院住院,她不听劝,说人老了哪没病痛的,你二弟寄回的药管用。我说管用管用,也不见您病好起来。母亲说轻易好起来就不是病了。

人老了,一些道理是听不进去的,没法子。

吃过饭我就离家回镇子。出村口时遇见村长颜六。颜六拉住我说话,他说颜植,听说你给红砖村他们弄了不少钱,也不给我们村弄,你是红砖村人还是我们村人?我说人家有项目,政策上有倾斜,没项目弄不来钱。颜六说他们种火龙果,我们村也种了不少火龙果,他们的是项目,我们的就不是项目?我本不想解释,颜六这种人按自己的思路说话,解释是听不进去的,但不接话他会朝你背后骂脏话。我耐着心说,人家是合作社形式,是个种植基地,我们村呢,散户种植,不成规模。颜六说你是要我们又回到生产队时期,这不是开倒车吗,当初分田到户是分错了?我说我没说当初错了,问题是时势在变化,中央鼓励经营多样化,就是想方设法致富,奔小康。颜六说我们也想致富,奔小康,但你不给我们弄钱。

真是哭笑不得,与颜六这种人说话没法说下去。我说你如果能像占福他们弄成基地,我也给你弄钱。不过,钱不是白给的是要还利息的。哦,颜六说是借钱啊,那不要。哎不对,你不是说政策倾斜吗,怎么又说要还利息?我说是低息。颜六眨眨眼,说我想在镇子买房子,能不能低息?我说颜六,我跟你说的是种庄稼的事,你扯到买房子上去了,你想也呢?颜六又眨眨眼,说你走吧,你胳膊弯往外拐,帮外人不帮自己人,当再大的官也没用。

路上,我想一个问题,像颜六这样的村长必须换掉,否则,农村的改革发展必定举步维艰。

我快回到镇子时,接到纪书记的电话。纪书记说上班时你在镇院子等我,下午一起去山塘村。我说好的。

我回到镇院子,纪书记的车在等我了。

我上了纪书记的车。纪书记问,不是说一个上午吗,怎么现在才回来?我说顺路回家看看父母。哦,纪书记说要不你不去了,太劳累。我说没事,对司机说开车开车。

车行半小时到了山塘村。山塘村也是个小村子,贴着公路呈长条形状。我来过多次,清楚村子的历史,自有村以来,村人好读书,所以外出的人比较多,不论是民国年间还是中华人民共和国成立之后,在外工作的占全村的三分之二。按在外在村的实数人口算,总共有六百多人。若是按人口计不算是小村子,但留在村里的人不多,住人的房子也就十余座,也就成了小村子了。

董奇上的大学是省内的名牌大学,他毕业后在一家大公司工作,高薪阶层。他的父母在家,节假日回来看父母。山塘村在外人多,带出的人也就多,渐渐地村子成了空村。村里的土地少人种,部分承包给外人,部分空着长草。董奇觉得土地是块宝,浪费了就是浪费财富,于是他辞职回来承包了所有空着的土地。董奇的爱人也是从农村读书进城市的人,听了他对回村的畅想后,支持他回乡。不过她不跟着回来,她要陪儿子在城里读书。董奇的计划本是他一人回来,夫妻俩的意见达成统一。董奇的父母是坚决反对的,说有史以来没见过在外工作的人回村来,做农苦累不说,哪能与在城里生活相比,面子上不说,收入也远远不及。董奇没多跟父母解释,回来后就按已设想好的计划大展拳脚。

董奇的三百多亩地种的是百香果,果园放养二百只鸡。

百香果像火龙果一样,不是本地传统作物,是引进的新农品种。

董奇是全县第一个种百香果的人。我第一次来到董奇的果园时,识不得是什么东西,没见过不说,连听也没听说过。

百香果?

董奇告诉我,百香果俗称"鸡蛋果"。因其果汁营养丰富,气味特别芳香,可散发出香蕉、菠萝、柠檬、草莓、蟠桃、石榴等多种水果的浓郁香味而被称为"百香果",是一种很稀有的果实。20世纪80年代末期从南美引进,改良后引进大陆,它的食用价值还未完全被多数人了解,但它的效用是果类中较为突出的⋯⋯

我听董奇背书一样罗列百香果的功能作用,有点想发笑,想起一句话:王婆卖瓜自卖自夸。但当他切开一只,让我用小勺子挖肉汁和籽吃后,味蕾的确感到与别的水果不一样,真有百果集合的味道,特别得很。至于保健什么的,各有各的说法吧。

我们到了山塘村村边,我指点司机直接开往百香果园。这个时候,董奇应该在园里。

小车在水泥道路上绕了几道弯,到达果园。

董奇果然在,正与一帮人摘果。见我从车上下来,小跑着到了我们面前,说颜书记来之前也不来个电话。我没接董奇的话,伸手向纪书记介绍道,纪书记。又伸手向董奇介绍道,董老板。纪书记和董奇同时伸手,握在一起。董奇说哪是什么老板,一个农民而已。纪书记大驾光临,有如空谷足音。纪书记笑道,你贬了自己赞了别人,听着有点酸。董奇搓着手笑,纪书记是实在人,我呀,在城里做人手下,对上级恭维惯了,本性不是这样。纪书记说听你这么说,是个直言直语的人。董奇笑笑,说两位书记是先喝杯茶还是看看果园? 纪书记说看果园。

董奇领着我们看果园,边走边说百香果的功能作用,只是简略了许多,听起来没那么飘。

纪书记说,你讲讲种植方面。董奇就说开了:百香果为蔓生植物,依赖棚架支撑才能正常生长。架式有平顶式、篱笆式、"人"字形和"门"字形等。一般棚架以一米八高为宜。棚架材料可选水泥柱、石柱、木柱和竹竿、木杆、铁线等。一年四季均可种植,植时选阴天或雨后晴天,植后淋水,保湿。百香果属当年种植当年产出的果树,以每年的2月至3月种植最为适宜。一般百香果经济栽培年限为三四年,在第四年采收后,将老株砍除种上新苗。

董奇又背书了,纪书记却微笑着认真地听。

董奇就又背了好几点,如何选地、植距、施肥、灌溉、整枝、防治病虫害等等。

董奇说完了,纪书记问,现在是收果期? 董奇说,这百香果一年从1月到10月都长果,也就是一年有10个月摘果期。哦。纪书记说是长生果啊。董奇说对。纪书记问,销路如何? 价格如何? 董奇说销路没问题,价格有起伏,市场价高的时候超过5元一公斤,低时3元左右。纪书记说价格波动是市场规律,我看搭这棚架,来台风恐怕是个大问题。董奇说书记说得对,来了天灾那真一点办法都没有。百香果除了怕来台风外,还怕连绵雨,如果连续下上一个月雨,根会烂掉。纪书记问,没有防范的办法? 董奇说没有。纪书记说那是高风险的种植了。董奇说对。我们处在海边,农作物的种植都有风险,比如甘蔗,也会遇到同样的问题,但不是一年一年都种下来了吗?纪书记说也对。如果没有台风,一年能收入多少?董奇想了想,没说。纪书记说我又不会打劫你。董奇说除了本钱人工能收六十万左右。纪书记说噢,不错嘛。

看完果园,董奇领我们到休息棚,拿刀切百香果,说纪书记尝几个,看看我刚才说的是真是假。

纪书记尝第一口,酸得他嘴歪眉皱,吃完一只,咂咂嘴,说果真是与别的果不同,吃后百香绕舌。董奇说刚才我的广而告之,或许有点言过其实,我在网上也做上了广告,有广告和无广告差别是很大的。纪书记问,你大学学的乜专业?做起农业来头头是道。董奇说我学的是电子信息。我有个非常要好的中学同学大学学的是农业,毕业后在南海包地种百香果,节假日我若没事就去他的果园,开始时是去玩,工作时他没时间陪我,要侍候百香果,我无聊就跟在他身边,慢慢悟懂种植百香果所需要的技术。他的果园利润非常可观,我动了心,就回来了。之后,平时我们经常通电话,一是不断从他那里学习,二是掌握市场信息。纪书记说有知识有头脑,又见过世面,农村需要你这类人。可惜农村这样的人才太少了。董奇说其实,许多大学毕业生在城里混得不怎么样,回来可能比在城里更有前途,只是他们心有不甘,重要的是没全面了解政策对农业的大力度倾斜,这需要你们乡镇干部到城里去做宣传。你们每年到城里搞招商引资,找的是有钱人,忽略了有见识有知识的大学生群体。纪书记想了想说,你说得有一定道理,中央有远见,不断下达政策,召唤有识之士到农村开拓经营。这方面我们的确做得不是很到位。你说到有见识有知识的大学生群体,像你,在城市安了家,这方面的工作不容易做好。你没考虑妻子儿女?你回来了,他们没意见?董奇说,纪书记你说的的确是个大问题,我妻子一开始也是反对的,但我说了一番道理,她也理解了,同意了。

纪书记又吃了几只百香果。

纪书记说董奇,你有没有想过,跟承包你们村土地的几户联手种植,合作经营,形成多种农作物的耕种,这样可以化解部分风险。董奇说纪书记的思路正合我的思路,我已跟他们谈过,还没达成共识。两位书记今天来了,我有个请求,你们镇政府出面跟他们谈谈,效果可能比我跟他们谈要好。纪书记说好,老颜,你负责跟进山塘村的工作。我说好的。董奇说太好了,有颜书记来坐镇,事情一定能办成。我说我只是个指手画脚的,身临战场的还是董老板。董奇说,我清楚颜书记的能力,在红砖村声名远播,哪个不知道颜书记的功劳?我说在纪书记面前这样夸我,我可诚惶诚恐了。喊,纪书记说老颜,你就不要要嘴皮了,谁工作上做出成绩,是要给予肯定的,但也不能停留于功劳簿上。

我能听出纪书记这句话有夸有贬。的确,几十天来,除了弄出个红砖几个村的模样,其他政绩上没特别的了。倒不是我甘于坐在功劳簿上,许多因素的制约,有想法却没法实施。一级党委政府,无论是党还是政,一个副职有时说话就是一个屁。这个纪书记也应该明白,他的贬只不过是激将罢了。

我说惭愧,有纪书记发话,干好干坏先不说,我一定尽心尽力。董奇说有两位书记的支持,我可以撸起袖子干了。

不觉间,已到了中午,工人回到休息棚,伙房工人端上饭菜。董奇想拉我和纪书记去镇子吃。纪书记不许,自个去拿碗筷到大锅里铲饭,和工人们筷子碰筷子夹菜,一副吃香喝辣的样子。董奇向我摊摊手。我不理他,去拿碗筷。

吃过午饭回镇子,董奇给纪书记、我和司机一人一塑料袋百香果。纪书记没有推搪。

车开出了果园。纪书记说老颜,董奇能力没得说,毛病是有点好吹,或者说容易骄傲,做点出色事就觉得了不起了,这类人做事往往虎头鼠尾,几年下来尾巴都没有了。你得慢慢帮他改掉这个毛病,才能建立一个稳定的农业示范基地。我说明白。纪书记说,有了董奇的示范基地,未来一定会有大学生回乡创业。要全面建成小康社会,农村不能拖后腿。

下午,我给董奇打电话,让他召集那几个承包户,明天一起到镇里来,我有话要跟他们谈。董奇说颜书记真是雷厉风行。

第二天董奇五个人来到镇政府,我在院子等着。我说上车,董奇说不是开会吗?我没回答,上了身旁的小车,伸出头对董奇说跟上。

两辆小车往红砖村开去。我是要带他们参观红砖几条村的合作基地,然后开现场会,说服那几个承包户。

车到了红砖村,停在火龙果园边。

董奇他们跟在我背后,一行进了田埂。他们之中,除了董奇,其他四个没来过。半个月前我问董奇有没有到过红砖村,董奇说到过一次,是听别人说红砖村合作基地如何如何后,自己一人开车来看看。回去就想着也搞个合作基地。

走进火龙果基地深处,我停了下来,他们也停了下来。我说带你们来看看,我想你们也知道为什么,董奇跟你们几个谈过,合作搞个这样的基地,你们各有各的想法,事情定不下来。你们今天好好看看,回去想想,是不是搞个基地更可行。觉得可行的话,报告镇政府,镇政府助你们一臂之力。一个戴着墨镜、中等身材的中年人问,怎么助一臂之力?我说你们看火龙果地里的柱子,是政府向上级有关部门提出申请要来的资金购买的。一个长头发年轻人问,政府送钱?我说一部分是低息,一部分是无息。

我说完领着他们继续走。我是要他们留下深刻的印象。几个人在我身后展开了议论。

看完火龙果园看蔗林,看完蔗林看辣椒,看完辣椒看山药……然后回红砖村看村里整齐的街巷和楼房,看文化广场。

看的过程我少说话。

回到车边,我说今天到此为止,回去。戴墨镜的已摘下墨镜,说颜书记,刚才我们几个商量好了,回去就谋划谋划,搞合作。

我本意是开个现场会的,但初进火龙果地,看他们的脸色,全是有点不以为意,我内心有些不痛快,就来个模棱两可,或者说欲擒故纵。墨镜话一出,说明我的策略对头。

我说那好,现在就开个会,形成个初步意见,行不行?好!几个声音同时说。我说,占福初步是以红砖村为主搞的合作,后来其他几条村陆续加进来,弄成目前的规模。你们几个承包山塘村的土地,期限没到,使用权还在你们手上,是可以和董奇通过商议达成合作的。这样,先把山塘村的土地统一起来规划,也像红砖村当初一样,以村为集体经营,条件成熟后,动员周边的村加入。红砖村有红砖村的特点,山塘村有山塘村的特点,不一定照搬。董奇的百香果园是一个好的项目,你们应该也看得出来,那就以其为基础。你们有的种甘蔗,有的种番薯,有的种火龙果,可以商议,改种更为合适的其他作物,合理优化土地的使用。按照这个思路弄出个山塘村的模板,看行不行。我给的只是个思路,你们都说说自己的想法,集思广益,达成统一意见,行动起来。

除了董奇,其他几个人也作了发言,各抒己见,然后争论一番,渐渐达成统一。

我见可以了,就说就这么定了吧,回去行动起来,若还有问题,再多商议,再将事情完善。墨镜说,董奇你还没说呢。董奇说,事先颜书记已跟我说过,这个结果是颜书记想要的,也是我想要的,我没意见。

我以为这次会议,董奇会发表他的高谈阔论,没想到他一言不发。后来我问董奇,你怎么不发言呢?他说颜书记的思路清晰,我再说就鹦鹉学舌了。看来,纪书记对董奇的看法,也不是十分准确。又或者,董奇接触纪书记后,对自己的性格方面的毛病有所觉悟。

人是多面的,都说江山易改本性难移,但也不是绝对的。

农历六月六,红砖村合作社摘火龙果。六月六,我想起一个词,六六大顺;又想起一句老话,六月六稔子熟。小时候,雷州半岛这块红土地,荒山野岭稔树漫山,小孩子提着竹篮子成群结队去摘稔子。大人也去,有人担着箩筐去。野生的稔子不归谁家,是天赐给所有人共同享用的。

稔子果熟时节,先青而黄,继而黄而赤,再赤而紫。挂果累累,像一个个缩小版的酒杯,果中有芯,很像一条虫子,芯外多籽,味道异常甜美。入口生津止渴,回味甘甜芳香,吃上半斤一斤还想吃,吃过肚子鼓胀也收不住口。舌头牙齿会被染成紫黑色。但稔子吃多了一定要喝一碗盐水,否则次日会大便困难。果、根、叶均可入药。《纲目拾遗》有记载,果子,补血、滋养、安胎,用于贫血,病后体虚,神经衰弱,耳鸣,遗精;叶,收敛止泻、止血,用于急性胃肠炎,消化不良,痢疾,外用治外伤出血;根,祛风活络、收敛止泻,用于急、慢性肠胃炎,胃痛,消化不良,肝炎,痢疾,风湿性关节炎,腰肌劳损,功能性子宫出血,脱肛,外用治烧烫伤。

小时候,每当稔子成熟的季节,是大人小孩子的节日。但现在,许多荒山野岭被拓荒开发了,少见稔子树了,稔子果自然也就少了。我好几年没尝过一颗稔子了。一些饭店里还有稔子酒,价格不比名酒便宜。

我想,种上百十亩稔子树可不可能也是一条生财之道?我打算跟占福、董奇说说。

六月六,我没去红砖村看摘火龙果。六月五日晚上十二点,占福给我打电话,大树婶再次中风,连夜送到了市医院,他正在急诊科等候。第二天天还没亮,我开车赶往市医院。

我赶到时,占福、罗姑苏、大树叔守在急诊室外。显然,大树婶还在抢救中。

他们见到我时只用眼睛跟我交流一下,我也不问,和他们一起等。

大约是十点钟,医生从急诊室出来,我们几个人齐齐围上去,几张嘴齐问,怎么样了?医生说,已脱离了生命危险,意识还未清醒过来,再观察观察,看晚上能不能转到病房。

你们不要焦急,目前看没有生命危险。医生又强调一下。

大树叔和罗姑苏眼里满含泪水。占福和我眼也湿了。

大家一直沉默着,连交流的话也没一句,也没离开的意思。在急诊室门前的坐椅旁,你坐下我站起,你站起我坐下。恍恍不安。

我给纪书记打了个电话,说明我在市医院的情况。纪书记今天是去摘火龙果的,事前我和占福他们安排他摘第一只火龙果。纪书记听了我说大树婶的情况,说你尽力去处理好老人家的事,这边没你的事。我想说我有力没处尽,但没说出口。

到了中午,我出去买盒饭。

我和占福、罗姑苏没滋没味吃着饭。大树叔连盒盖都没打开。我劝了几句,他像是没听见,看也没看我一眼。他像一根木桩,无论是站着还是坐着。眼前的他已不像一棵大树。

从下午到晚上,像一个世纪一样漫长。

晚上八点左右,大树婶从急诊室被推出来。大树婶闭着双眼,脸在灯光下略有点红润。大树叔一大步上去扶住推车的边沿,和护士一起推车。

出急诊室转到普通病房,说明已经脱离了危险。我们松了口气,跟着推车走。到了病房,几双手将大树婶挪到病床上。护士说夜里要有家属陪房,你们安排一下。罗姑苏立即答我陪。大树叔说谁也不要跟我抢。占福说爸,你年纪大了。大树叔生硬地说你才年纪大!这口吻,任谁开口、说几多理由都要没用了。我说叔,你留下陪可以,但你一定要吃饭,你若不吃饭又怎么有气力、精力陪床?大树叔说你去给我买饭来。

对话的情形,简直是第一次大树婶进医院的复制。

我买回饭,大树叔大口大口吃开来。

大树叔说,你们回去吧。占福说爸,你也要注意自己,不要累着了。大树叔不说话,罗姑苏说明天我来换你。大树叔又生硬说不用!

我找医生要来一张折叠床,对大树叔说,累了躺一躺。大树叔瞥了一眼不说话。我把买的饭票放进大树叔的衣袋里,说这是医院几天的饭票,三餐有人送到病房门口,到时您拿票换饭就可以了。肚子一定要吃饱。

出病房门口时我转过脸看大树叔一眼,他的背驼得像一张弓。他是什么时候从一棵大树变成一张弓的?我一阵心酸,如父一样的大树叔,在岁月的流逝中、在我的不经意间已老去,但他永远是我心中的一棵大树。

出了医院大门,我问占福,今天的摘火龙果没改日子吧?话一出口就明白我是糊涂了。占福看了我一眼，说没改，就今天。我点点头，说明白了，定下日子，不改的好。占福说这是大家定下的日子，哪能因我妈的事改期？火龙果又不是我一家的。

占福就是占福，合作社不是占福一人的，是大家的。

占福和罗姑苏来时是跟救护车来的，回去自然坐我的车。

车行了近半小时，我才打破车上沉默不语的局面。我说明天或后天，你们两个得有一个去换大树叔。罗姑苏说怕像上次一样，我爸死活要自己守下去，谁也说不动。占福也说是啊，别的任何事都好说，要他离开我妈他就成了硬颈牛，真说不动。罗姑苏说，他说你们陪着不行，妈会死的，只有他陪着才不会死。你看这话说的。我说或许吧，几十年来，我能感受到大树叔大树婶的相爱有多深，尽管看上去是平平凡凡的一对夫妻，实际上心灵的相通已达到别人想不到的程度。我曾想用世界上最恰当的词语来形容，却找不到。罗姑苏说，看你说得神乎其神的，你是从哪看出来的？感觉？感觉算什么？我说，或许你们是他们的家人，天天生活在一起，没我这个旁观者清吧。罗姑苏说，你不卖嘴皮不行啊。我说，从认识你们的父母那天开始到现在，每次看到他们四目对视时，眼睛都像刚刚出泉眼的水那般清澈。如果两双年轻的眼相视是这般情形，或许还不值得一提，但历经风霜几十年还是如此，真要问世间情为何物的话，他们用眼睛给出了答案。

我不知道占福、罗姑苏听明白了没有。他们沉默不语。

送占福、罗姑苏回红砖村，再回到镇子家已是午夜。罗姑洗在客厅等着，她看着我进家的眼神，让我想起大树叔的大树婶。我想，等我们到了耄耋之年她还有这样的眼神吗？我呢，也还有吗？

罗姑洗急声问道，怎么样？我说转危为安了。罗姑洗长长吐了口气说，这人啊，真是脆弱。我说生老病死谁也避免不了，活着的时候好好活着吧。说完我拥了拥罗姑洗，罗姑洗抱紧了我。几十年过来，当我的情绪或罗姑洗的情绪有波动时，我就会很自然地拥抱她。这一贯的动作我自己都没太意识到，或者，罗姑洗也意识不到。心中的爱是不需要意识的，像大树叔大树婶，他们一个对视的眼神也不是有意识的，是自然而生。

第二天,我去了红砖村合作社基地。摘取一批火龙果要近一个月。第一天我没到第二天是要到的,要不,我心里会空落落的。

人们在忙碌,摘果的摘果,装箱的装箱,上车的上车……看到火龙果个个长得腰圆臀肥,我心里喜滋滋的。一般火龙果是半公斤左右,而眼前的有近一公斤,大的应该超过一公斤。看来,这块土地适宜种植火龙果,加上基地人员的精心呵护,一加一大于二。

占福见了我也不打招呼,神态有点恍惚。他指点人们干活的声音显得苍白,有气无力。我能理解。我也不去安慰他,我找了其他几个村长一起碰个头。我说你们都知道占福的母亲重病在住院,你们要多担当些,明白吧?明白,几个声音同时回答。

我找方婵,四处张望没看见,以为藏在人群里一时找不到,便给她打电话。方婵接了电话,小声说我在上课。我听到了扩音器传来讲话声,才想起方婵去市党校学习。方婵上个月已提为副镇长,新提拔的科级干部是要到市党校培训的,这是惯例。

有点可惜,火龙果的大丰收,方婵是头号功臣——火龙果长得肥大离不开她的技术指导。

我打电话给董奇,叫他带那几名承包户来红砖村。他们几个上次来参观,回去后又产生了分歧。我心里有点怒火,当场说好的事,转头变了脸。董奇电话里跟我说是那个墨镜反悔。墨镜种的是桉树林,一年间没几天到林地,是个懒散的人,不想参与合作,嫌弃干活。我说那就不要他,你们几个也可以先合作。董奇说不行啊,他那片林种在土地的结合部,隔断了,连片不起来。我问董奇要了墨镜的电话,给他打了电话,说了些硬话,带有恐吓的味道。墨镜不吱声。

农村的事不好搞,就是有像墨镜这类懒惰、没远见的人。

临近中午,董奇几个人来了,墨镜也来了。

我不领他们走动,让他们自己走走,看看。

墨镜不敢看我。他若看我,我真给他甩脸。

董奇几个看了约一小时,跟我招呼一声回去了。

下午董奇给我打电话,说墨镜同意合作了。问我什么时候有时间到山塘村,把事情最终定下来。我说明天我就去。

山塘村合作商议会在董奇百香果园的休息棚召开。大家坐下后,墨镜对我说颜书记,对不起,是我不对。我说你没有对不起我,你对不起你自己,政府有这么好的政策你不识得接受,说你傻你会不高兴。人一辈子图什么?图个活得值!墨镜低着头不出声。

我说开会。

会开得顺利。大家同意合作方式。

会后,我说,我有个题外话,或者说有个提议,合不合适你们再谋划谋划:种植稔子。话一出,几个人都睁大了眼睛,董奇的眼睁得最大。意料之中的事,这种野生作物,怎么可以种植?

我不急不忙从稔子的食用和药用说起,说到用稔子酿的酒,再说到稔子酒的功能和效用。说若能做成品牌,那利润是非常可观的。

听完我的话,几个人你看我我看你。

墨镜说,我觉得颜书记说的可行,我就酿过稔子酒,喝了真如书记说的有那种功能和效用。只是我酿的稔子酒是简单的酿法,保质期不长。如果弄成酒厂,得有设备和技术。董奇说设备可以购置,技术可派人去学,这事真可以仔细算计算计,真弄出个名酒来那可是件大事了。我说这事要慎重,但也要敢想。你们考虑吧,你们若不做,我向占福提议。董奇急道,颜书记你怎么话一转就到占福那去了。我笑道,你没听明白吧,我是说你们若不做,我才向占福说。董奇笑了,其他几个人也笑了。

方婵培训回来,火龙果收成已到了尾声。看到摘果的场面,她对我说还好,赶回来还能看到梦中的画面。听了方婵的话,我内心感慨,只有把事业放在第一位的人才有梦。中国梦,中国梦,要敢想才能实现既定的目标。我说这幅画是你的重笔。方婵说颜书记过奖了,这是大家共同描绘的,是合作的作品。

我小声问，听说你和你爱人出现了问题？方婵未去培训之前，镇政府院子里传方婵与她爱人常常吵架。无风不起浪。方婵的脸一下子暗下来，说没想到他是这样的人，一个从政的人想着往高处走再正常不过，哪个没有点野心？他的心态我理解，可慢慢发现他过重看待了，已到了变态的地步。看出他的本质后，我只是失望。我尝试向他讲些道理，他根本听不进去，再说下去两人就有了口角。我也就不说了。

方婵又说，矛盾的升级是大家传我要提拔副镇长，作为他的妻子，我得到提拔他理应高兴才是，可他真是变态了，说我是靠女色上位的。这话是一个做丈夫的说得出口的吗？有一句成语叫作捕风捉影，夫妻俩同在一个单位工作，同睡一张床，共枕一个枕头，我的一举一动都在他的眼皮底下，他竟然说出这样的话，还是人吗？

方婵嫁这个人，一开始我就不看好，本事不大又不想好好工作，想通过拍马屁向上爬，这种人心术不正。

说起这个话题，我有点后悔，因为是说不下去的。

占福到了我们身边。占福说，我妈明天出院，颜植你跟我去接一下？我说必须的。方婵说我也去，我都没去看她老人家呢。我说车坐不下，等老人家回来你再好好跟她唠叨唠叨。

大树婶见到我，眼睛依然闪亮。我的问候她不用语言来回答，不用动作来回答，用眼睛来回答。她看我的眼神与看大树叔的眼神是一样的。我又想起她前世是我的情人。

上车的时候，大树叔不让别人搀扶大树婶，他抱住她上了车。看上去，大树婶又枯萎了许多，在大树叔的怀里像婴儿，被轻轻地抱着。占福眼里没有泪，罗姑苏眼里没有泪，而此刻，我眼里有泪。好生奇怪，大树婶病危时他们眼睛有泪，而我没有。这种截然相反的情感表现真是说不清道不明。

红砖几条村的合作社基地是一个台阶一个台阶地往上走的,一年一年地扩大种植面积,农作物以火龙果为主了,不但政策上支持,还有投资商加了进来,先是成为市级、后成为省级火龙果种植基地。火龙果形成配套的运作,不单单是产果销果,还开发了产品加工……

红砖村的新农村建设上了中央电视台……

占福当了全国劳模……

大树婶每年都住进医院,大树叔还是不让其他人陪床,一次一次从死神手里将大树婶拉回人间……

占福的大儿子上大学选择农业学院,立志毕业后回来接手占福的事业;女儿学医,立志回乡村为村民防治疾病、救死扶伤……

我的父母住进镇子物业管理的住宅小区……

我的儿子考上了名牌大学,学的是电子专业……

董奇他们的合作社快速发展,还建成了稑子酒厂,品牌在市场上日益响亮……

王子良的房地产让他发了财,投资他的村子建了光伏电站……

方婵与爱人离了婚,任副镇长后,工作上更加敢作敢为,没日没夜地忙碌……

占禄安心务农……

可以预料,未来会有更多的占福、董奇的合作社模式不断涌现,更多的农业企业家树立新的形象……

2008 年,党中央决定将这一年作为脱贫攻坚战作风建设年,北岭镇党委政府决定让我主抓"脱贫攻坚战"。

扶贫、脱贫攻坚战进入必须打赢的关键年,是要人担负重任的,事前我不知道要我来担当,决定一出,我有点错愕。一直以来,扶贫、脱贫由一名副镇长主抓,而我,从副镇长到副书记,抓的是农业,以为接下来到退休的几年,不会再有变动。这应该是纪书记的主意。既然是纪书记信任我,我也就担一担这副担子了。而事实上,对于扶贫、脱贫,镇班子成员没有哪个不熟悉的,只是谁来做且做得更好罢了。

在这长长的篇章讲述中,我少讲了扶贫、脱贫的事,这么一来,得用更长的篇幅讲一讲扶贫、脱贫的故事了,而且,得把"乡村振兴战略"等一起述说……